이네스는 오늘 태어날 거야

Still Born

이네스는 오늘 태어날 거야

Still Born

과달루페 네텔
Guadalupe Nettel　최이슬기 옮김

BARAMBOOKS

La hija única

© Guadalupe Nettel, 2020

c/o Indent Literary Agency www.indentagency.com

© EDITORIAL ANAGRAMA, S. A., 2020

Pedró de la Creu, 58

08034 Barcelona

Korean edition © BARAMBOOKS, 2024

세상에 내놓을 수 있도록 기꺼이
자신의 내밀한 이야기를 들려주고
창작의 자유를 허락해준 내 친구,
아멜리아 이노호사에게

울어본 적이 없고 울고 싶다면, 아이를 가져라.

데이비드 포스터 월리스, 『화상 입은 아이들의 현현』

우리의 옆구리를 타고 내려온다
수많은 비밀스러운 아이들의 등허리가

알다 메리니, 『삶이라는 범죄』

자신이 남들보다 우월하다거나 열등하다거나
심지어 동등하다고 여기는 자조차 현실을 이해하지 못한다.

부처, 『금강경』

잠든 아기를 바라본다는 것은 인간 존재의 취약함을 응시하는 것이다. 아기의 부드럽고 평화로운 숨소리를 듣고 있으면 평온함과 경외감이 교차한다. 내 눈앞의 아기를 바라본다. 아기의 느긋하고 말캉한 얼굴과 젖이 흘러내리고 있는 한쪽 입꼬리, 완벽한 눈꺼풀을. 그리고 매일 세상의 모든 요람에서 잠들어 있는 아이들 중 하나가 생을 마감한다는 사실을 생각한다. 마치 우주에서 밤의 어둠을 밝히고 있는 수많은 별들 사이로 사그라드는 하나의 별처럼 소리 없이 숨을 거두고, 가까운 가족을 제외하고는 그 누구의 혼란도 야기하지 않는다. 아기의 어머니는 평생토록 슬퍼할 것이며, 가끔은 아버지도 그럴 것이다. 남들은 놀랍도록 쉽게 체념하며 그 죽음을 받아들인다. 갓난아기의 죽음은 너무 흔하여 아무도 놀라지 않는다지만 누구의 손도 닿지 않은 이 존재의 아름다움에 닿았던 사람이 어떻게 그 죽음을 받아들인단 말인가. 녹색 잠옷에 폭 싸인 채 잠든 아기의 온전히 자유로운 몸과 조그맣고 하얀 베개 위에 옆으로 눕혀진 머리를 보며, 나는 기원한다. 아기가 계속 살아가기를, 그 무엇도 아기의 잠을, 아니 삶을 방해하지 않기를, 세상의 모든 위험이 그에게서 멀어지고 재앙의 광풍이 남기는 파괴의 발자국이 그를 피해가기를. "내가 같이 있는 한 네게는 아무 일도 일어나지 않을 거야." 아기에게 약속한다. 거짓말인 줄 알면서도, 사실 나는 아기와 다를 바 없이 너무나 무력하고 취약하니까.

Part One

1

몇 주 전 옆집에 새 이웃이 들어왔다. 여자 하나가 세상 불만이 많아 보이는 남자아이를 데리고 이사 왔는데, 최대한 좋게 말해서 그 정도다. 아이를 직접 본 적이 없는데도 소리만으로 알아차릴 수 있었으니까. 아이는 그 집 음식 냄새가 우리 건물 통로와 계단으로 퍼져나가는 오후 두 시쯤 학교에서 돌아온다. 초인종을 어찌나 다급하게 눌러대는지 모든 이웃이 아이가 집에 돌아왔다는 것을 알게 된다. 문을 닫자마자 아이는 높은 데시벨로 고래고래 소리를 지르며 메뉴에 대해 불평하기 시작한다. 냄새로 판단해보건대 그 집의 음식이 결코 건강하거나 맛있을 것 같지는 않지만, 아이의 반응이 지나치다는 데는 의심의 여지가 없다. 아이는 욕설과 천박한 말을 곧잘 쓰는데 나이를 생각하면 당황스러운 일이다. 문도 쾅 소리 나게 닫고 벽에다 물건이란 물건은 다 집어던진다. 이 난리는 보통 쉽사리 끝나지 않는다. 그들이 이사를 온 이후로 내가 겪은 건 총 세 번이었는데, 한 번도 끝까지 들은 적이 없어서 어떤 식으로 끝나는지는 모르겠다. 어찌나 고래고래 절망스럽게 소리를 지르는지 도망치듯 집을 나올 수밖에 없었던 것이다. 내가 아이들과 잘 지내는 편이 아니라는 건 인정해야겠다. 아이들이 다가올라치면 나는 자리를 피한다. 어쩔 수 없이 같이 시간을 보내야 할 때면 도무지 어떻게 해야 할지 알 수가 없다. 비행기나 병원 대기실에서 아기 울음소리를 들으면 완전히 긴장하다가 그 울음이 십 분 이상 지속되면 미쳐버리는 부류의 사람인 것이다. 그렇다고 내가 애들을 철저히 싫어하기만 하는 것은 아니다. 공원에서 뛰어노는 모습이나 모래밭에서 장난감을 두고 서로 쥐어뜯는 모습을 보면 심지어 흥미롭기까지 하다. 아이들이란 예의와 공공의식 규율이 존재하지 않는다면 인간이 어떤 모습일지를 보여주는 살아 있는 예라고 할 수 있다. 나는 수년 동안 출산은 돌이킬 수 없는 실수가 될 것이라고 친구들을 설득하려 애썼다. 좋을 때야 귀엽고 사랑스러울지 몰라도 자식이란 언제나 자유를 제한하고 경제적 부담을 주는 존재라고. 9개월의 임신 기간, 6개월 혹은 그 이상의 수유, 수시로 밤잠을 설치는 유아기와 내내 걱정이 따라다닐 청소년기까지, 체력과 정신력 소모는 말할 것도 없지 않느냐고. "더군다나 사회는 남자가 아니라 우리가 자식을 책임지고 돌보도록 설계되어 있잖아. 많은 경우 경력도, 혼자 누리는 시간도, 에로티시즘도, 가끔은 파트

너까지 포기하라는 의미라고." 나는 열을 내며 설명하곤 했다.

"정말 그럴 가치가 있어?"

2

저 시절 내게 여행은 매우 중요했다. 잘 알지 못하는 먼 나라에 도착해 육로로, 도보로, 혹은 고물 버스를 타고 돌아다니는 것, 현지의 문화와 음식을 발견하는 것은 어떤 경우에도 포기하고 싶지 않은 세상살이의 즐거움들 중 하나였다. 나는 학업 중 일부를 멕시코가 아닌 외국에서 마쳤다. 당시 삶의 조건이 불안정했는데도, 그때가 내 인생에서 가장 마음이 가벼웠던 시기로 기억된다. 약간의 술과 친구 몇 명만 있으면 어떤 밤이든 파티로 변했다. 우리는 젊었고 지금과 달리 하룻밤쯤 샌다고 건강에 그리 치명적인 무리가 가지도 않았다. 프랑스에 산다는 것은, 가진 돈은 별로 없어도 다른 대륙을 경험할 기회가 되었다. 파리에 머무는 동안 도서관에서 책을 읽고, 연극을 보러 가고, 술을 마시러 바나 클럽에 가는 데 많은 시간을 보냈다. 그 중 어떤 것도 모성과 양립하기는 어려웠다. 자식이 있는 여자들은 그렇게 살 수 없다. 적어도 양육 초기 몇 년 동안은 불가능하다. 그저 오후의 영화 한 편 혹은 저녁 외식 한 끼를 스스로에게 허용하기 위해서, 한참 전부터 계획을 세우고 보모를 구하거나 아이들을 봐달라고 남편을 설득해야 한다. 그래서 나는 남자와 관계가 진지해지기 시작하면 언제나 나랑 아이 같은 건 생각도 하지 말라고 잘라 말했다. 상대가 따지고 들거나 약간이라도 슬픔이나 불복의 기색이 보이면 나는 재빨리 지구의 인구 과잉이라는 강력하고도 충분히 인도주의적인 이유를 들었다. 나를 메마른 사람이라고, 혹은 더 심하게 이기주의자라고—우리 성별의 역사적 역할에서 벗어나기로 한 여성들에게 흔히 그렇게 하듯— 낙인찍지 않도록 말이다.

자식을 갖지 않는 걸 비정상이라 여겼던 나의 어머니 세대와 다르게, 내 세대의 많은 여성들은 기권을 선택했다. 내 친구들은 비등비등한 비율의 두 그룹으로 나뉠 수 있을 것이다. 이를테면, 자신의 자유를 포기하고 종족 보존을 위하여 희생하고자 하는 부류와 자율성을 지킬 수 있다면 사회와 가족의 수치가 될 준비가 된 부류. 둘 다 강력한 논거로 각자의 입장을 정당화했다. 자연히 나는 후자와 더 잘 어울렸다. 알리나도 그중 하나였다.

우리는 스무 살에 처음 만났다. 많은 사회에서 출산하기 가장 좋은 나이라 여기는 그 시기에, 우리는 공모자가 된 기분으로 "인간 족쇄"라 부르곤 했던 것에 대해 유사한 혐오감을 느껐다. 나는 대학원에서 문학을 공부하는 학생이었고, 장학금도 프리랜서로서의 내 처지도 어떤 경제적 안정을 주기에는 턱없이 부족했다. 알리나는 업무는 과중해도 급여가 괜찮은 아트센터에서 일했고 그 와중에 문화기획자가 되기 위해 고군분투하고 있었다. 알리나의 수입은 내 두 배였지만 그중 큰 부분을 떼어 가족에게 보냈다. 베라크루스의 마을에 혼자 사는 아버지는 쇠약해진 지 오래였고 어머니는 색전증이 온 이후로 회복하는 중이었기 때문이다. 알리나는 부모가 우리에게 의존하는 인생의 단계에 너무 일찍 도착했다. 어떻게 거기에다 아이까지 책임질 수 있겠는가?

당시 나는 갖가지 점술, 특히 손금과 타로에 푹 빠져 있었다. 한번은 길고 긴 파티가 발코니에 깨진 유리잔 두 개와 술병 무덤으로 막을 내린 후에 알리나와 나만 우리 집에 남은 적이 있었다. 마지막으로 파티를 떠난 사람의 발소리가, 그 시간엔 너무도 적적한 비에유 뒤 탕플 거리를 따라 멀어졌다. 나는 알리나에게 타로점을 봐줘도 되겠냐고 물었다. 언제나 이성적인 알리나는 보이지 않는 힘의 메시지를 읽는다는 것이 터무니없는 짓이라고 생각했을 게 분명한데도 내 기분을 맞춰주려고 승낙했다. 그녀는 타로를 그저 심심풀이 놀이처럼 여겼을 게 틀림없었다. 그날 내가 선택한 스프레드는 그녀의 남은 삶 전부를 조망하려는 야심찬 배열법이었다. 알리나는 카드 무더기를 여러 번 덜어서 나눈 뒤 테이블 위 내가 지시하는 위치에 카드를 한 장씩 내려놓았다. 모든 카드가 다 제자리를 찾자 나는 천천히 카드를 뒤집기 시작했다. 약간은 취기 때문이었고, 또 약간은 그 순간에 연극성을 가미하고 싶었다. 그러는 동안 질산은에 담근 사진이 조금씩 현상되듯 이야기가 서서히 모습을 드러냈다. 카드 배열 중앙에 여황제, 여섯 개의 검, 죽음, 매달린 사람 카드가 놓였다. 많은 타로 덱에서 이름조차 없는 열세 번째 아르카나인 죽음은 반드시 육체적 죽음을 의미하지는 않으며 급격하면서도 심오한 변화를 가져오는 카드이다. 모든 카드가 생의 경로를 벗어나게 할, 어쩌면 그녀의 삶을 절단낼 수도 있을 비극을 가리키고 있었다. 나는 불편한 마음을 숨기기 위해 노력할 수밖에 없었다. 알리나도 무슨 점괘가 나온 거냐고 걱정스레 물은 걸 보면 내 곤혹스러운 표정을 보고 당황한 것 같았다.

"네가 엄마가 되고 이제 네 인생이 수도원이나 다름없게 변한대." 나는 장난스럽게 웃으며 툭 던졌다.

틀림없이 자기를 놀려먹는 거라 생각한 알리나는 머리를 세차게 가로저으며 웃었다. 하지만 그녀의 크고 검은 눈동자는 나를 의아한 듯 바라보았고 나는 그 눈빛 너머의 불안을 짐작할 수 있었다. 우리는 계속 마셨고 몇 시간 후 마지막 술병을 비우고 건물 밑에서 작별인사를 나눴다. 나는 계단을 올라 집으로 돌아와서 아까 봤던 카드를 생각하며 두려운 마음으로 침대에 누웠다.

몇 달 후 알리나는 멕시코로 돌아가기로 결심했고, 한 갤러리에서 좋은 일자리를 얻었다. 나는 프랑스에 일 년 더 머무르며 석사 학위를 끝낸 후 남아시아 여행을 떠났다. 산속 골짜기와 오솔길 구석구석을 걸어다녔고 불교 사원과 순례지 곳곳을 방문했다. 배움과 명상에 전념하기 위해 가정을 포기하고 출가한 승려들, 밤색 승복을 입고 삭발을 한 그 여성들에게 나는 매료되었다. 몇 미터 떨어진 곳에 가만히 자리 잡고 앉아, 그녀들이 라마승들의 후두음을 울리는 소리와는 매우 다른 목소리로 노래 부르는 것을 듣거나 해탈과 괴로움의 소멸에 대해 이야기하는 경전 낭송을 들었다. 거리는 우정에 대한 확실한 시험대가 된다. 가끔은 서리가 다 된 농사를 망치듯 우정을 파탄 낸다. 하지만 알리나와 나 사이에는 그런 일이 일어나지 않았다. 우리는 계속 편지와 전화를 주고받으며, 알리나 인생에 나타난 아우렐리오나 그녀 아버지의 건강 문제, 나의 논문 주제 선정처럼 서로의 인생에서 중요한 사건을 빠짐없이 서로에게 알렸다. 그렇게 우리 사이의 애정은 더더욱 단단해졌다.

3

젊을 때 이상을 가지고 그에 따라 사는 것이 쉽다. 어려운 것은 시간이 지나면서 삶이 우리에게 도전하는데도 변함없이 일관성을 유지하는 것이다. 서른셋이 되고 얼마 지나지 않자 아이들이 눈에 들어오기 시작했고, 심지어는 매력을 느끼기까지 했다. 아스투리아 출신의 예술가와 연애를 하다가 함께 산 지 몇 년 되던 시점이었다. 그는 많은 시간을 집에서 작업했고 우리의 아파트에는 유화 물감의 중독적인 향기가 깊이 스며들어 있었다. 후안은 나와는 다르게 아이들과 어울리는 데서 기쁨을 느꼈고 함께하는 법도 알았다. 공원이나 친구들 집에 아이가 있으면 하던 일이 무엇이든 제쳐두고 아이와 대화를 나누었다. 그의 영향인지 내 몸의 변화 때문인지 모르겠지만 그와 함께하면서 경계심이 느슨해지기 시작했다. 여전히 아이들에게 다가가지는 않았지만 아이들에 대해 궁금해졌다. 책가방을 등에 메고 학교에서 나오거나 거리에서 지하철역을 향해 걸어가는 모습을 보면 귀엽다는 생각이 들었다. 나는 배가 고픈 사람이 잘 익은 과일을 보듯 아이들을 바라봤다. 그리고 나도 모르게 임신한 여자들을 주시하기 시작했다. 갑자기 임신한 여자들이 증식하기라도 한 것처럼 어디에서나 그녀들이 눈에 들어왔고, 파티나 영화관에서 줄을 서다 마주치면 내가 먼저 말을 거는 경우도 심심찮게 있었다. 그만큼 호기심이 컸다. 나는 그녀들을 이해해야 했다. 진정으로 그 운명을 선택한 것인지, 아니면 가족이나 사회의 요구에 체념하며 순응한 것인지 알고 싶었다. 그녀들의 어머니, 파트너, 친구들은 그 결정에 얼마나 관여했을까?

어느 겨울 토요일 아침, 침대에서 게으름을 피우고 있던 후안과 나는 재생산에 대해 이야기했다. 후안은 너무 아이가 갖고 싶다고, 그저 내가 신호를 보내주기만을 기다려 왔다고 말했다. 그는―인정하지 않을 수 없다― 너무나 다정한 남자였고, 아주 다정한 아버지가 될 것이 분명했다. 내 머릿속에 우리가 아이를 돌보는 장면들이 스쳐지나갔다. 욕조에 받은 물 온도를 재는 모습, 유아차를 밀며 거리를 걷는 모습. 한 가족의 삶이 거기, 내 손이 닿는 곳에 있었다. 침대 옆 협탁에 콘돔을 내려놓는 것만으로 충분했다. 모성을 향한 문턱은 어쩌면 단 한순간에 넘을 수 있는 것인지도 몰랐다. 절대 자살에 대해 생각해본 적이 없는 사람이 고층 빌딩 테라스에서 심연에 홀리는 것과 비슷한 방식으로, 나는 임신의 유혹을 느꼈다. 후안은 내 얼굴에 붙은 머리카락을 쓸어넘기더니 열렬히 키스하기 시작했다. 자연의 명령을 당장 이행할 준비가 된 듯 딱딱해진 성기가 허벅지에 느껴졌다. 나는 매혹된 채 몇 분 동안 그 압도적인 기운에 굴복했다. 조금 후—드디어— 그때까지 잠들어 있던 나의 생존 본능이 깨어나 나를 침대에서 끄집어냈다. 밖에 눈이 오고 있었는데도 나는 담배를 피우기 위해 테라스까지 뛰어갔다. 생물학적 시계가 나의 이성을 점령했던 거라고 스스로 되뇌었다. 효과적으로 저항할 전략을 찾지 못하면, 그토록 힘들게 쌓아올린 삶이 큰 위험에 빠질 것이었다.

나는 주말 내내 침묵을 지켰다. 월요일에는 예약도 없이 산부인과 진찰실에 찾아가 나팔관을 묶어달라고 요청했다. 내가 얼마나 확신을 가지고 있는지 연거푸 질문을 던진 후 의사는 스케줄을 확인했다. 바로 그 주에 나는 수술실에 들어갔다. 인생 최고의 결정이라고 확신했다. 외과 수술은 성공적이었지만, 회복 기간 동안 좀처럼 박멸하기 힘든 병원 세균에 감염되고 말았다. 열이 끓는 상태로 집으로 돌아왔고 무슨 일이 있었는지 그 누구에게도, 심지어 후안에게도 설명하지 않은 채 며칠을 앓았다. 완전히 다 나은 후 나는 알리나에게 전화를 걸었다. 오직 그녀만이 나를 이해할 수 있으리라 확신하면서.

그 이후로 후안과의 관계는 무너져내리기 시작했다. 이전에는 그가 작업실에서 그림을 그리는 동안 나는 책을 읽고, 옛날 영화를 함께 보거나 우리 집 옆의 묘지를 걸으며 함께 침묵 속에 있는 일이 즐거웠지만, 지금은 우리 둘 다 시간낭비라고 느꼈다. 인내심은 점점 줄어들었다. 우리는 서로에게 절망했다. 고뇌는 길지 않았고 지나치게 고통스러운 이별도 아니었다. 그저 서로 다른 인생 계획을 가졌음이 증명되었을 뿐이었다. 집을 나온 것은 나였다. 나는 여행가방 세 개를 겨우 채워서 짐을 뺐고 친구 집 지하실에 넣어두었다. 그다음 가장 싼 항공편으로 카트만두로 떠나 한 달 동안 다양한 사원들을 순례하는 데 전념했다. 그 기간에 후안은 내게 이메일을 두어 통 보냈고 나는 파핑에 있는 쇠락하는 먼지투성이의 인터넷 카페에서 그 이메일을 읽었다. 그의 편지는 자명한 사실을 설명하는 일종의 대단원 같은 것이었다. 우리 관계를 존중했기에 무슨 내용이 있을지 넘겨짚어가며 편지들을 읽다가, 어느 행사에서 우연히 만난 캐나다 작가와 만나고 있다고, 그리고 둘은 아기를 기다리고 있다는 내용을 알린 근래의 편지에 이르렀을 때 나는 읽는 것을 그만두었다. "난 널 알아, 라우라. 다른 사람으로부터 듣고 싶지 않을 거라는 걸. 그래서 직접 말하고 싶었어." 그 소식에 마음이 아팠지만 한편으로는 과거를 끊어내는 데 도움이 되었던 것 같다. 내 인생을 근본적으로 바꿀 순간이었다. 나는 파리를 떠나 멕시코로 돌아가 논문을 마무리해야겠다고 결심했다.

4

나는 2월 초에 멕시코로 돌아왔다. 하카란다 나무에 핀 보랏빛 꽃들이 도시 거리를 물들이고, 모든 곳이 약간은 비현실적일 만큼 목가적인 풍경으로 바뀌는 계절이다. 알리나가 무척이나 좋아하는 그 동네 일식집에 알리나를 초대했다. 귀국한 후로 처음 만나는 자리였다. 알리나 생일이 바로 얼마 전이어서 생일 축하 기념으로 우리는 산해진미를 모두 맛보기로 했다. 소금에 절인 연어, 참깨를 곁들인 시금치, 아스파라거스 소고기 말이, 우동 두 그릇과 사케 두 병. 열린 창으로 따뜻한 바람이 불어왔다. 우리는 나와 후안의 이별, 그가 아버지가 될 날이 임박했다는 것, 그리고 내가 돌아오기로 결심한 일에 대해 이야기했다. 그다음 알리나는 내 건강이 괜찮은지 물었다. 나는 감염이 오래가지 않았다고 그녀를 안심시키며 수술은 최선의 대책이었다고, 아이를 갖지 않으리라 확신해 온 우리 같은 삼십대 여성들이 취할 수 있는 최고의 선택지이자 사회적 압박에 대항하는 진정한 백신이나 다름없다고 말했다.

우리는 건배했고 술은 수개월 동안 느끼지 못했던 내 안의 기쁨을 일깨웠다.

"너도 해야 된다니까." 술잔에 사케를 채우며 나는 말했다. "얼마나 홀가분한지 말도 못 해!"

알리나는 아무 말 없이 듣기만 했다. 나를 따라 웃음 짓던 알리나는 건배가 끝나자 자신의 진짜 생각을 밝히기로 결심했다. 조심스럽게, 거의 두려운 듯이 말을 고르던 알리나는 내 결정을 존중하지만 이제는 나와 생각이 다르다고 말했다. 그녀는 이제 임신하기를 원했다. 애인과 함께 피임하지 않은 지 일 년이 넘었고 아직 소식은 없다고 말했다.

"우리가 서로 합이 안 맞는 걸 수도 있지." 불안한 듯 던지는 어조에 언뜻 초조함이 비쳤다. "검사란 검사는 다 해봤고 우리 둘 다 불임은 아니라니까. 이번 주에 시술을 시작해보려고 해."

그녀는 시험관 수정부터 난자 기증까지, 해볼 수 있는 건 다 해볼 생각이라고 말했다.

나는 놀라서 그날 저녁 내내 아무 말도 할 수 없었다. 나는 기쁜 척을 하지도, 세세한 이야기에 관심을 보이는 척도 하지 않았다. 우리의 우정에는 위선이 들어갈 틈이 없다. 알리나가 우동 그릇을 앞에 두고 새로운 보조생식기술에 대해 떠들어대는 동안 나의 귀는 빛에 민감한 식물처럼 서서히 닫혔다. 미리 찾아온 그리움의 감각이 나를 집어삼켰다. 우리가 함께한 청춘의 장면들이 내 기억 속에서 여전히 선명하게 떠돌았지만, 이제 임박한 미래로 인해 곧 흐릿해질 참이었다. 나는 압도된 채 식당을 나왔다. 시술이 성공하면 알리나는 내가 철저히 속하기를 거부했던 바로 그 무리의 일원이 될 것이었다. 한때 친구였지만 출산한 후로는 공원에 가거나 멍청이들을 위한 영화를 보러 갈 때만 자기들끼리 만나는 그 모든 여자들 말이다. 시술의 결과가 좋지 않다고 해도 돌이킬 수 없을 것이다. 이제 우리는 보이지 않는 국경을 사이에 두고 갈라져 있었다. 알리나는 모성을 여성들에게 바람직한 운명으로 수락한 반면, 나는 바로 그 모성을 피하기 위해 수술대에 올랐으니까.

알리나는 프랑스에서 돌아온 이후 로사라는 심리학자에게 상담치료를 받기 시작했다고 했다. 대략 60세 정도인 그 심리학자에 대해 다른 정신분석가들이 꽤나 경외심을 가지고 언급하는 것을 들어본 적이 있었다. 보아하니 알리나가 아이를 갖기로 결심한 데에는 로사가 중요한 역할을 한 것 같았다.

"무슨 말인지 알지? 난 오랫동안 엄마가 언니랑 나한테 저지른 실수를 내가 반복할까봐 두려웠어. 그 두려운 마음을 없애고 나니까 사실은 내가 가정을 이루고 싶어 한다는 걸 제대로 볼 수 있게 된 거야. 나는 아이를 낳아 보고 싶어, 라우라. 나는 엄마가 되기를 꿈꿔. 실망시켰다면 미안해."

5

멕시코시티에 돌아와서 처음 몇 달간은 정착할 장소를 찾아 이 집에서 저 집으로 여러 번 거처를 옮겨다녔다. 학업과 관련된 문제가 아니면 거의 아무도 만나지 않았다. 일요일 아침은 보통 엄마 집에서 먹었다. 우리는 정치, 소설, 신문 기사에 대해 이야기했다. 엄마와 함께 장을 보고 헤어지면 그다음 주 다시 볼 때까지 따로 연락하지 않았다. 대부분의 친구 관계는 거리의 시험을 견뎌내지 못했다. 나는 알리나 생각을 수도 없이 했다. 그녀가 그리웠지만 찾지 않고 자제했다. 그녀와 무슨 이야기를 해야 할까? 난임 시술? 라 레체 리그*? 하지만 알리나는 나의 침묵과 시큰둥한 반응에도 아랑곳하지 않고 필요할 때마다 내가 응답할 때까지 전화를 걸었다. 그녀의 끈질김 덕에 우리는 연락을 지속했다.

---

* 모유 수유를 알리고 지원하는 국제 단체

나는 어떤 대가를 치르더라도 임신을 하려는 사람들, 그들을 사로잡은 갈망의 정체가 항상 흥미로웠다. 아이를 가지겠다는 일념으로 병원 문턱이 닳도록 드나들고, 정자은행의 도움을 청하고, 알지도 못하는 여자들의 배를 빌리느라 재산을 탕진하는 사람들. 반면 뜻하지 않은 임신이 되어 삶에 갑자기 닥친 불운처럼 임신을 경험하는 사람들도 보았다. 반년이 넘는 기간 동안 알리나는 임신하기 위해 할 수 있는 모든 일을 다 했다. 고용량의 호르몬 투여로 체중이 오르락내리락했고 마치 회전식 탈수기에 탈탈 털린 것 같은 기분 상태였다. 이 모든 일이 일어나는 동안, 나는 인간의 행동 양식에 대한 제선 밀라레파Jetsun Milarepa의 시구를 생각하지 않을 수 없었다. "행복해지려 애쓰면서 자기 고통을 향해 뛰어든다." 더는 어떤 방법도 남지 않자 알리나는 불임을 받아들이고 평상시의 삶으로 돌아갈 수밖에 없었다. 다시 자신이 일하던 갤러리의 예술가들과 함께 아트 페어와 개막식에 참석하기 위해 전세계를 여행했다. 나하고 극장과 시네마테크에도 다시 다니며 진토닉이나 레드와인 한 병을 앞에 두고 그날 본 실험적인 영화에 대해 떠들곤 했다. 우리가 그토록 좋아하던 일을 다시 함께할 수 있었던 것이다.

논문을 수정하면서 안간힘을 다해 깨어 있느라 유난히 갑갑했던 어느 일요일 오후, 알리나에게 전화가 왔다.

"좋은 소식이 있어." 그녀가 말했다. "너한테 처음으로 말하고 싶어서."

아무 말도 더 필요하지 않았다. 우리는 오랫동안 함께했고 나는 알리나 목소리의 떨림만으로도 무슨 말일지 충분히 알 수 있었다. 마침내 그녀가 '임신'이라는 단어를 발음했을 때 나는 가슴이 철렁했지만 그 느낌이 환희에 가까워 어리둥절해졌다. 어떻게 내가 기뻐할 수 있지? 알리나는 어머니라는 종교집단에 합류하여 사라지기 직전이었다. 자기 인생이라고는 없이 거대한 다크서클이 내려온 좀비 형상을 하고 유아차를 질질 끌고 다니는 존재들 말이다. 아마 일 년도 되기 전에 육아 로봇으로 변신할 것이었다. 항상 의지했던 친구가 사라져버릴 텐데, 나는 거기, 수화기 반대편에서, 그걸 축하하고 있다고? 그녀의 목소리를 통해 듣는 행복에 전염성이 있었다는 걸 인정해야겠다. 나의 성이 그 짐을 피할 수 있도록 내 평생을 바쳐 활동해왔지만, 이번만큼은 이 기쁨에 맞서 싸우지 않기로 결심했다.

6

어제 오후, 옆집에 사는 아이가 또 난리를 쳤다. 나는 페퍼민트 차 한 잔과 최근 몇 달 동안 푹 빠져 있던 미르체아 커르터레스쿠Mircea Cărtărescu의 소설 한 권을 챙겨들고 건물 안뜰 쪽으로 난 발코니에 앉아 있었다. 소설은 이가 창궐하던 부쿠레슈티의 한 학교에서 근무하는 교사의 삶을 다루고 있었다. 상당히 음울한 서술로 그려진 1970년대 공산권 학교의 복도를 상상해보려 애쓰고 있을 때, 무거운 물체로 추정되는 무언가로 벽을 두드려대는 소리가 들렸다. 그리고 언제나처럼 고함 소리가 뒤따랐다.

"제발 나를 꺼내줘! 이 지긋지긋한 머릿속에서 날 좀 꺼내달라고!" 벽을 치는 소리가 점점 더 커지면서 아이는 악을 써댔다. "이렇게 거지같이 살기 싫어! 여기서 나가고 싶다고!"

나는 그 무거운 물체가 사실은 볼링공이나 유리 재떨이가 아니라 아이가 터뜨리려고 하는 자기 두개골일지도 모르겠다고 생각했다. 이웃 아이가 태어날 때부터 그런 성격이었는지, 아니면 어떤 학대를 겪고 영영 회복 불가능한 손상을 입어서 그러는 것인지도 궁금했다. 저 나이대 어린이가 집에서 배우지 않은 이상 그런 어휘를 쓸 리가 없다고 생각하기도 했다.

다른 방이거나 적어도 몇 미터 떨어진 뒤쪽 어딘가에서 들려오듯 아이 엄마의 날카로운 목소리가 들렸다.

"됐어, 니코!" 자신 없는 목소리로 그녀가 명령했다. "당장 그만둬!"

저 여자는 무슨 생각을 하고 있었을까? 자기 아들이 시도 때도 없이 폭발하는 데 어느 정도 책임감을 느낄까? 적어도 고쳐보려고 시도는 해봤을까? 한 번도 본 적 없는 아이와 달리, 엄마 쪽은 만난 적이 있었다. 아니 만났다기보다는, 건물 입구에서 몇 번 스쳐지나간 적이 있었다. 아이 엄마는 자주 밤에 나와서 특유의 어린아이 같은 목소리로 전화 통화를 하며 담배를 피우곤 했다. 마른 체구의 그녀는 불안해 보였고, 거의 항상 운동복 차림이었다. 손톱은 그녀가 유일하게 신경 쓰는 것처럼 보이는 부분이었다. 짧은 길이의 손톱이 가끔은 빨강색으로 또 가끔은 검은색 매니큐어로 칠해져 있었다. 거의 항상 입술 색과 어울리는 조합이었다.

아이의 발작과도 같은 상태에 대처하는 무기력한 목소리를 들으니 그녀가 분명 남은 생을 내내 그렇게 살게 되리라 체념했을 거라는 생각이 들었다. 아이는 저 여자가 파트너도 없이 혼자 키우는—나의 추측이었다—원치도 않았던 외동아들이었다. 폭력에는 전염성이 있다고 했던가. 그저 그런 장면을 목격하는 것만으로도, 심지어 듣는 것만으로도, 우리의 뇌는 그 폭력에 익숙해진다는 것이다. 몇 분 후 나 역시 흥분해서 벽을 두들기고 싶은 상태가 되었다. 이웃들의 난리법석을 강제로 관람해야 하는 이런 상황이 지독하게 배려 없다고 느껴졌다. 옆집을 찾아가 당장 소동을 멈추라고 말해볼까 잠시 고민하기도 했다. 하지만 내가 찾아가봤자 해결되기는커녕 상황만 악화될 거란 생각이 들었다. 어쩌면 옆집 여자가 아들을 조용하게 만들 유일한 방법은 때리는 것밖에 없을지도 모른다. 아이가 가엾게 여겨졌고 끓어오르던 분노가 누그러졌다. 적어도 이번에는 항의하지 않기로 결심했으나 더는 참고 듣기가 괴로워 집을 나와버렸다.

7

임신은 엄청나게 많은 것들을 변화시킨다. 출산하기 전인데도 알리나의 삶은 아찔할 정도로 바뀌기 시작했다. 식단에서 커피와 담배를 제외시켜야 했고 엽산을 포함한 다른 보충제들을 복용했다. 주기적으로 산부인과도 방문해 피검사와 초음파 검사를 했다. 알리나와 아우렐리오는 아이를 맞이하기에 적합한 환경으로 집안 인테리어를 바꾸어갔다. 가구점과 인터넷을 샅샅이 뒤진 끝에 둘은 덴마크에서 아기침대를 배송시켰다.

그 당시 나는 서로 다른 여러 동네에서 수십 채의 집을 보러 다니던 때였고, 마침내 콜로니아 후아레스의 19세기 건물에 있는, 아름답고 채광이 좋으며 나무 바닥이 깔리고 엄마 집과도 그렇게 멀지 않은 집을 찾게 되었다. 가격을 생각하면 거저나 마찬가지였다. 나는 바로 계약서에 사인을 했지만 리모델링이 끝날 때까지 한 달을 기다린 후에야 입주할 수 있었다. 알리나 커플에게 딱 좋은 시기가 아니라는 걸 알면서도 알리나에게 그동안 나를 재워줄 수 있겠냐고 물었다. 두 사람은 한 치의 망설임도 없이 너무나 당연하다는 듯이 나를 받아주었다.

나는 알리나네 집에 도착하자마자 앓아누웠다. 아마 내 몸이 그동안의 스트레스와 불안정한 생활에 대해 대가를 치르는 모양이었다. 밤낮으로 열이 펄펄 끓었고 악몽 속에서 수년 전 보았던 타로 카드가 떠올랐다. 아우렐리오와 알리나가 여섯 개의 검에 관통당한 채 나타났다. 한편 매달린 사람의 얼굴은 가려져 있어 아무리 애를 써도 그의 정체에 대해서 아주 작은 실마리도 찾지 못했다. 알리나는 내게 식사를 챙겨주고 잠자리가 따뜻하도록 보살펴주었고 나는 조금씩 열이 내렸다. 한결 상태가 좋아진 어느 날 아침, 나는 인터넷에서 새로운 집을 꾸미는 데 도움이 될 정보를 찾으며 꽤나 느긋한 시간을 보내고 있었다. 텅 빈 알리나 집의 서재로 따스한 햇살이 비쳤다. 책상 위에는 알리나의 출생증명서와 프랑스 국적을 취득했을 때 받은 선홍색 여권이 놓여 있었다. 궁금해 펼쳐보니 여권의 사진 속 알리나는 유난히 예뻐 보였다. 진한 장밋빛의 도톰한 입술과 샘이 날 정도로 짙은 속눈썹을 가진 알리나는 한 번도 화장할 필요를 느껴본 적이 없었다. 하지만 그보다도 그녀가 그토록 매력적인 이유는 자신감 때문이었다. 출생증명서를 들고 그녀가 태어난 날짜와 시간, 장소를 읽는 순간 갑자기 다시 점을 보고 싶은 욕구가 깨어났다. 그 충동에 이끌려 나는 가구를 둘러보던 창을 닫고 점성술 페이지를 열어 알리나의 천궁도에 예전 그날 밤의 무시무시한 점괘를 설명할 만한 무언가가 나오는지 확인해 보려 했다. 그녀의 정보를 입력했다. 몇 초만에 나는—이미 알고 있던—그녀의 별자리와 상승궁을 확인했고 중요한 위기에 대해 이야기하는 다른 정보들도 확인했다. 여덟 번째 하우스의 태양은 인생 중반의 심각한 건강 문제나 실존적 문제를 가리키고 있는 반면, 아홉 번째 하우스의 토성은 상상할 수 없는 도전을 의미했다. 토성이 이 위치에 있는 것은 순교자들의 천궁도에서 자주 보인다고 점성술 페이지는 경고하고 있었다.

누군가를 사랑할수록, 우리는 그 사람으로 인해 취약함과 불안함을 느끼게 된다. 나는 내 삶에서 알리나의 존재가 얼마나 중요한지 깨닫게 되었다. 이 세상에는 그들이 없다는 걸 상상조차 할 수 없는 그런 존재들이 있다. 나에게는 알리나가 그랬다. 알리나가 사라진다면 나의 일부는 그녀와 함께 사라지리라. 나는 불안한 마음으로 점성술 페이지를 닫고 다시는 내 친구의 운명을 기웃거리지 않겠다고 다짐했다.

계약한 집으로 들어갈 준비가 끝났을 때 아우렐리오와 알리나는 지인들을 소집해서 나의 이사를 도와주었다. 멕시코 남자와 결혼한 마르세유 출신 레아, 무용수 파트리시오, 갤러리 동료인 루시아와 이사벨이 와주었다. 2주 후 우리는 성대한 집들이 파티를 열었다. 파리에서 함께 어울렸던 거의 모든 친구들이 참석했다. 우리는 예전처럼 마시고 춤췄다. 알리나는 페퍼민트를 넣은 물을 마셨다. 그즈음 14주를 지나고 있어 약간씩 임신 징후가 나타나고 있었다. 항상 모성을 까대기만 하던 나를 기억하는 친구들이 어안이 벙벙해 있는 동안 기쁨을 감추지 못하는 말투로 알리나의 임신을 알린 것도 바로 나였다. 확실히 임신은 사람들과의 관계를 포함해서 많은 것을 바꾸어놓는다. 비출산을 결심한 친구들은 마치 알리나가 전염병 보균자라도 되는 것처럼, 달라진 눈길을 보냈다. 반대로 임신을 원하는데 시간이 줄어들고 있음을 느끼는 친구들은 알리나에게 시샘이 살짝 섞인 동경의 시선을 보냈다. 나 말고 진심으로 그녀를 위해 기뻐했던 사람이 또 있었는지는 모르겠다.

8

16주를 넘어서자 의사는 알리나에게 3D 초음파라고도 알려진 구조 검사를 하자고 했다. 자궁 내부를 촬영하는 매우 정교한 기기 덕분에 태아의 모든 뼈의 크기를 측정하고 각종 기관의 발달 사항까지 확인할 수 있는 검사였다. 검사를 위해 알리나는 도시를 가로질러, 멕시코시티뿐 아니라 지구에서도 동떨어진 지역으로 보이는 콜로니아 산타페의 '똑똑한 마천루'까지 가야 했다. 병원은 거대한 창문을 통해 '비참한 마을villa miseria'의 전경을 비추는 빌딩 18층에 있었다. 우리 앞에는 결혼 반지를 낀, 깔끔하고 세련된 세 커플이 있었다. 나는 알리나와 내가 어떤 모습인지 새삼 깨달았다. 편안함을 넘어 엉망진창에 가까운 우리의 꼬락서니와 누구 머리가 더 엉컸는지 경쟁이라도 하는 것처럼 보이는 우리의 머리카락을. 나는 알리나의 귀에 대고 레즈비언 커플인 척해보자고 제안했지만 그날 알리나는 장단을 맞취줄 기분이 아니었다. 그녀가 초조해하는 것이 보였다. 곧 아기에 대한 중요한 정보를 많이 알게 될 것이었다. 자극적인 장난을 칠 상황이 아니었다. 어쩌면 아우렐리오가 자신의 작업에 관심이 있는 영국인 갤러리스트들과의 약속 때문에 함께 올 수 없어서 속상한 것인지도 몰랐다.

접수 담당자가 알리나의 이름을 불렀고 우리를 진료실로 안내했다. 일단 안에 들어가니 우루과이 억양을 가진 나이 지긋한 여성이 코노 수르* 여성들 특유의 따뜻한 응대로 우리를 맞이했다. 의사는 알리나에게 초음파를 하는 동안 아기의 모든 기관과 척추의 간격, 심박수를 측정할 것이며 마지막으로 성별도 알 수 있다고 설명했다. 최신 초음파기는 아주 정밀해 보였다. 알리나가 화장실에서 가운으로 갈아입는 동안 나는 창밖의 판자촌을 바라보았다. 기껏해야 지역 보건소가 전부인 곳에서 거의 아무런 의료 서비스를 받지 못한 채 아이를 낳는 여자들에 대해 생각했다. 아이의 성별은 건강상태와 마찬가지로 출생 당일에 알게 되리라.

우리는 드디어 초음파실로 이동했다. 의사는 내 친구 복부의 맨살에 젤을 펴바른 뒤 휴대용 샤워기처럼 생긴 하얀 기구를 미끄러지듯 움직였다.

갑자기, 심장박동이 만들어내는 다급한 쿵 쿵 소리가 검사

---

* 남쪽의 뿔이라는 뜻이다. 아메리카 대륙의 최남단 지역을 일컫는 말로, 보통 아르헨티나, 칠레, 우루과이가 포함된다.

실의 정적을 깨뜨렸다. 그걸 들으며 감격하지 않았다고 말한다면 거짓말일 것이다. 조금 있으니 믿을 수 없을 만큼 형태가 잘 잡힌, 진한 감귤색 태아의 이미지가 화면에 나타났다. 자기 엄마처럼 도드라진 입술에 큰 눈과 오뚝한 코를 가진 얼굴까지도 보였다.

의사는 화면에 드러나는 정보를 적으면서 우루과이 억양의 큰 목소리로 설명해주었다.

"심장이 아주 건강하게 뜁니다. 폐랑 간도 잘 식별되고 알맞게 형성되고 있고요. 다른 기관보다 뇌가 조금 작긴 한데 그것도 일반적인 일이고요. 자궁 내 발달의 마지막 단계라서요." 의사가 말했다. "중요한 건 나머지 몸과 비례해서 계속 성장하는 겁니다. 두 달쯤 후에 다시 검사하러 오세요. 척추뼈 간격도 정상 범주 내에 있어요. 이건 다운증후군을 배제하는 데 매우 중요한 정보입니다."

알리나와 나는 안도의 한숨을 쉬었다. 검사를 마치며 의사가 말했다.

"딸입니다. 여기 외음부 형태가 아주 선명하게 보여요."

알리나의 얼굴이 밝아졌다. 한 번도 입 밖으로 말한 적은 없지만 우리는 둘 다 그녀가 딸을 원하고 있다는 걸 알고 있었다.

"이네스라고 부를 거야." 알리나가 말했다. 나는 듣자마자 그 페미니스트 시인의 이름에 찬성했다.

알리나가 다시 옷을 갈아입으러 화장실에 들어간 동안 나는 대기실로 돌아갔다. '딸이라니.' 머릿속에서는 우리 나라 같은 곳에서 그게 어떤 위험을 의미하는지를 헤아리며 나는 생각했다.

소파에 앉아서 대기 중인 두 커플을 훑어보았다. 부인들은 화장을 하고 머리를 단정하게 드라이했고 남자들은 넥타이를 맸다. 그날 모두가 자식의 성별을 알게 될 것이다. 기다리던 대답을 듣고 병원을 떠나겠지만 이제 또 다른 임무가 생겼으리라. 아이에게 푸른색 옷이나 분홍색 옷 사주기, 공들여 고른 물건들—소방차 혹은 인형의 집—로 아기 방 채워주기, 유아기 내내 특정한 방식으로 행동해야 한다는 것, 이를테면 다리를 너무 벌리면 안 되고 창피해도 울면 안 된다는 것 등을 귀에 못이 박히도록 들려주기. 그리고 무엇보다, 이름을 지을 것이다. 이름은 곧 운명이라고 옛 사람들이 말하지 않았던가. 이네스라는 이름 안에 얼마나 많은 기대와 말하지 않은 것들이 담겨 있는지. 하지만 마누엘, 엘레나, 알레한드로도 마찬가지다. 사람들을 관찰하며 나는 우리가 호수 위 구름 혹은 빨갛게 핀 숯불처럼 단어나 이미지의 조합을 이름 대신 지어주고 젠더는 각자 선택하든지 고안하든지 하면 이 세상은 어떻게 될까 자문했다. 아이가 이중의 성별이나 모호한 성별을 가지고 태어나면 어떻게 되는 걸까. 그리고 부모의 동의를 받아 의사들이 한쪽 성을 영원히 절단하거나 봉합했는데 몇 년이 지나 그 아이가 임의로 지정된 성별을 거부한다면 어떻게 되는 걸까.

41

알리나는 입가에 의기양양한 미소를 띠고 화장실에서 나왔다.

"딸이래요!" 알리나가 불쑥 말하자 사실상 모르는 사이나 다름없는 접수 담당자는 수납을 하며 그 소식에 기뻐하는 척했다.

1월이었다. 추웠지만 해가 좋았고 나무 사이를 산책하고 싶게끔 만드는 오후였다. 나는 알리나에게 그녀의 집 근처 공원을 잠시 걷자고 했다. 알리나가 임신 소식을 알린 후로 미래는 우리의 단골 대화 주제가 되었다. 가끔은 어떤 교육이 가장 적합할지, 미리 고민해 골라놓았던 학교에 대해 이야기했다. 하지만 그날 오후에는 출산에 집중했다. 알리나는 서른여섯 살이며 자궁근종 수술 이력이 있어서 의사는 제왕절개를 권했다. 나는 자연분만이 아기에게 엄마의 면역체를 전달할 수 있고 폐호흡도 수월하게 해준다는 글을 읽은 적이 있었다. 하지만 알리나는 청소년기부터 보아온 산부인과 주치의를 깊이 신뢰했다. 느리지만 확실한 결과를 가져온 난임 치료를 담당한 의사였다. 다른 친구들과는 달리 알리나는 자연분만에 대해 확고한 의견이 없었고, 모유 수유에 관해서도 마찬가지였다. 의사가 제왕절개술을 권유했다면야 왈가왈부할 이유가 전혀 없었다. 의사는 3D 초음파 말고도, 태반에 바늘을 삽입해 양수를 채취해 분석하는 양수 검사까지 권했다. 35세 이상의 산모에게 권유하는 침습적 검사로 태아 목덜미투명대 검사보다 더 정확하게 오차 없이 다운증후군을 진단할 수 있었다. 그날 택시를 타고 알리나 네 집 쪽으로 돌아가는 길에 그녀는 양수 검사를 하지 않기로 했다고 말했다. 그렇게 폭력적인 방식으로 배 속의 아기를 동요시키고 싶지 않다고 말이다.

9

그 후 몇 달은 별다른 문제 없이 흘러갔다. 알리나는 건강을 유지하고 출산을 견뎌낼 체력을 기르기 위해 낮에는 수영을 다녔다. 주말에는 아우렐리오와 동네 산책을 하고, 영화관에 가거나 친구 집에 놀러가기도 했다. 나는 가끔 두 사람을 집에 초대해 버섯 파스타나 라자냐를 요리해먹곤 했다. 5개월차에 접어들자 알리나의 배는 두 배로 커졌다. 배 위에 손을 올리면 태동을 느낄 수 있었다. 이제 우리는 아기라는 말 대신 꼭꼭 이름을 불렀다. 가끔씩 이네스가 발차기를 하고, 팔꿈치나 무릎으로 밀어내면 알리나는 큰 소리로 기뻐하며 어서 만져보라고 우리를 부르곤 했다.

나는 점점 논문 쓰기에 몰입하면서 가끔 내 작업을 친구의 임신과 비교하기도 했다. 내 머릿속과 컴퓨터에 얽혀 있는 논문에서 구조를 결정짓는 것은 마치 견고하면서도 유연한 뼈대를 형성하는 것과 비슷한 과정이었다. 내 몫의 이 창작 과정 때문에 구역질이 나기도 했다. 당시 이웃들이 모두 출근한 뒤 오전 여덟 시가 지나면 건물 전체에 내려앉던 고요를 기억한다. 옆집이 아직 비어 있을 때였다. 지금 복도와 계단을 집어삼키는 콜리플라워 구이나 간 튀김 냄새도 없었다. 아이들도, 소란도 없었다. 엘리베이터 소음이 들릴 정도로 아주 미세한 자극도 바로 감지할 수 있었다.

발코니에서 식사 준비를 하던 어느 날 아침, 바닥이 흰색과 회색 얼룩으로 뒤덮여 있는 것을 보았다. 고개를 들자 천장 대들보 위에 새 둥지가 한창 지어지고 있었다. 그날은 밖에서 아침을 먹지 못했다. 청소솔과 물통, 세제를 챙겨서 흔적 하나도 남지 않게 발코니 바닥을 박박 문질러서 닦았다. 그러고는 아침 먹을 때 쓰는 의자를 밟고 올라가서 둥지 프로젝트의 초석이 될 나뭇가지들을 해체했다. 몇 시간 후 헷갈릴 수 없이 분명한 비둘기 울음소리를 들었다.

구구구구구, 비둘기 하나가 마치 긴 질문을 하듯 울었다.

구구, 다른 비둘기가 대답했다.

나는 하던 일을 멈추고 조심스럽게 그날 아침 내가 집을 뺏어버린 새들을 바라보기 위해 고개를 내밀었다. 비둘기들은 짜증이나 분노의 기색 없이 대들보 위에 새로운 나뭇가지들을 모아다놓고 처음부터 다시 시작하고 있었다. 다섯 시간이 지나기도 전에 발코니 바닥은 다시 얼룩으로 뒤덮여버렸다.

나는 비둘기가 싫다. 파리에는 어마어마하게 많은 비둘기가 있었고 사람들이 걔네를 '옥상의 쥐새끼들'이라고 부르는 데는 그만한 이유가 있었다. 건물 지붕마다 비둘기들이 가득했다. 진정한 역병이었다. 모든 동물의 똥 중에서도 비둘기 똥이 특별히 유독하다는 말을 한두 번 들은 게 아니었다. 비둘기 똥이 마르고 나면 쉽게 흩날리는데, 그걸 들이마시면 폐 감염이 생기는 것도 시간 문제였다. 나는 일순간도 망설이지 않고 부엌으로 가서 빗자루를 들고 돌아왔다. 이 구역의 주인이 누구인지 확실히 알려주기 위해 비둘기 커플을 겨냥해 여러 번 세차게 휘둘렀다.

10

옆집 아이는 어제 또 한 번 공동생활의 한계를 시험했다. 오후 다섯 시경 격분하여 난리를 치기 시작해 벽이고 문짝이고 할 것 없이 사정없이 두들겨댔다. 다양한 무게의 물체들이 벽에 부딪혔고 아이 엄마는 아이를 진정시키려 했지만 언제나처럼 아무 소용이 없었다. 결국 뭔가가 다용도실과 부엌 사이의 창문 유리창을 깨뜨리고 말았다. 그러자 이사 온 후 처음으로 옆집 여자가 평소의 무심한 태도에서 벗어나 아이 못지않게 큰 소리로 고함을 지르기 시작했다.

"지긋지긋해!" 여자가 아이에게 말했다. "이제 정말 못 참아주겠어!"

나는 집을 박차고 나가고 싶은 마음을 최대한 억눌렀다. 다음 날, 지도 교수에게 논문 한 챕터를 완성해서 제출해야 했는데 아직도 몇 페이지나 부족했다. 나는 노트북을 들고 발코니로 나갔다. 이어폰을 꽂고 클레츠머를 최대 음량으로 들으며 고작 몇 미터 떨어진 곳에서 벌어지는 일들을 외면하려고 애썼다.

밤이 되자 겨우 잠잠해졌고 가게에 담배를 사러 내려갔다가 건물 입구 앞 계단에 앉아 있던 옆집 여자와 마주쳤다. 이번에는 전화 통화를 하는 대신 중대한 문자라도 기다리는 듯 그저 뚫어지게 휴대폰 화면을 들여다보고 있었다. 울고 난 티가났고 다크서클은 더 깊어 보였다. 나는 손바닥에 담뱃갑을 탁탁 치면서 문 쪽으로 다가갔다. 나를 본 여자가 간절한 표정으로 내 앞에 섰다.

"담배 한 대만 줄래요?"

나는 담뱃갑의 비닐을 뜯어 한 개비를 건네며 말했다.

"원하면 더 피워요."

옆집 여자는 호감이 섞인 눈빛으로 나를 쳐다봤다. 와인색 매니큐어를 바른 손을 떨면서 담뱃갑에서 담배 두 개비를 뽑았다. 담배에 불을 붙인 그녀가 긴 숨을 내뿜었고 나는 그 심정에 공감하지 않을 수 없었다. 나도 그 아이의 비명이 견디기 어려운데, 같이 사는 사람은 오죽할까.

나는 집으로 돌아와 발코니에서 한참을 일했다. 다 마치고 샤워를 하고 이를 닦은 후 침대에 누웠다. 수면에 즉효인 『안나 카레리나』의 도움을 받아 잠을 청하는 동안 침대가 닿아 있는 벽 너머로 신음소리가 한 번, 또 한 번 들렸다. 자기 무리를 찾는 어린 짐승이 울부짖는 소리처럼 알아들을 수 있는 단어라고는 없었다. 하지만 아무도 도와주러 나타나지 않았다. 나는 어린 늑대의 엄마가 아직도 전화나 문자를 하느라 밖에 나가 있는 모양이라고 중얼거렸다. 곧 신음소리는 우렛소리와 같은 오열로 변했다. 아이의 불행이 고스란히 벽을 타고 마치 장마철 습기처럼 스며들었다. 그 냄새를 맡지 않거나 맛보지 않는 것은 불가능했다. 본 적도 없지만 어쩌면 그 아이는 내가 생각한 것만큼 괴물이 아닐 수도 있다는 생각에 깊은 안타까움을 느꼈다. 나는 아이에게 힘이 되어주고 이야기를 들어주어야겠다고 결심했다.

11

어느 날 밤, 엄마가 전화를 해서 주말에 도시를 벗어나 함께 여행을 가자고 제안했다. 엄마 친구 히메나가 숲으로 둘러싸인 호숫가 근처의 집을 빌려줬다고 했다. 내가 같이 못 가면 혼자 고속도로로 운전해서 가겠다고 했지만 엄마의 시력이 최근 급격하게 떨어진 터라, 마뜩찮게 여겨졌다. 우리가 마지막으로 함께 여행한 게 언제인지는 기억도 나지 않았다. 도시를 벗어나면 논문에도 진척이 생길 거라 생각하며 엄마의 제안을 수락했다. 내 기대는 틀리지 않았다. 두 시간 반을 운전해서 도착한 집은 산이 보이는 아름다운 전망과 함께 달콤한 정적으로 둘러싸여 있었다. 첫날은 잠시 식사를 하거나 해먹에서 잘 때를 빼고는 내내 가져간 책에 푹 빠져서 보냈다. 밤에 기온이 급격히 떨어지자 그 핑계로 난로에 불을 피웠다. 정어리와 잣을 넣은 파스타를 만들어 와인 한 병을 통째로 마시고 둘 다 기분이 좋아졌다. 식탁에서 시작한 대화를 이어가기에 벽난로는 완벽한 배경이 되어주었다. 엄마와 나는 안락의자에 웅크리고 앉아서 시시콜콜한 모든 것에 대해 이야기했다. 남동생의 근황에서 내가 읽고 있던 루마니아 소설 『솔레노이드』의 줄거리로 이어진 대화는 어느 순간 알리나 이야기로 넘어갔다. 나는 엄마에게 알리나가 아기를 낳을 것이고 아이를 낳아 키운다는 것에 대한 나의 모든 거부감에도 불구하고 기쁘다고 말했다.

"당연히 그래야지." 엄마가 단호하게 말했다. "자식은 인생이 줄 수 있는 최고의 선물이니까."

그 말을 들으니 옆집 여자에 대해 생각하지 않을 수 없었다.

"진심으로 말하는 거야?" 내가 물었다.

"아주 진심이지. 아니면, 우릴 봐. 내 나이 먹은 여자가 너같이 젊은 애랑 주말을 보낼 수 있다는 게 근사하지 않니? 자식은 인생의 기쁨이야. 조건 없는 사랑으로 채워주고 더 나은 사람이 되게 해주지."

저런 말을 엄마를 비롯해서 가부장제의 편견에 빠진 여자들 입에서 수도 없이 들어왔다. 엄마가 하는 말이 판에 박힌 말로 느껴졌지만 이번에는 아무 말도 하지 않았다. 엄마랑 논쟁하러 거기까지 간 게 아니었으니까.

"라우라, 너는?" 엄마는 진지하면서도 와인 때문에 대담해진 표정으로 내게 물었다. "언제쯤 아이를 가질 거니?"

늘 그렇듯이, '아이를 가질 생각이 있니?'라고 묻는 게 아니라 '언제쯤 아이를 가질 거니?'라고 물었다. 대답을 고르며 나는 잠시 망설였다. 약간은 가학적인 마음으로, 또 한편으로는 이번 한 번으로 이 문제를 완전히 해결하겠다는 마음으로 나는 나팔관을 묶었다고 대답했다.

"그러니까," 나는 끝장을 내듯 마무리했다. "대답은 영원히 아니오, 겠지."

우리는 침묵 속에 가만히 있었다. 창밖에서 빈정대는 듯한 매미 소리가 들려오는 동안 난로의 불씨가 사그라들도록 내버려두었다. 엄마는 나를 원망의 눈으로 바라보았다. 나를 타박하지 않기 위해 참고 있는 게 느껴졌다. 여러 차례 화제를 전환해보려 애썼지만 계속 같은 생각을 하고 있다는 게 너무도 분명했다. 결국 우리는 잘 자라는 인사를 나누고 각자 방으로 들어갔다.

일요일 아침, 나보다 먼저 일어난 엄마는 아무 말도 없이 장을 보러 다녀왔다. 잠에서 깨니 과일과 멕시코식 계란 요리, 커피와 오렌지주스까지 포함된 푸짐한 아침 식사가 차려져 있었다. 항상 느껴왔지만 엄마는 마치 이 나이에도 내가 더 크지 않을까봐 두려운 것처럼, 배고플 때 잘 먹는 내 모습을 보는 데서 큰 기쁨을 얻었다. 아침을 먹으며 엄마는 다시 아이 얘기를 꺼냈다.

"네가 태어났을 때 네 아빠는 일을 두 군데나 다녔고 나는 절망에 빠져 지냈지. 가족은 멀리 있었고 낮에는 아무도 나를 도와줄 사람이 없었어. 밤에는 너희 아빠가 너를 재운다고 하고는 항상 너보다 먼저 잠들었고. 아무도 나한테 어떻게 엄마가 되는 건지 가르쳐주지 않았어. 엄마가 된다는 게 얼마나 극심한 피로에 시달리고 의지할 데 없이 고립되는 일인지 경고해주지도 않았지."

그 말을 들으니 엄마가 옛이야기를 읽어주며 우리 남매를 재우려고 애쓰던 유년기의 한 장면이 떠올랐다. 남동생과 나는 각자의 취침등을 켜고 누웠고 엄마는 평소처럼 두 침대 사이에 앉아 있었다. 엄마는 녹초가 되어 있었다. 취침등의 흐릿한 불빛 아래 엄마의 다크서클은 더 길게 늘어져 보였다. 온갖 문제와 씨름하며 감정을 억누르느라 쌓인 피로였다. 다섯 살 먹은 나는 그런 엄마를 보며 화가 났다. 그날 밤, 나는 어떤 연민도 없이 엄마한테 멍청해 보인다고 말했다. 엄마는 주저하지 않고 대답했다. '네 말이 맞아. 너희들을 낳았을 때 엄마 뇌세포가 녹아버렸단다.' 나는 그게 농담인지 진심인지 끝내 알아내지 못했다.

"불치병 같은 피로감이야." 남의 집 식탁에 앉아 엄마는 말을 이어나갔다. "모성 어쩌구 하면서 아무도 해주지 않는 이야기지. 종의 연속성을 보장하기 위한 비밀 같은 거야. 네가 자식을 갖지 않기로 결정한 거 나는 이해한다." 엄마는 웃으며 말했다. "근데 파트너는 어떠니? 사랑할 사람, 돌봐줄 사람이 있는 건 중요해. 너무 자기중심적으로만 살지 않게 해주니까."

"그런 거라면 난 엄마가 있잖아." 내가 말했다. "다른 사람은 필요 없어."

그날 오후 집으로 돌아가는 길에 일요일마다 생기는 교통체증으로 우리는 멕시코시티로 진입하는 고속도로에 갇혔다. 내가 운전대를 잡고 있는 동안 엄마는 자기 CD플레이어로 음악을 틀었다. 우리는 엘라 피츠제럴드와 줄리 런던, 존 레논과 실비 바르탕을 따라 목이 잠길 때까지 노래를 불렀다.

집에 돌아왔을 때 우리 집 발코니 바닥은 거대한 비둘기 변소가 되어 있었다. 대들보 위를 들여다보니 분하게도 둥지가 이미 완성되어 있는 것을 확인했다. 비둘기들은 보이지 않았다. 나는 지난번처럼 둥지를 철거하기 위해 의자 위에 올라갔다. 그때 푹신하고 완벽한 원형의 둥지 중앙에, 한쪽이 조금 더 크고 아주 약간 푸르스름한 빛을 띠는 것만 빼면 거의 똑같은 알 두 개가 놓여 있다는 것을 깨달았다. 차마 그 알들을 깨뜨릴 수는 없었다. 나는 의자에서 내려와 내일 아침에 반드시 이 문제를 해결하리라 다짐하며 침대로 향했다. 비둘기들을 쫓아낼 고양이를 한 마리 입양할까 생각했지만 그러지도 못했다. 사실은 실행하고 싶지 않고 누군가 해결해주었으면 하고 바라는 일들을 대할 때 그렇듯, 나는 며칠째 일을 미루고만 있었다. 물론 똥은 계속해서 쌓이곤 했지만 어쩐 일인지 똥을 치우는 일이 더는 그리 더럽게 느껴지지 않았다. 나는 둥지 아래쪽에 신문을 깔고 하루에 두 번씩 갈기로 결심했다. 그렇게 나는 비둘기와 그들의 악취와 끊이지 않는 구구 소리에 길들여졌다.

12

알리나의 임신 22주차에서 26주차 사이에, 우리는 거의 만나지 못했다. 그녀는 갤러리 일만으로도 바빴다. 알리나는 여유가 생기면 수영을 하거나 상담치료에 갔고 또 아우렐리오와도 시간을 보냈다. 우리는 주로 휴대폰 문자로 소통했다. 그녀가 건강하게 잘 지내고 있으며 이네스가 순리대로 자라고 있다는 소식을 듣는 걸로 족했다. 나 역시 논문 막바지에 접어들고 있어서 사람들과 어울릴 시간이 별로 없었다. 하루의 대부분을 서재에 틀어박혀 있지 않으면, 먹이를 구할 때 빼고는 나처럼 거의 집에서 나가지 않는 비둘기들의 구구 소리를 들으며 발코니에서 논문을 썼다. 비둘기 두 마리가 어찌나 정성스럽게 알을 품는지 알들은 구경도 하기 힘들었다. 그나마 둘이 교대할 때를 기다리거나 발코니 바닥에서 빵 부스러기를 먹을 때를 노려야 했다. 나는 의자에서 일어나 살금살금 대들보로 다가가 알들이 얼마나 컸는지 들여다보곤 했다.

　어느 월요일 오후, 논문 지도 교수에게 지난 한 주간의 진척 사항을 보고하는 이메일을 쓰고 있는데 휴대폰 문자가 왔다. '지금 시간 있어?' 알리나였다. '할 말이 있어.' 임신 7개월차 끝자락에 접어들 즈음이었다. 이네스는 완전히 형상을 갖추었고 우려할 만한 객관적인 이유가 전혀 없었지만 뭔가가 잘못되었다는 것을 직감했다. 나는 문자에 답을 하는 대신 바로 전화를 걸었다.

　"무슨 일 있어?" 내가 물었다.

　"응, 근데 이야기가 길어. 네가 들어줬으면 좋겠어. 지금 시간 괜찮아?"

　목소리에 다급함이 묻어났다.

　내가 운전을 하고 있었다면 알리나의 이야기를 듣기 위해 고속도로 한가운데라도 멈췄을 것이었다. 다행히도 나는 집에 있었다. 나는 발코니로 나가 의자에 앉았다. 알리나는 그날 오후 세 번째 초음파 검사를 했는데 우루과이 의사가 MRI 검사를 권유했다고 설명했다.

　"이네스의 뇌가 최근 두 달간 전혀 자라지 않았대. 비안치 선생님이 걱정하고 있어."

　"젠장, 젠장, 젠장!" 내가 소리를 질렀던 생각이 난다. 그 후 입을 다물기 위해 입술을 깨물었다. 알리나를 돕고 싶다면 평정을 유지해야 했다.

"산부인과 주치의 선생님은 뭐라고 해?"

"에밀리오 선생님은 MRI가 지나치게 과격한 검사라서 이네스의 성장에 지장을 줄 수 있다는 의견인데, 비안치 선생님은 꼭 찍었으면 좋겠다고 고집해. 반드시 필요한 경우라고. 어떻게 해야 할지 모르겠어. 에밀리오 선생님은 만일 두개골 석회화 같은 문제가 있다면 태어난 이후에 해결하면 된대."

"그러면 비안치 선생님은 정확히 뭘 걱정하는 거야? 구체적으로 이야기해줬어?" 내가 질문했다.

"초음파에서 뇌의 세세한 부분이 잘 보이지 않는대. 그냥 흰색 덩어리랑 회색 덩어리만 보이고, 대뇌 피질에 꼬불꼬불한 이랑이 안 보인다고 해. 거기 주름이 없을까 봐 걱정하는 거야. 그래서 꼭 MRI를 찍었으면 하는 거고. 그전에는 어떤 진단도 내리지 않는 게 좋겠대."

나는 주치의 에밀리오 선생님을 믿으라고 조언했다.

"어렵다는 거 알아. 하지만 에밀리오 선생님이 대신 결정하도록 해. 경험이 많잖아."

전화를 끊기 전에 알리나에게 틸라 차를 진하게 한 잔 마시고 마음을 편히 가지고 쉬라고 신신당부했다. 그리고 그 주에 같이 아침을 먹기로 약속했다.

몇 시간 후에 알리나에게서 문자가 도착했다는 알람이 울렸다. "에밀리오 선생님이 방금 MRI 찍으라고 했어. 내일 아침 8시야. 끝나면 연락할게."

알리나에게 전화를 시도했지만 전화기가 꺼져 있었고 그다음 날도 마찬가지였다. 수요일에는 아우렐리오에게 연락하려 애썼지만 역시 전화를 받지 않았다. 어떻게 된 건지 알 방도가 없었다.

드디어 연락이 닿았을 때 나는 알리나의 목소리를 듣고 생각보다 더 심각한 상황인 것 같아 겁이 났다. 알리나는 무슨 일인지 말하려 하지 않았다. 나는 집 바로 아래에 있는 카페로 갈 테니 제발 단 십 분만이라도 얼굴을 보고 이야기하자고 사정했다.

나는 약속 시간 삼십 분 전에 도착해서 안쪽 테이블에 앉았다. 찻잔을 꼭 쥔 채, 영원처럼 느껴지는 몇 분을 기다렸다. 드디어 알리나가 나타났을 때 내 눈은 본능적으로 그녀의 배를 더듬었고 여전히 배가 부른 것을 확인하고 안도의 한숨을 쉬었다. 알리나는 기운이 없어 보였다. 말을 하고 싶지 않은데도 무슨 일이 있었는지 나에게 이야기해주려 애를 쓰는 모습이 역력했다.

알리나는 화요일 아침에 병원에 다녀왔다. 마취가 불가능한 상태라 빈약한 진통제 한 알 먹지 못한 채 검사를 참아내야 했다.

"불안해서 죽을 것 같았어." 알리나가 말했다. "나 폐소공포증 있는 거 알지. 근데 이네스랑 내가 얼마나 움직이냐에 따라 검사가 40분에서 한 시간 정도 걸릴 수 있다는 거야. '눈을 뜨거나 감거나 상관없습니다. 하지만 어느 쪽을 선택하든 내내 그 상태를 유지하셔야 해요.'라고 하더라. 이네스가 한시도 가만히 있질 않아서 너무 초조해지기 시작했어. 이네스가 계속 그렇게 많이 움직이면, 검사는 더 길어질 테니까. 게다가 그 기계가 어찌나 끔찍한 소음을 내는지 드릴 소리보다도 심해. 정말 미치기 딱 좋겠더라고. 갑자기 배가 뭉치는 느낌이 들더니 점점 더 당기는 거야. 그래서 생각했어. '나 이 안에서 폭발하겠다.' 문제가 생기면 왼손 옆에 있는 벨을 누르라고 했었거든. 그래서 눌렀어. 그러니까 통 안에서 목소리가 들리더라고.

'괜찮으신가요?'

'아뇨.'

'어디가 불편하세요?'

내가 대답했어. '배가 아파요. 배가 끊어져버릴 것 같아요.'

'호흡하세요.' 목소리가 말했어. '진정하세요. 괜찮을 겁니다. 원하시면 눈을 떠 보세요.'

검사가 중단됐고 내가 누워 있는 통의 뚜껑을 들어올렸어. 내 손을 잡고는 계속 검사를 진행하길 원하냐고 물었어. 그러겠다고 했는데, 이번에는 십 분도 채 버티지 못했어. 땀이 났고 숨도 안 쉬어졌어. 심장이 기절할 정도로 빨리 뛰었고. 벨을 누르고 또 눌렀어. '꺼내주세요!' 막 소리를 질렀어. '더는 못하겠어요.'

의사들은 내가 진정할 때까지 한두 시간 기다리다가 다시 시도해보자고 제안했는데 내가 싫다고 했어. 아우렐리오를 보는 순간 울음이 터졌어. 죄책감이 들더라. 내 딸한테 무슨 일이 생겼는지 알아봐야 하는데 나 자신을 통제하지 못했다니. 비안치 선생님께 무슨 일이 있었는지 말했어. 그래도 건질 부분이 있는지 영상을 확인해보겠대. 하지만 지금까지 아무 연락이 없어. 아마 쓸 만한 걸 하나도 찾지 못했나 봐."

알리나가 말하는 동안 여러 번 눈을 마주치려 했지만 소용이 없었다. 알리나의 시선은 내 뒤에 있는 벽의 한 지점에 초점을 맞추고 있는 것처럼 보였다. 산악지대 사람들이 흔히 그렇듯이, 알리나는 언제나 굉장히 절제된 편이었다. 그녀의 이런 성격을 평소에는 너무나 좋아했지만 이번 완고함은 뭔가가 달랐다. 알리나는 흡사 보이지 않는 장벽으로 분리된 것처럼, 아니다른 차원에서 길을 잃은 것처럼 느껴졌다. 온 힘을 다해 간절히 원했는데도 알리나에게 닿는 것이 불가능하게 느껴졌다. 내가 남은 커피를 다 마시자 알리나는 직장에 늦겠다며 테이블에서 일어났다. 나는 그제야 그녀가 아무것도 주문하지 않았다는 걸 깨달았다.

13

며칠 전, 장 보러 다녀오던 길에 건물 입구에서 한 남자아이와 마주쳤다. 그 애가 나를 뚫어지게 쳐다봤다. 어쩌면 얼굴 옆에 드리워진 새치투성이 머리카락이 관심을 끌었는지도 모르겠다. 아이의 매우 큰 헤이즐넛색 눈동자는 짙은 속눈썹에 에워싸여 있었다. 같은 색 앞머리가 이마에 얇은 커튼처럼 드리워져 있고 힘 없는 머리카락 사이로 튀어나온 귀가 보였다. 처음 보는 아이였지만 옆집 여자의 아들 같았다. 나는 태연함을 가장하고 아이에게 인사를 건넸다.

"안녕하세요." 아이가 수줍게 대답했다.

나는 아이의 이름—아이가 한바탕 할 때마다 그의 엄마가 간신히 더듬거리며 입에 올렸던 유일한 말—을 알았지만, 어색함을 풀어보려 일부러 이름을 물었다.

"니콜라스." 아이가 대답했다. '니코'라고 애칭을 말하지 않은 게 마음에 들었다.

"나는 라우라야. 학교 갔다 오니?"

"응, 아줌마는요?

"그냥 한 바퀴 돌고 오는 길이야. 가끔은 집에서 일하는 게 지겹거든." 내가 대답했다.

"지루한 건가?"

"지루하다기보다는 절망스러워. 최근에는 글쓰기가 힘들어."

"나도 그런데. 집에서 못 나가니까 짜증나요."

"엄마가 엄청 바쁘신가보다."

아이는 대답이 없었다. 바닥에 시선을 고정한 채 고개를 들지 않았다. 사납다기보다는 취약한 존재처럼 느껴졌다. 내 방벽 너머로 아이의 울음소리를 들었던 밤이 생각났고 아이가 가엾게 느껴졌다.

침묵 속에서 엘리베이터를 기다리는 영겁의 시간이 흐르고 나는 불쑥 제안했다.

"그럼 오늘 오후에 나랑 공원에 가면?"

옆집 여자의 아들은 마치 프리스비 두 개처럼 눈을 동그랗게 떴다.

"아마 안 될 거예요. 엄마는 내가 나가는 걸 싫어해서."

"여쭤봐." 내가 말했다. "어쩌면 내가 물어보면……."

엘리베이터에서 내리자마자 그런 제안을 한 것을 후회했다. 그래도 어른에게 하는 것처럼 아이에게 악수를 청하자 아이가 좋아하는 느낌이 들었다.

"다음에 또 봐." 내가 말했다. "만나서 반가웠어."

나는 집에 들어가자마자 장 본 물건들을 찬장과 냉장고에 넣기 시작했다. 정리가 끝나기도 전에 벽 너머에서 아이가 엄마에게 악다구니를 퍼붓기 시작했다. 아까 복도에서 나랑 이야기했던 그 아이라고 믿기 어려웠다. 어쩌면 내 초대가 이 새로운 사달을 일으켰을지도 모를 일이었다. 오후에 외출할 생각에 들떠서 집으로 들어가는 아이와 허락해주지 않는 아이 엄마의 모습을 상상했다. 사실상 그럴 만했다. 나와 모르는 사이나 다름없었으니까. 문 하나를 사이에 두고 살고 있긴 하지만 이 분 이상 이야기해본 적도 없었다. 게다가 요즘 신문에는 하루가 멀다 하고 납치며 실종에 대한 끔찍한 뉴스가 실리니까. 거리의 가로등에 붙은 전단지에는 어느 날 낮에 집을 나가서 다시는 돌아오지 않은 사람들의 사진과 신상 정보가 붙어 있다. 나는 무슨 정신으로 옆집 여자가 자기 아이를 나한테 맡길 것이라 생각했을까? 애초에 실패할 수밖에 없는 계획으로 아이를 들뜨게 했다는 죄책감이 들었다. 귀를 기울여보니 역시나 내 추측은 틀리지 않았다.

"망할 마녀!" 니콜라스가 소리를 지르는 게 들렸다. "나를 이 감옥에 가둬놓고!"

"진정해, 니코!" 불쌍한 옆집 여자는 아무 소용도 없는 말을 반복할 뿐이었다.

나는 주머니에 열쇠를 집어넣고 옆집 문을 두드리기 위해 집을 나섰다.

초인종을 누르자 집 안이 갑자기 쥐 죽은 듯 조용해졌다. 문을 열어주기를 기다렸지만 누구냐는 질문조차 들리지 않았다. 문구멍으로 나를 내다본 모양이었다. 몇 분 후 니콜라스가 조금 전처럼 욕설을 해대기 시작했고 옆집 여자는 언제나처럼 애원조로 사정하고 있었다. 나는 응답 없는 초인종을 다시 한번 눌렀고, 또 한 번 더 눌렀다. 세 번째에 옆집 여자가 문을 열자 집 안쪽에서 계속 욕설을 퍼붓는 아이의 목소리가 들렸다. 여자는 내게 들어오라고 하지 않았지만 내가 마음대로 현관까지 밀고 들어가도 막거나 버텨서거나 하지 않았다. 그녀는 이웃이 아니라 경찰이라도 도착한 것처럼 벙벙하고 놀란 표정으로 나를 바라보았다.

"안녕하세요. 니콜라스 있나요?" 그때까지 아무것도 못 들은 척 물었다.

내 목소리를 듣는 순간 아이는 조용해졌다.

14

금요일 오후, 에밀리오 박사는 알리나와 아우렐리오에게 전화해서 월요일 아침 일찍 진료를 받으러 오라고 했다. 그 전날인 일요일에 두 사람은 우리 집에서 저녁 식사를 함께했다. 나는 코코넛밀크를 넣은 태국 커리 요리를 준비했고 알리나를 위해 무알콜 와인을 한 병 땄다. 얼어붙은 분위기 속에서 우리는 긴장을 풀어보려 애썼다. 둘은 의사와 이야기해서 정확한 정보를 얻기 전까진 그 문제에 대해 생각하지 않기로 했다고 말했다. 식탁에 앉기 전에 우리는 발코니로 나갔다. 알리나가 내가 항상 불평하던 비둘기들을 보여달라고 했기 때문이다. 비둘기들은 거기 있었다. 얼마나 크게 구구거리는지 음악을 틀어놨는데도 그 소리를 듣지 않기는 불가능했다.

"꼭 우리 같다, 알리나." 아우렐리오가 외쳤다. "풍랑과 싸우며 알을 품고 있잖아."

알리나와 나는 아우렐리오의 엉뚱한 발견을 비웃었다.

월요일 아침 두 사람은 일찍, 심지어 의사보다 더 먼저 병원에 도착했다. 그들은 에밀리오 박사가 굉장히 깔끔하게 차려입고 머리는 아직 젖은 채로 마치 연설문이라도 외우듯 이해할 수 없는 말들을 중얼거리며 급하게 복도를 걸어오는 모습을 보았다. 알리나는 애정을 담아 놀리듯 말했다.

"선생님은 역시 저랑 같은 과라니까요. 저도 맨날 혼잣말해요."

의사는 알리나를 향해 굳은 미소를 짓고 병원 안으로 안내했다.

"무슨 일이 있었는지 들으셨죠?" 알리나가 물었다.

"네. MRI를 찍는 도중에 공황 발작이 있으셨다고요. 많은 사람들에게 일어나는 일입니다. 다행히 비안치 선생님이 이미지를 복구해서 저한테 보내셨어요."

"뭐라고 하셨는데요?"

"알리나, 우리가 알고 지낸 지 참 오래되었죠. 제가 두 분을, 특히 알리나를 얼마나 아끼는지 알 거예요. 그래서 이 소식을 전하기가 정말 쉽지 않습니다. 아기는 살지 못할 겁니다. 사실을 명확하게 전달하고 헛된 희망을 주지 않고자 해요."

알리나는 고개를 돌려 아우렐리오를 바라보았고 그의 얼굴이 완전히 창백해진 것을 보았다.

"아기의 뇌가 전혀 자라지 않았습니다." 의사는 말을 이어나갔다. "뇌의 정상 성장 범주에 한참 못 미칩니다. 비안치 선생님이 걱정했던 것처럼 뇌의 이랑이 전혀 형성되지 않았습니다. 지금쯤 이미 관찰되어야 하는데도요."

이번에는 알리나가 항변했다.

"하지만 이네스는 살아 있어요, 정말로 살아 있다고요. 지금도 제 안에서 움직이는 게 느껴져요."

"알리나 덕분에 그렇게 살아 있는 겁니다. 하지만 아기의 뇌는 독립적으로는 기능하지 못합니다. 둘이 분리되는 순간 죽을 겁니다."

아우렐리오는 아무 말 없이 울고 있었다. 진료실에 도착한 이후로 단 한 마디도 하지 않았다. 이제는 벌겋게 상기된 그의 뺨 위로 끈적한 눈물이 흘러내렸다.

알리나는 창밖을 바라보았다. 병원의 정원에는 햇살이 강렬히 내리비치고 있었다. 한 남자가 마치 그가 밀고 있는 기계와 한 몸인 것처럼 잔디 깎는 일에 몰두하고 있었다. 알리나는 예초기 소음이 거슬렸고 그 때문에 마치 끔찍한 취향의 농담인 듯 들리는 의사의 말을, 더이상 외면하지 않고 언젠가 받아들여야 할지 확인하기 위해 완전히 흡수해야 할 그 말을 명확히 듣지 못하고 있었다.

"그렇지만, 어떻게 된 건데요? 제가 뭘 잘못한 거예요?" 이제는 정말 무너지기 직전인 알리나가 물었다.

"아마도 유전적 문제일 확률이 높습니다. 아기가 태어나면 확실히 알 수 있겠지요. 혈액을 채취해서 유전학과에 보내게 될 겁니다."

아우렐리오는 그제야 대화에 끼어들었다.

"다른 의견도 들어봐야 해." 알리나에게 말하고는 의사에게도 말했다. "다른 전문의의 진단도 들어보셨나요?"

에밀리오 박사는 고개를 끄덕였다.

알리나는 의사와 이야기하는 도중에 단 한 번도 임신 중지에 대한 이야기가 나오지 않았다고 확언했다. 4개월 이후의 임신 중지는 법적으로 금지되어 있지만 이런 경우 낙태 수술을 집도해주는 의사가 있다는 건 잘 알려진 사실이다. 하지만 에밀리오 박사는 임신 주수를 끝까지 채우면 앞으로의 임신 가능성을 높일 수 있다고 말했다.

"두 사람을 잘 아니까, 끝까지 주수를 채우고 싶어 할 거라는 걸 알아요. 다른 아기를 원한다면 그 편이 더 좋기도 하고요."

"그렇지만 만일 이네스가 살면요?" 알리나가 물었다. "태어나서 죽지 않으면요?"

"그런 일은 없을 겁니다. 아기의 운동과 인지 기능이 그에 미치지 못해요. 생각도 하지 못하고 움직이지도 못할 거예요. 혼자서는 호흡도 하지 못할 거고요. 뇌가 없는 거나 마찬가지라는 사실을 이해하셔야 해요. 사실상 뇌가 없는 거예요. 뇌 없이는 그 누구도 살 수 없어요."

"하지만, 살면요?" 최후의 희망을, 기적의 가능성을 놓지 않으려는 듯, 어쩌면 그 기적이 일어날까봐 두려워하는 마음으로 알리나는 고집했다. "감정도 지성도 없는 덩어리가 된단 말인가요?"

"산다면, 그렇게 될 겁니다." 의사가 말했다.

"그러면 제가 지금 뭘 할 수 있죠?" 알리나가 물었다. "잘 먹는 거요? 탈 없이 자라도록 침대에 있어야 하나요?"

"평소처럼 일상 생활을 유지하세요. 현재로서는 알리나도 저도 할 수 있는 게 정말이지 아무것도 없습니다. 누구라도요."

접수대에서 전화가 왔다. 열 시 예약 환자가 도착했다고 했다. 박사는 두 사람을 배웅하며 처방전에 신경과와 신생아 전문 소아과 전문의의 이름을 적어주고 최대한 빨리 연락해보라고 당부했다.

15

병원을 빠져나오자마자 두 사람은 비안치 박사의 진료소로 향하는 택시를 불렀다. 박사는 학회 참여차 나가려던 참이었고, 이번에는 차례를 기다리는 환자들도 없었다. 여행가방 두 개가 세워져 있는 연구실에서 박사는 두 사람을 맞이했다. 의료기기는 꺼진 상태였다. 박사는 두 사람에게 소파에 앉으라 권했고 그곳에서 둘은 처음으로 더 정확한 진단을 듣게 되었다.

"MRI에서 보이는 것은 소실뇌증인 것 같습니다. 두 종류의 형성이상인데 이 경우 두 가지가 같이 나타나고 있어요. 뇌가 성장하지 않았습니다. 뇌의 크기가 심각하게 작고 또 매끈하기도 합니다. 뇌간이 지나치게 짧은데, 그건 매우 좋지 않습니다. 뇌간이 바로 모든 신경 연결이 형성되는 뇌의 핵심이기 때문이지요."

출력된 이미지를 보고 알리나가 항의했다.

"저는 의사가 아니고 그 비슷한 것도 아니지만, 디지털 이미지를 다루는 일을 하는데 이것들은 완전히 픽셀화되어 있는 걸로 보여요. 어떻게 그렇게 확신하실 수 있죠?"

비안치 박사는 책상 너머로 손을 뻗어 알리나의 손을 잡았다.

"제 말을 믿으세요. 이 진단을 확신하지 않았으면 절대로 이렇게 말하지 않았을 겁니다."

이제 해는 그 높은 건물의 창에 걸려 있었고 알리나가 처음으로 아기를 봤던 하얀 병원용 침대를 비추고 있었다. 그 선구적인 기기 덕분에 아기의 심장 소리를 듣고 아기의 얼굴과 몸의 세세한 부분까지 볼 수 있었다. 벌써 제법 형태를 갖춘 아기의 얼굴을 보던 그날 오후의 기쁨이 생생하게 기억났고, 아무것도 모르는 채 희망을 품고 9개월을 기다리다가 아기가 태어나는 날 진실을 확인하면 더 낫지 않았을까 자문했다. 창밖에는 다른 어떤 동네보다도 멕시코시티의 불평등을 잘 비추는 비참한 마을이 저 멀리까지 펼쳐져 있었다. 알리나는 '비참한'이라는 단어에 대해 생각했다. 그 단어가 빈곤을 설명할 뿐 아니라 인간이 빠져들 수 있는 가장 취약한 상태를 의미한다고 마음속으로 생각했다. 병원에서 나온 알리나와 아우렐리오는 침묵했다. 받아들여야 하는 정보가 너무 많고 또 무거워서 둘은 아무 말도 할 수가 없었다. 아우렐리오는 다시 택시를 불렀다. 이번에는 부두 근처에 있는 차풀테펙 공원 제2구역에 내려서 처음으로 단

둘이 저녁 식사를 했던 식당까지 걸어갔다. 생각을 가라앉히는 데 호수를 바라보는 것만 한 것이 없다. 그렇게 두 사람은 레모네이드 두 잔을 시켜서 건드리지도 않은 채 몇 시간을 앉아 있었다. 그렇게 울면서는 뭘 마시는 것도 다른 어떤 일을 하는 것도 불가능했기 때문이다. 한 주 전 이네스를 초음파로 보았고, 얼마나 연약한지 밀랍인형처럼 보이는 두 손과 손가락들이 움직이는 것을 보았다. 이제는 이네스가 죽을 거라고 한다. 죽어 있는 게 아니라 죽게 될 것이라고. 그 죽음을 한 달 반 동안 기다려야 했다. 한 달 반을 기다려서 이네스가 태어날 수 있도록, 그리고 그 후에 바로, 영원히 아이를 잃게 되도록.

16

옆집은 내가 상상했던 것보다 훨씬 더 심란한 상태였다. 거실의 가구들은 낡아빠져서 당장 부서져도 이상하지 않을 것처럼 보였다. 안락의자 하나에는 지저분한 폴리에스터 천이 씌워져 있었다. 벽에는 가족 사진 몇 장이 걸려 있었다. 사진 속 니콜라스는 자기 엄마와 한 남자, 닮은 모습을 보아 아빠로 추정되는 남자 사이에서 웃고 있었다.

옆집 여자는 소파에 털썩 주저앉았고 내게 권하지는 않았지만 나도 옆에 있는 안락의자에 앉았다.

"담배 피워도 될까요?" 내가 물었다.

"발코니에 나가서 피우면 좋겠어요. 니코한테 연기가 가는 게 싫어요."

딱 잘라 거절당하긴 했지만 아들을 보호하려는 게 마음에 들었다. 담뱃갑을 바지 주머니에 집어넣고 얼룩으로 뒤덮힌 바닥을 바라보며 내가 왜 거기에 있는 건지 설명하려 애썼다.

"우리가 잘 아는 사이는 아니죠. 아는데, 우리 집에서 두 사람 소리를 자주 들었어요. 이 건물 벽이 보기보다 두껍지가 않거든요. 니콜라스는 맨날 밖에 못 나가게 한다고 불평이고요. 여자 혼자 아이 키우기 얼마나 힘드시겠어요. 아이랑 산책할 시간이 없으신 것도 이해해요……." 이 모든 것을 이야기하는 와중에 옆집 여자의 얼굴이 일그러지는 게 느껴졌고 어쩌면 내 말이 애초에 잘못된 길을 들었는지도 모르겠다고 생각했다. "오해하지 마시고요, 제 생각에는 가끔은 산책을 하는 게 필요할 것 같아요. 만일 허락하시면 제가 공원에 같이 갈 수 있어요. 이상한 일인데, 제가 원래는 아이들을 좋아하지 않거든요. 아이들이랑 있으면 어쩔 줄을 모르겠어요. 그런데 어떤 이유에선지는 몰라도 그쪽 아이는 제 마음에 들어요."

여자는 몸속의 장기 하나가 반복적으로 찔리기라도 하는 것처럼 눈을 질끈 감았다. 마침내 눈을 뜨고는 내게 커피를 마시겠냐고 물었다.

나는 묽은 아메리카노를 마시면서 거의 손도 대지 않은 초콜릿 쿠키를 앞에 두고 그 집 거실에 한 시간 가까이 머물렀다. 의도하진 않았겠지만 다행히 니콜라스가 쿠키를 재빨리 먹어치워서 쿠키를 마다하는 불편함을 피하게 해주었다. 니콜라스가 식량을 비축하기 위해 자기 방과 거실을 들락날락하는 것을 보면서 나는 마음속으로 읊조렸다. '네 엄마를 설득할 때까지 여

기서 한 발자국도 움직이지 않는다고 약속할게.'

옆집 여자의 이름은 도리스였다. 아들이 난동을 부리기 시작한 건 2년 11개월째며, 아이 아버지가 교통사고로 사망한 이후부터라고 했다.

"그 이후로 많은 것이 변했어요. 알아요? 상실의 고통 말고도, 모든 게 두려워요. 갑자기 세상이 무너진 느낌이에요. 그래서 여기로 이사 왔어요. 집에 혼자 있는 것보다 아파트가 안심이 될 것 같아서요. 도시에는 위험한 사람들이 바글바글해요. 우리가 거의 외출을 하지 않는 것도 맞지만, 억지로 나가지 않는게 나은 것 같아요. 언젠가는 나아지겠죠. 모르겠어요."

그녀는 아무 맛도 없는 커피물을 한 잔 더 따르고 아까와 마찬가지로 오래되어 눅눅한 쿠키를 몇 개 더 꺼냈고, 아이는 아까와 다름없는 열정으로 쿠키를 집어삼켰다. 다 먹고 난 아이는 우리 주변을 맴도는 것을 멈추고 텔레비전을 켠 후 그 앞 소파에 자리잡았다. 나는 테이블에서 일어나 니콜라스와 한 약속은 잠시 뒤로 미루고 도리스와 작별인사의 베소*를 나눴다.

---

* 볼에 하는 가벼운 입맞춤의 인사

17

예약과 진찰, 나쁜 소식의 소용돌이 속에서, 알리나는 2주 연속 상담치료를 건너뛰었다. 그날 오후 드디어 무슨 일이 있었는지 설명하기 위해 정신분석가 로사에게 전화를 걸었다. 로사에게는 신경과 전문의인 아들이 있었고 알리나도 그에 대해 잘 알고 있었다. 알리나는 아들에게 이미지를 보여줄 수 있겠냐고 로사에게 부탁했다.

몇 분 되지 않아 로사의 아들에게서 전화가 걸려왔다. 아우렐리오가 그와 이야기했고 그동안 의사들이 알리나와 아우렐리오에게 설명해주었던 모든 내용을 전달했다. 그리고 알리나에게 전화를 바꿔주었다.

"어머니가 알리나를 많이 아끼세요." 그가 말했다. "저는 두 분을 돕기 위해 할 수 있는 걸 찾아볼게요. 이게 끝이라고 생각하지 마세요. 아기가 가망이 없다고 단정한 건 주치의 선생님이 성급하셨던 겁니다. 이미지가 잘 보이지 않아요. 그 누구도 그런 이미지만 보고 진단할 수 없는데, 하물며 아기가 죽을 거라고 장담하는 건 더 말이 안 되지요. 신중하게 접근해야 합니다. 임신 주수를 끝까지 채울지는 오직 두 분만이 결정할 수 있습니다."

알리나는 내게 전화로 이 모든 이야기를 해주었다. 더는 늦은 아침 커피타임을 누릴 기분이 아니었다. 어떻게 해야 할지는 몰라도 행동할 필요를 느꼈다. 이 도시의 모든 전문의들에게 의견을 구하러 다니는 것과 집에서 컴퓨터 앞에 편안히 앉아 끝없는 인터넷 검색을 하는 것 사이에서 마음이 오락가락했다. 소두증과 활택뇌증에 대한 정보도 턱없이 부족했지만 두 증세가 함께 나타나는 경우를 다루는 논문은 극도로 드물었다. 알리나는 구글 검색이 띄워준, 머리가 기형인 아이들의 시신 사진을 보고 또 보며 현실을 받아들이려 노력했다. 알리나가 찾은 자료에는 10만분의 1의 확률로 소실뇌증을 가진 아이가 태어난다는 내용이 있었다. 그 수치를 들은 아우렐리오는 '복권 1등 당첨되는 게 더 쉬웠을 텐데'라고 말했고 그 말에는 일리가 있었다. 지금에 와서 지난 일을 회상하면 알리나는 그때 마치 지옥 가장자리, 그러니까 지구와는 다른 기체로 대기가 채워진 어떤 공간에 머물러 있는 것만 같았다고 말한다. 그리고 그 설명은 내가 가끔 겨우 그녀를 보게 되었을 때 받았던 느낌과도 정확히 일치했다. 내가 그녀에게 가닿을 수 있었더라면, 세상에서 가장 끔찍한 지하감옥처럼 어둡고 축축했으리라 짐작되는 그 머나먼 곳에서 그녀와 함께 있어줄 수 있었더라면 얼마나 좋았을까. 하지만 공기가 희박하던 그 공간에는 오직 두 사람의 자리밖에는 없었다.

18

자기 자식이 얼마나 오래 살지를 아는 어머니는 없다. 자식은 그저 우리가 빌려온 존재라고 표현하기도 하는데, 그 대여기간은 몇 시간부터 몇 십 년까지 다를 수 있다. 이네스의 경우는 극도로 짧은 시간일 것이다. 알리나와 아우렐리오는 딸을 맞이하는 바로 그날 딸을 빼앗길 것이다. 의사는 분명하게 말했다. 아기는 태어나자마자 죽을 것이라고. 알리나와 아우렐리오는 한 번도 부모였던 적이 없었고 임신하기 위해 고생했던 걸로 볼 때 다시는 임신이 되지 않을 가능성이 높았다. 짧은 이네스의 삶은 두 사람이 꿈꿔온, 그토록 많은 치료와 시술을 견뎌온 이유인 부모 되기 경험의 전부로 남을 것이었다.

분만을 준비하기 위해선 보험 수속, 수술실과 병실 예약, 관계된 전문가 모두와의 검진 예약, 그리고 상황이 상황이니만큼 아무나가 아니라 역량이 되는 신생아 전문의 알아보기처럼 수

많은 것들이 필요했다. 에밀리오 박사는 빅토리아 미렐레스 박사를 추천했다. 아우렐리오도 알리나도 상황을 또 설명하고 싶은 마음은 조금도 없었지만 시간이 쏜살같이 지나 결국 미렐레스 박사와 만나는 날이 다가왔다. 비안치 박사처럼, 그녀의 진료실 역시 5층이긴 했지만 산타페의 ABC 병원에 있었다. 그때까지 만났던 대부분의 의사들과 마찬가지로, 미랄레스 박사 역시 MRI 이미지 판독이 불가능하다고 판단했고 이네스의 상태에 대해, 현재에도 태어난 이후에도 그 어떤 확답도 불가능한 상태라고 말했다.

"만일 산모와 태아의 활력 징후가 좋지 않으면," 미렐레스 박사가 말했다. "부담을 덜어드리기 위해 최선을 다할 것을 약속드립니다. 산모도 아기도 육체적 고통을 느끼지 않도록 할 겁니다. 정신적 고통만으로도 이미 충분히 괴로우실 테니까요. 아기가 억지로 살게 하지도 않을 겁니다. 아기가 존엄한 삶과 죽음을 맞이할 수 있도록 최선을 다할 것이며, 여기 함께 있는 동안 경련을 방지하기 위해 가장 낮은 용량의 진정제를 투여하도록 하겠습니다. 산모가 마취에서 회복하는 동안 아기가 고통 없이 떠날 수 있도록 도울 것입니다. 원치 않으신다면 아기를 보지 않아도 됩니다. 모두 다 지나간 후에 깨어나게 해드릴 수 있습니다. 안 좋은 꿈에서 깨어난 것과 비슷할 거예요. 이 경우에는 가족 중 누군가에게 사망진단서 수속과 장례 절차를 위임하셔야 합니다. 화장을 할지 매장을 할지 생각해두셨나요?"

이상하게 들리긴 하지만, 아우렐리오에게는 이러한 절차를 수행할 법적 권리가 전혀 없었다. 아기가 법적으로 등록되기 전에는(아직 태어나지도 않았으므로 등록될 수가 없었다), 오직 알리나의 가족만이 아기를 책임질 권리가 있었다. 처음 그 이야기를 들었을 때 나는 깜짝 놀랐다. 성씨도 친권도 남자들이 자식을 인정한 후에 마치 지참금처럼 그들에게 바치는 예우 같은 것이구나 하고 혼자 읊조렸다. 사실상 우리 사회에서 자식은 아버지에게는 선택적으로, 어머니에게는 의무적으로 귀속된다.

미렐레스 박사가 예상하지 못했던 일이었지만, 알리나는 박사의 고통 없는 계획에 단호히 반대했다.

"저를 재우지 말아주세요." 알리나는 분명히 했다. "저는 이네스를 만나고 싶어요. 얼굴을 보고, 가능한 한 모든 시간 동안 함께 있고 싶어요."

박사는 알리나가 바라는 대로 따르겠다고 약속했다. 원한다면, 이네스가 태어나자마자 가슴에 안겨주겠다고.

박사는 알리나가 풍선, 꽃, 황새 그림으로 가득찬 산부인과 병동 복도의 시끌벅적한 분위기로부터 떨어져 있을 수 있도록, 감염병을 가지고 태어난 신생아를 위한 집중치료 병동의 특실에 입원할 것을 권유했다.

"이 특실에는 아기와 마지막 인사를 나누길 원하는 조부모를 비롯해 가까운 사람들만 들어갈 수 있습니다."

박사는 주로 알리나를 향해 이야기를 했는데, 박사도 여성이라 알리나와 동일시되었기 때문일 수도 있고, 어쩌면 모든 절차가 알리나의 몸에서 일어날 것이기 때문이었을 수도 있다.

알리나는 미렐레스 박사를 매우 다정한 사람이라고, '내가 만났던 가장 인간적인 의사'라고 기억한다. 박사는 그 시기에 자신의 공감을 표현하기 위해 알리나를 포옹했던 유일한 의사였다.

"나는 자식이 둘 있어요." 그녀가 설명했다. "지금 알리나가 어떤 마음일지 상상조차 할 수 없어요. 많은 경우를 보아왔지만, 솔직히 말하자면 개인적으로 이런 고통을 겪은 적은 없었어요. 지금부터 죽음교육 전문가의 도움을 받기를 권해요. 슬픔을 마주하는 데 도움이 될 거예요. 궁금한 것이 있으면 언제든지 망설이지 말고 전화해요."

상황을 알게 되자마자 알리나의 언니가 동생 곁을 지키기 위해 과나후아토에서 버스를 타고 한걸음에 달려왔다. 사망 수속을 위해 모계 가족이 필요했고 언니가 나선 것이다. 알리나는 이에 동의했지만 도착한 언니를 보자마자 마음을 바꿨다. 딸과 관련된 모든 일을 스스로 처리하기로 했다. 그녀가 낳을 것이라면, 묻어줄 수도 있을 것이었다. 딸이 머물게 될 짧은 생의 아주 작은 시간조차 다른 이와 나눌 생각이 없었다. 이네스를 위해서 할 수 있는 일은 매우 적었고, 알리나는 그 어떤 것도 다른 사람에게 위임하고 싶지 않았다.

어느 오후, 알리나는 갤러리에서 일하다 말고 수화기를 들어 멕시코시티에서 가장 명망 있는 장례식장에 전화해 자신의 상황을 설명했다. 장의사는 여러 패키지와 각각의 비용을 설명했다. 알리나는 바로 그 자리에서 신용카드를 꺼내 가장 작은 식장에서의 장례식을 예약했다. 판테온 프란세스 공동묘지의 납골함과 묘지 이송 비용도 지불했다. 장의사는 납골당에 직접 방문하겠느냐고 물었지만 알리나는 거절했다. 미신 때문이 아니라 시간이 없었기 때문이었다.

알리나는 잠수복 속에서 다시는 나오지 않았다. 가끔은 내 전화를 받아주기도 했지만 간신히 연결되어도 여전히 쇼크 상태에 있는 게 분명해 보였다. 알리나도 지금은 그날들이 마치 약에 취했거나 깊은 잠에 빠져 있는 상태처럼 기억된다고 말한다. 세세한 부분들은 매우 빠르게 망각했다. 그리고 진단을 받은 날부터 이네스가 태어나기까지의 7주는 그녀의 인생에서 가장 긴 시간이었다고도 말한다. 진단 전의 임신 기간을 합친 것보다 훨씬 더 긴 시간이었다고. 배우자를 잃은 사람을 지칭하는 단어가 존재하고, 부모를 잃은 아이들을 부르는 단어도 존재한다. 하지만 자식을 잃은 부모를 부르는 말은 존재하지 않는다. 영아사망률이 매우 높았던 이전 세기와 다르게, 우리 시대에는 그런 일이 일어나지 않는 것을 당연하다 여긴다. 너무나 두렵고, 받아들이기 어려워서 이름을 붙이지 않기로 한 그런 일인 것이다.

19

오전에는 집 밖에서 작업을 하기 시작했다. 나는 출근길 정체 시간이 지나자마자 국립도서관에서 논문을 쓰기 위해 시우다델라로 향하는 지하철을 탔다. 집에서보다 도서관에서 집중하기가 더 쉬웠다. 집에 돌아오면 푸짐한 샐러드나 파스타를 만들어서 발코니로 나가 비둘기가 오가는 것을 관찰하며 혼자 식사를 하곤 했다.

어느 오후, 저녁 식사로 루꼴라와 아티초크 하트를 곁들인 오믈렛을 먹으려다가 비둘기 두 마리 모두 둥지를 비웠다는 것을 깨닫고 놀랐다. 알들이 여전히 잘 있는지 확인하기 위해 들여다보았더니 하나만 남아 있었다. 나는 신경이 곤두섰다. 비둘기들은 어디 있는 거지? 알 하나를 버려두고 다른 하나만 옮겨 갔을 수도 있을까? 나는 식사를 마치고 설거지하러 부엌으로 갔다. 건조기에서 깨끗한 옷을 꺼내고 옷장에 개켜넣었다.

그리고 담뱃갑을 손에 들고 다시 발코니로 나갔다. 날이 저물고 기온이 급격히 떨어지고 있었다. 담배를 다 피우고 무슨 실마리라도 찾을까 싶어 안뜰로 내려갔다. 그때 바닥에 떨어진 황색 얼룩이 보였다. 아주 꼼꼼히 찾아보거나 최소한 무엇을 보고 있는 건지 알고 있어야 알아볼 수 있을 정도로 껍질은 산산조각나 있었다.

어떻게 알이 떨어진 것인지 영문을 알 수 없었다. 어쩌면 알을 품기 위해 안간힘을 쓰던 비둘기들이 부주의하게 움직이다가 알을 실수로 밀어버린 것일지도 몰랐다. 일상은 우연한 사건과 불운들로 가득 차 있고 사실 그 누구도 이를 막을 수 없다. 나는 집으로 돌아가 줄담배를 피우며 비둘기들이 돌아오기만을 기다렸다. 만일 돌아오지 않으면 남은 알 하나는 어떻게 될 것인가? 부엌 서랍에서 빨강 플란넬 행주를 꺼내서 둥지에 넣어 알을 따뜻하게 덮어주었다. 그 후에 거실 안락의자에 앉아 독서를 시작했다.

잠에서 깼을 땐 자정이 넘은 시간이었을 것이다. 비둘기들이 돌아와 있었다. 둥지 위에서 구구거리는 비둘기들의 울음소리가 이전에 비해 훨씬 커진 것처럼 느껴졌다. 다른 알의 존재를 그리워하는 것일까? 알이 사라진 것을 고통스러운 상실로 경험했을까, 아니면 인간에게는 견디기 힘든 시련이지만 비둘기나 다른 동물들에게는 익숙한 종류의 일일까? 어릴 적 우리 가족이 입양했던 개가 생각났다. 우리와 함께 사는 동안 개는 여러 번 새끼를 낳았다. 한번은 출산 직후 새끼 두 마리를 먹어버린 적이 있었다. 나의 비명과 남동생의 공포로 튀어나온 눈에도 불구하고 개는 새끼들을 뼈까지 통째로 집어삼켰고, 그 목격 이후 남동생은 말을 못 하게 되었다. 우리 개는 덧없이 사라진 핏덩이들의 흔적이 조금도 남지 않을 때까지 바닥을 싹싹 핥았다. 인간과 동물은 인간이 인정할 용의가 있는 것보다 훨씬 더 많은 면에서 비슷하지만 도무지 일치하지 않는 부분들도 있다. 모성에 직면하는 방식도 그중 하나이다. 다른 한편으로 나는 만일 법이 금지하지 않는다면 얼마나 많은 어머니들이 아픈 자식을, 갑자기 그렇게 집어삼킬는지 궁금했다.

20

어제는 도서관에서 돌아오자마자 도리스와 니콜라스가 공원에 함께 가자며 우리 집 문을 두드렸다. 건물을 빠져나갈 때 행복해 보이던 아이의 얼굴을 생각하면 지금도 감격스럽다. 한쪽에는 엄마의 손을, 다른 한쪽에는 내 손을 붙들고 아이는 팔짝팔짝 뛰었다. 나는 둘이 한 번도 가본 적이 없다는 동네 아이스크림 가게인 카사 모르가나 쪽으로 한 바퀴 돌자고 제안했다. 도리스는 망고 맛, 니콜라스는 풍선껌 맛 아이스크림을 골랐고 아이는 형광색의 아이스크림을 홀린 듯 먹어치웠다. 사실 나는 담배 한 대가 간절했는데 흡연에 관한 옆집 여자의 정책을 알고 있었으므로 내 몫으로도 다크초콜릿 맛 아이스크림을 하나 샀다. 공원에 도착하자마자 니콜라스는 우리 손을 놓고 정원 중앙의 놀이터로 달려갔다. 특별할 것은 하나도 없었다. 그네 세 개, 구름사다리, 짤막한 미끄럼틀이 전부였지만 학교 갈 때 빼고는 내내 집에만 틀어박혀 있는 아이에게는 완전히 천국이나 마찬가지였을 것이다. 어린 시절 나랑 남동생은 나가서 놀거라고 말만 하면 세 블록 떨어진 놀이터까지 걸어서 갈 수 있었다. 자유롭게 뛰어다니는 아이들로 가득 찬 그 녹지 공간에서 유일한 위험은 금속 놀이기구의 모서리가 지나치게 날카롭다는 것뿐이었다. 반면 요즘 아이들은, 도무지 가만히 있을 줄 모르는 그 피조물들에게서 눈을 떼지 않고 주시하는 부모라는 수행원들로 둘러싸여 있다.

"그쪽도 어렸을 때 혼자 밖에서 돌아다녔어요?" 옆집 여자에게 묻자 그녀는 고개를 끄덕였다.

"그 시절 지방은 정말 평온했어요. 지금 같지 않았죠. 여동생이랑 나는 우리끼리 중학교 때 야간 수업을 들었다니까요. 상상이 가요?"

"동생도 멕시코시티에 왔어요?

"아뇨. 동생은 떠나고 싶어 하지 않았어요. 항상 우리보고 놀러오라고 조르는데, 정말 나도 가고 싶지만 고속도로가 무서워요."

그녀는 멕시코시티에서도 안심하지 못했다. 남편의 사고 이후, 그녀는 니콜라스가 집에 올 때 길을 건널 필요가 없도록 우리 건물과 같은 블록에 있는 초등학교를 선택했다.

전화로 은행 상품을 영업하는 직업 덕분에 그녀는 아들을 데려다주고 데리러 갈 때, 현금인출기에서 돈을 뽑거나 장을 볼 때처럼 정말 꼭 필요한 상황이 아니면 집에서 나갈 필요가 없었다. 전화 통화 사이사이에 여러 집안일들을 해결할 수 있었다. 마지막까지 남은 일들은 니콜라스를 침대에 눕힌 후 밤에 해치웠다. 그러고는 1층에 내려가 담배를 피우고 가족들과 수다를 떨며 머리를 비웠다. 건물 입구에 머무는 그 순간이 그녀에게는 매일 스스로에게 허하는 자유 시간이었던 것이다.

우리가 이야기를 나누는 동안 스무 살 언저리로 보이는 젊은 여자가 우리에게 전단지를 나눠주기 위해 다가왔다. 보통 길에서 뭘 받으면 읽지도 않고 가까운 쓰레기통에 던져버리는데, 다공지에 리소그래프 방식으로 찍은 전단지여서, 그 고전적인 방식에 궁금증이 생겨 들여다보게 되었다. '라 콜메나La Colmena(벌집)'라는 함축적인 이름을 가진 단체의 광고였는데, 스스로를 '페미니스트 콜렉티브'라 선언하고 있었다. 나는 전단지를 반으로 접어 바지 주머니에 넣었다. 한 시간 후, 공원에서 떠나기를 거부하는 니콜라스의 분노에 찬 고함소리에도 불구하고 우리는 집으로 돌아왔다.

21

어느 멋진 날, 알리나는 이네스의 방을 철거하기 시작했다. 이네스 없이 병원에서 돌아와서 하는 것보다는 미리 하는 편을 택했다. 아기 방을 꾸미기 위해 쏟아부은 노력과 정성을 이제 묻어둘 필요가 있었다. 게다가 그 방의 옷장에 알리나 자신의 옷도 보관했던 터라 매일 들어가지 않을 수 없었다. 그래서 귀여운 그림이 그려진 벽지, 할아버지가 된다는 사실을 알게 되자마자 시아버지가 선물한 기저귀 교환대, 딸이라는 사실을 아무도 몰랐던 시기에 준비한 그냥 하얀 매트리스가 놓인 아름다운 원목 가구, 이네스가 한 번도 눕지 않을 그 침대에 씌워둔 아기용 시트, 가까이 가면 소리가 나오는 모빌을 보지 않을 방법이 없었다. 알리나는 장식을 떼어 플라스틱 상자에 넣었다. 옷장에서 아기 옷들을 꺼내 공들여 접어 여행가방 세 개에 나눠 담았다. 이 물건들을 보관하는 것은 그녀가 현실을 받아들이는 하나의 방법이 되었고 아무리 힘겹더라도 바로 그녀가 필요로 하던 일이었다. 나중에 모든 일이 지나가고 나면(지금은 믿을 수 없는 일처럼 보이더라도 분명히 지나갈 것이기에), 그때는 그 많은 주인 없는 물건을 어떻게 할지 결정할 것이었다. 분명 보육원에 가져가거나 후에 임신하게 될 친구에게 주게 될 것이었다.

미렐레스 박사의 조언에 따라 아우렐리오와 알리나는 죽음 교육 전문가를 찾았다. 준비되지 않은 상태로 출산일을 맞이할 순 없었다. 이네스가 여전히 살아 있기는 하지만 애도의 과정은 이미 시작되었고 두 사람이 제대로 대처하지 못하고 있는 것이 분명했기 때문이다. 물론 제대로 된 대처라는 게 존재하는지 모르겠지만 말이다. 이 새로운 전문가의 진료실은 우리 집에서 두 블록 떨어진 시에나 거리에 있었다. 둘은 매주 목요일 오후 여섯 시에 그곳을 방문했다. 알리나는 일주일에 두 시간을 그 문제에 대해 생각하는 것이 온종일 그 생각을 하지 않도록 도와준다고 말했다. 아주 작은 틈이라도 생길 때마다 자신을 몰아세우는 질문의 소용돌이 속에서 고통에 빠져 허우적거리는 것은 건강하지 않은 일이었다. 왜 이런 일이 생겼지? 운이 안 좋았나? 내 잘못인가? 내 유전자 때문일까 아니면 아우렐리오? 우리 둘의 유전자가 합쳐져서 그렇게 된 걸까? 뭔가 더 잘할 수 있었을까? 뭐하러 임신했을까? 부모님에게는 어떻게 이야기할까? 셀 수도 없이 많은 질문들이 이어졌지만 알리나는 고민하는 여유를 허락할 수 없었다. 적어도 당분간은 계속 나아가야만 했다. 그럼에도 불구하고, 직장에서 돌아와 터진 울음이 잠이 들 때까지 이어지는 날들이 있었다. 어떤 오후에는 땀이 범벅이 된 아우렐리오가 집에 돌아와 덜덜 떨며 아내의 배를 부둥켜안고 있기도 했다. 알리나가 아우렐리오를 견딜 수 없는 날들도 있었다. 그의 냄새가 참기 힘들어 구역질이 나고 집 밖으로 뛰쳐나가고 싶었다. 아우렐리오가 문을 열고 들어오는 소리만 들어도 돌아버릴 것 같았다. 무엇보다도 두려움을 느꼈다. 하지만 우리를 무섭게 하는 것이 우리 안에 있으면 어떻게 그로부터 도망칠 수 있단 말인가?

미래와 불운에 대해 강박적으로 생각하는 것을 멈추고 주의를 딴 데로 돌리는 것이 중요하다는 것을 알고는 있었지만, 두 사람은 아무도 만나기를 원치 않았다. 그 모든 이야기를 하고 또 하는 것이, 친구들의 충격과 상심에 빠진 얼굴, 혀에 신맛이 닿았을 때처럼 찌푸린 그 얼굴들을 보는 것이, 그리고 무리해서 둘을 위로하려고 애쓰는 것을 견디는 것이 힘들었다. 하지만 결국 알리나의 임신이 모두가 예상하는 대로 이어지지 않으리라는 것을 모두에게 알리는 편이 낫겠다고 결정했다. 이네스가 죽고 둘이 구덩이의 밑바닥을 ─비로소 정말로─치고 있을 때, 그때 걱정할 필요가 없도록. 알리나는 그 주제에 대해 이야기하는 것이 도움이 된다는 것을 깨달았다. 이해하기 절대 불가능한 일이었으므로, 수없이 말한다고 더 잘 이해하게 되지는 않았다. 하지만 종내 그것을 믿게 되도록, 사실이 그러하며 그 현실을 바꿀 방법은 아무것도 없다는 것을 인정하는 데 도움이 되었다.

어느 날 오후, 유난히 비통하고 비난으로 가득 찬 상담 시간 중간에 죽음교육 전문가는 출산 이후 상황을 헤쳐나가기 위해서는 상실의 경험에 온전히 몰입하는 것이 중요하다고 말했다.

"분노는 고통을 회피하기 위한 연막에 불과합니다. 슬픔을 겪어내는 것은 매우 어렵지만 성급히 떠안는 것은 더 어렵습니다. 두 분은 이미 그 과정을 시작하셨고 이제 멈출 수 없어요. 많은 사람들이 자식을 잃는 것은 처리할 수도 극복할 수도 없는 슬픔이라 믿습니다. 그런 일이 있고도 계속 살아가는 것이 마치 부당하거나 염치없는 일이라는 듯 말이지요. 하지만, 아시나요? 저는 그 어려운 일을 해낸 사람들을 많이 알고 있습니다. 매우 힘든 일이라는 것을 잘 알고 있어요. 딸이 태어나고 바로 죽는 모습을 보게 되면 더 괴롭겠지요. 하지만 그 고통을 온전히 통과해야만 언젠가 그 고통에서 벗어날 수도 있습니다."

태국에 있을 때 들은 이야기다. 부처가 가르침을 주는 정원에 죽은 자식의 시체를 품에 안고 뛰어든 여자가 있었다. 고통스러운 울부짖음 사이로, 그녀는 부처에게 자신을 가엾게 여겨 아이를 되살려달라 애원했다. 불가능한 일인 줄 알면서, 부처는 그녀를 도우려면 특별한 재료가 필요하다고 대답했다. 그것은 바로 죽음이 닿지 않은 가정의 겨자씨였다. 그 겨자씨를 찾으라고 여자를 보내고 그녀는 일 년 이상 집집마다 문을 두드리며 찾아다녔지만 허사였다. 여러 집들을 방문하며 그녀가 얼은 유일한 것은 애도와 상실의 사연들이었다. 그렇게 그녀는 다른 여자들도 그녀와 비슷한 순간을 경험했음을 깨달았고, 직접 그녀들을 만나고 부둥켜안은 채 자신의 자식과 다른 여자들의 자식들을 위해 울 수 있었다. 부처는 여자의 아이를 되살려주지 않았지만 적어도 공감이라는 치유력 있는 위안을 경험할 수 있도록 도왔다.

죽음교육 전문가와 만나며 알리나와 아우렐리오는 둘 사이에 있는 역학을 해석할 수 있게 되었다. 원래도 대화가 많은 편은 아니었지만 그 시기에는 대화가 아예 불가능한 것처럼 느껴졌다. 아우렐리오는 알리나가 마음을 열지 않는다고 불평했고, 알리나는 늘 그에게 평가당하는 것이 불만이었다. 경제적인 문제도 간단하지 않았다. 알리나는 부모님을 계속 부양하며 약값과 가사노동 비용을 지불하는 데다 곧 엄청난 지출들이 닥칠 것이었다. 상담을 통해 알리나는 아우렐리오의 기여에 감사하게 되었다. 그의 보험 덕분에 병원비와 의사 진료비를 충당할 수 있었기 때문이다.

아우렐리오에게는 여러 군데 부동산을 가진 사업가 친구가 있었고, 툴룸의 집도 그중 하나였다. 카리브의 터콰이어 블루 색깔 바다 옆의 백사장을 걸으면, 바닷바람과 휴식과 좋은 음식이 두 사람의 치유와 관계 회복에 도움이 될 것이었다. 아우렐리오는 친구에게 집을 빌려달라 부탁했고 그녀는 망설임 없이 승낙했다. 두 사람은 날짜를 정하고 비행기표를 샀다. 모든 준비가 끝나고 이제 남은 것은 영원과도 같은 2주를 기다리는 일이었다. 그리고 이네스를 낳는 것이었다.

22

어느 토요일 아침, 요가 수업에서 돌아와서 비둘기 새끼가 태어난 걸 알았다. 건물 안뜰은 고요했다. 이웃들은 자고 있는 게 틀림없었고 덕분에 나는 지붕 쪽에서 들릴락 말락 하는 희미하지만 끈질긴 짹짹 소리를 들을 수 있었다. 소리를 확인해보려 대들보 가까이 의자를 끌고 다가갔을 때, 깃털도 없고 삐쩍 마른 형체의 새끼 비둘기가 보였다. 머리를 위로 쳐들고 버둥거리는데도 둥지 가장자리를 넘지 못했다. 배가 고픈 게 분명했지만 비둘기들은 먹이를 물고 돌아오지 않았다. 몇 분 후 한마리가 도착한 것을 알리는 날갯짓 소리가 들렸다. 나는 그 광경을 보기 위해 의자에 올라갔다. 둥지에 내려앉자마자 엄마 비둘기—사실상 알 수 있는 방법이 없었지만 엄마 쪽이라고 추정했다—는 부리를 벌려 새끼 주둥이 가까이에 대고, 깃털도 없이 흉측한 핏덩어리에게 뚝뚝 떨어지는 하얀색 액체를 빨아먹으라고 북돋았다. 나는 그 모든 것을 의자 위에 올라선 채 호기심과 약간의 경외심을 가지고 관찰하며 다른 알도 살아남았다면 뭐가 달라졌을지 자문했다.

세 시경 알리나가 찾아왔다. 수영이 끝나고 버섯, 말린 토마토와 치즈를 사러 유기농 마켓에 들렀다 오는 길이었다. 알리나가 비둘기 둥지의 가족적 풍경을 넋을 잃고 바라보는 동안 나는 맥주를 한 캔 땄고 알리나에게는 페퍼민트 잎을 넣은 생수를 내주었다.

"아이 갖지 않겠다는 거, 네가 옳았던 것 같아." 담뱃불을 붙이며 알리나가 불쑥 내뱉었다. "엄마가 된다는 건 늘 누군가를 걱정한다는 뜻이야."

"다시 담배 피워?" 나는 어떻게 받아들여야 할지 모르고 깜짝 놀라며 물었다. 알리나는 눈을 동그랗게 뜨고 누군가 당연한 말을 할 때마다 보이던 비뚤어진 미소를 띠며 나를 쳐다보았다. 그녀의 제스처를 보니 안심이 되었다. 알리나의 몸과 알리나를 둘러싼 모든 것이 바뀌었음에도 내가 알던 알리나가 여전히 존재한다는 증거였다.

"네가 정신이 없어 보여도, 정말 중요한 일들에 관해서 너는 상당히 현실적인 사람이야." 알리나는 계속해서 말했다.

다른 때 같으면 아이 문제에 관해서 내가 옳았다는 사실에 뛸 듯이 기뻐했을 게 분명했다. 하지만 지금은 몇 달 전처럼 행복한 알리나의 모습을 보기 위해서라면 무엇이든 할 수 있을 것 같았다.

"지금은 믿기 어렵겠지만, 네가 다시 괜찮아질 걸 난 알아. 시간이 지나가길 기다려야 해."

"모르겠어." 그녀가 대답했다. "지금 이 순간 내가 유일하게 관심 있는 건 이네스를 만나고, 만지고, 그 아이의 작은 얼굴을 보는 거야. 그다음에 어떻게 될지는 관심 없어."

알리나를 이해하기가 어려웠음을 인정해야겠다. 어째서 곧바로 죽게 될 딸을 만나고 싶어 할까? 더 정이 들어버리면 어떻게 감당하려고? 하지만 생각해보니 사랑이란 자주 비논리적이고 불가해한 것이었다. 많은 사람들이 아주 아픈 누군가와, 멀리 떨어진 곳에 사는 누군가와, 우리가 비집고 들어갈 틈이 없는 과거에 얽혀 있는 누군가와 사랑에 빠졌을 때 똑같이 행동했다. 미래가 없다는 것을 알면서도 심연의 사랑에서 헤어나오지 못하고, 한 움큼의 지푸라기만큼 덧없는 희망에 매달려보지 않은 사람이 어디 있겠는가? "왜 지속되는 것이 타오르는 것보다 나은가?" 회의주의자 롤랑 바르트는 자문했었다. 사랑과 상식이 항상 양립가능한 것은 아니다. 대개 사람들은 짧게 지속되더라도, 그리고 위험을 무릅써야 하더라도 강렬함을 선택하는 경향이 있다.

"죽음상담사 선생님이 이네스한테 편지를 쓰라고 했어. 이네스와 같이 하고 싶은 모든 것에 대해서 이야기하고, 나에 대해서, 이네스의 아빠에 대해서, 우리 가족에 대해서 말해주고,

내가 느끼는 좋은 감정과 나쁜 감정을 설명하래. 할아버지 할 머니는 누구며, 내 친구들은 누구인지, 내 주변 환경은 어떤지 도 말이야. 가끔은 이네스와 함께 춤추고 싶은 노래들을 생각 해. 선생님은 어떤 것에 대해서도 입을 다물어버리지 말라고, 그 음반을 틀어주고 임신 플레이리스트를 만들어서 영원히 간 직하라고 했어."

나는 알리나에게 그 재생목록을 공유해달라 부탁했고 다 음 날 아침 리스트가 도착했다. 휴대폰에 내려받은 후 나는 아 침을 먹고, 샤워 후 외출 준비를 하는 동안 그 곡들을 계속 들 었다. 길에서도, 지하철에서도, 도서관에 걸어가면서도 들었다. 놀랍게도 픽시스Pixies의 'Here Comes Your Man', 더 터틀스 The Turtles의 'Happy Together', 그리고 알리나가 언제나 제일 좋아하던 세르주 갱스부르Serge Gainsbourg의 'Couleur café'처 럼 대부분 밝은 노래들이었다. 나는 햇살이 비추고 식물로 가 득한 자기 집에서 배 속에는 깡총깡총 뛰는 아기를 품고 춤추 는 알리나를 상상했다. 알리나가 평생에 걸쳐 자신의 것으로 만 든 음악을, 자신의 문화적 유산이자 하도 많이 들어서 우리 세 포에 각인되어버린 그 음악을 아기에게 전하는 모습을. 이네스 의 존재로 인해 느끼는 감탄과 경이를 이네스와 공유하며, 현 재 상황에도 불구하고 오 분간 스스로에게 행복하기를 허락하 는 알리나의 모습을 상상했다. 그녀가 듣는 노래들은 누군가를 만나자마자 인생에서 중요한 사람이 될 것을 예감할 때 듣게 되는 종류의 음악이었다. 레너드 코헨Leonard Cohen의 'Alexandra Leaving'이라든가, 데이비드 보위David Bowie의 'The Man Who Sold the World'나 재니스 조플린Janis Joplin의 'Cry Baby'처럼 이별을 예감할 때 주로 듣는 슬픈 노래도 몇 곡 있었다. 나는 도서관 소파에 앉아 목이 멘 채로 이 노래들을 들었다.

죽음교육 전문가의 조언을 따라, 알리나는 자신의 삶을 이네스에게 개략적으로 이야기하는 일기를 쓰기 시작했다. 베라크루스에서의 유년기, 마을에서의 학창 시절, 너무 일찍 다른 주로 이사 가버린 어머니, 아버지의 병환, 과나후아토에서의 학교생활과 프랑스 유학, 아우렐리오를 어떻게 만났는지와 이네스를 임신하기 위해 했던 노력들에 대해서. 수영장에 있거나 공원을 걸을 때에는 마음속으로 이야기를 들려주었다. 알리나는 한시도 이야기를 멈추지 않았다. 알리나는 딸에게 장담했다. '너를 알 시간이 부족하다는 게 정말 안타까울 거야. 네가 정말 착한 아이가 되었을 거라고 나는 확신해. 나나 네 아빠를 닮아서 아주 성질이 고약할 수도 있겠지만 말야.' '네게 얼마나 많은 것을 알려주고 싶었는지 몰라. 물속에서 공기 방울 만들기라든가, 그러고는 수영하는 법 같은 것들.'

마지막 5주간 알리나는 헤아릴 수 없이 많은 사진과 비디오를 찍었다. 언제나 주인공은 자신의 배였다. 영감을 받기 위해 알리나는 임신한 다른 여자들이 속옷이나 수영복을 입고 소셜 네트워크에 올리는 영상들을 찾아봤다. 그녀들의 자세를 따라 했지만 사진을 게시하는 대신 두 사람의 이야기를 간직할 폴더 안에 저장해두었다.

　어느 날 오후 알리나는 기운을 차리고 병원에 가져갈 물건을 준비하기 시작했다. 이네스의 옷을 보관해둔 여행가방 속에서 기억에 남기고 싶은 아기 옷 하나를 골랐다. 아마 한동안은 이네스의 냄새가 그 옷에 스며들어 있으리라고 믿으며. 딸의 손발자국을 간직하라고 누군가 석고판을 선물해주었던 것을 기억해내고 그것도 챙겼다. 알리나는 가방을 옷장에 넣고 출근했다.

23

나는 몇 주 전부터 다시 목요일 오후마다 영화관에 가는 오래된 습관으로 돌아갔다. 거의 항상 혼자 갔는데, 나만 그런 것은 아니었다. 영화관에는 그날 밤 혹은 며칠 동안 되새길 만한 좋은 영화를 찾아 모여든, 나처럼 혼자 온 남자들과 여자들이 있었다. 엄마는 믿을 수 없을지 몰라도, 대부분의 경우에 나는 고독을 즐겼다. 적어도 연인이 있던 마지막 몇 달의 기억보다는 훨씬 낫게 느껴졌다. 누군가와 함께 사는 것은 가장 견디기 어려운 모험 중 하나였다. 가끔 내가 그걸 까먹을라치면, 옆집에서 상기시켜주었다.

지난주 시네테카에서 돌아오는 길에 도리스네 현관문 아래 커다란 물웅덩이를 발견했다. 밤 열한 시쯤이었다. 나는 아이를 깨우고 싶지 않아서 초인종을 누르는 대신 도리스에게 전화를 걸었다.

"아이고, 끝내주는 날이네요." 저음의 부드러운 목소리로 그녀가 말했다. "알려줘서 고마워요."

도리스가 다시 잠들었을까봐 나는 몇 분 동안 복도에 서서 기다렸고 잠옷 차림으로 집에서 나오는 그녀를 보았다. 도리스의 헝클어진 머리카락은 회색보다 더 어둡다는 것만 빼면 손에 들고 있던 대걸레의 복제품처럼 보였고, 그녀의 맨발은 검은 색으로 칠한 발톱을 드러냈다.

"도와줄까요?" 내가 물었다.

그러자 그녀는 문을 열어 집 안쪽을 보여주었다. 아파트 바닥 전체가 물에 잠겨 있었다.

"부엌에서 흘러나온 거예요. 싱크대 수도꼭지가 터졌어요." 머리를 손으로 감싸쥐며 그녀가 설명했다.

"여기서 기다려요. 제가 양동이 가져올게요."

나는 집에 들어가 신발을 벗고 옷을 갈아입은 후 장화를 신었다. 창고에 있던 물기제거용 스퀴지와 물통, 두꺼운 행주를 꺼냈다. 우리는 바닥의 물을 발코니 쪽으로 밀어서 안뜰의 식물 위로 떨어뜨리기로 했다. 더운 날이었다. 둘이 힘을 합쳐 가구들을 옮기며 니콜라스를 깨우지 않기 위해 조용조용 움직였다. 옆집 여자는 내 생각보다 힘이 셌다. 잠옷 소매 사이로 나온 가느다란 팔로 옷장 하나를 거뜬히 들어올렸다. 거실의 물을 다 치우고 통로와 부엌 바닥을 닦았다. 그녀는 대걸레를, 나는 스퀴지와 행주를 사용했다. 두어 시간이 걸리는 작업이었지만 피곤하기보다는 활력이 넘쳤다. 일을 끝내자 둘 다 잠이 달아났다.

"보드카토닉 한 잔 마시면 딱 좋겠는데." 소파에 풀썩 널부러지며 도리스가 말했다.

아주 좋은 생각 같았다.

"괜찮으면 우리 집에 가요." 내가 제안했다. "보드카는 없지만 진이 있어요. 니콜라스도 깨우지 않을 거고요."

도리스는 수건으로 발을 닦고 슬리퍼를 신고 숄을 두른 뒤 몇 달 만에 처음으로 우리 집으로 건너왔다. 신선한 공기가 거실에 들어오도록 발코니 유리문을 열고 음료를 준비하러 부엌에 가면서 도리스를 거실에 앉혔다.

"집이 정말 예뻐요." 그녀가 큰 소리로 혼잣말이라도 하듯 말했다. "우리 집은 전쟁터가 따로 없는데요."

그 말에 반박하는 것은 위선 같아서 그러지 않았다. 대신 그녀에게 알려주었다.

"안락의자는 뒤집어서 바닥이 마르도록 햇볕에 놔둬야 할 거예요. 아니면 천이 썩을 거예요."

"그럼요." 그녀가 말했다. "내일 학교에 니코 데려다주고 오자마자 재해 복구를 끝낼 거예요."

"두어 시간밖에 안 남았는데요." 나는 약간의 과장을 섞어 말했다.

도리스는 살짝 웃었다. 알게 된 후로 처음 보는 미소였다. 그녀의 갈색 머리는 어깨까지 내려와 역동적인, 심지어 매력적인 느낌을 주었다. 나는 스웨터 주머니에 넣어두었던 담뱃갑을 찾아서 그녀에게 한 대 권했다. 도리스는 첫 모금을 내뿜으며 완벽한 도넛을 연달아 만들었다.

연두색 잠옷 차림에 다리를 꼬고 내 독서용 소파에 앉아 있는 모습이 도리스와 잘 어울렸다. 운동복 차림으로 건물 입구에서 마주쳤을 때 세상이 뒤집어져도 친구가 될 리는 없을 거라 마음속으로 생각했던 일이 떠올랐다. 그날은 더 예뻐 보였을 뿐 아니라 거의 다른 사람처럼 느껴졌다. 해가 지면 진짜 인격이 등장하듯, 밤이 되면 훨씬 더 깨어나는 사람들이 있다. 어쩌면 도리스는 스스로도 잘 모르지만 올빼미형 인간이거나, 아니면 어머니로서의 의무가 종료된 그 시간에만 자기 자신이 될 수 있는 것일지도 몰랐다. 중요한 것은 그녀가 잠옷 차림에 헝클어진 머리를 하고도 자신의 아름다움을 잘 알고 있는 여자들이 행사하는 일종의 마력 같은 것을 내뿜고 있었다는 것이다.

"결혼하기 전에는 뭐 하는 걸 좋아했어요?"

"하도 오래전이라 기억도 안 나요." 그녀가 장난스럽게 대답했다(진의 효과가 나타나고 있었다). "술 마시는 거, 바에 가는 거, 파티에 가는 거 좋아했어요."

대답을 들으니 웃음이 나왔다.

"그러면 지금이 기회니까 꽉 잡아요. 지금 동맹국에 온 거니까. 취하는 거 말고 또 무슨 일 했어요?"

"컨트리 뮤직 밴드에서 노래했어요. 북쪽에서 순회 공연을 하다가 레이노사에서 어느 날 밤 총격 사건이 일어났는데 기타리스트가 죽었어요. 그 사건 이후로는 사람들 앞에서 노래해본 적이 없어요."

"당신은요?" 이번엔 내게 물었다. "이 아파트에 틀어박혀 지내기 전에는 뭐 하는 걸 좋아했어요?"

"여행이요. 여행 정말 좋아했어요."

"근데 왜 이제 안 해요?"

"모르겠어요. 지겨워졌나봐요. 아니면 논문을 끝내느라 여유가 없는 것일 수도 있고요. 타로점 보는 것도 좋아했어요."

"정말요?" 그녀가 반색하며 물었다.

"네, 그런데 이제는 영원히 그만뒀어요."

"아쉽네요! 내 점도 봐주면 정말 좋았을 텐데요. 왜 그만뒀어요?"

"마지막에 몇 번 봤을 때 두려움이 생겼어요."

도리스는 카드점과 룬점, 손금점을 봐주는 어느 동네 카페의 단골이라고 말했다. "되게 좋은 곳이에요. 다음번에 제가 데려갈게요. 논문이 지겨워지면 거기에서 일자리를 구할 수도 있겠어요." 그녀는 내게 꽤나 으스스하게 느껴지는 웃음을 터뜨리며 말했다.

그날 밤 우리는 예상보다 많이 마셨고 그 덕분에 공통의 이야깃거리를 많이 발견했다. 우리는 그녀의 아들이 난동을 부리는 것과 그것에 대처하기가 얼마나 어려운지에 대해 이야기 했다.

"니콜라스는 어디에서 그 욕들을 배워오는 거예요?" 내가 물었다. "당신은 그런 말을 쓰지 않는데요."

"자기 아빠요."

한동안 그녀의 남편이 폭력적으로 굴던 시기가 있었다고 했다. 니콜라스는 어릴 때 본 것을 이제 똑같이 따라하고 있었다.

"그럴 때마다 마치 아이 아빠가 되살아난 것 같아요."

거기에서 우리는 우리가 경험한 유년기로 건너뛰었다. 나처럼 도리스도 집에서 첫째였다. 어머니와 이혼한 아버지와는 거의 연락이 닿지 않았다.

"외식을 한다고 우리를 데리러 오겠다고 말하는 거예요. 그럼 여동생이랑 저는 옷을 차려입고 몇 시간 동안 문 앞에서 아빠를 기다리는 거죠. 그러면 아빠가 밤에 술에 잔뜩 취해서 와요. 그다음 날 온 적도 있었어요."

말을 끝내자마자 전염성이 있는 웃음을 터뜨렸다.

"우리 아버지는 갑자기 나타나서 내 생일 선물로 남동생 하나를 데려온 적도 있어요." 내가 말했다.

"진짜예요? 아기를 데려왔다고요?"

"아뇨. 다른 여자랑 낳은 제 또래 남자아이였어요."

우리는 다시 웃었다.

도리스는 창문 너머로 동이 트기 시작할 때 집으로 돌아갔다. 그말인즉슨, 자명종이 울리기 한 시간 전에 갔다는 뜻이다. 침대에 몸을 누이면서 나는 그녀와 이 시간에 자식들을 위해 아침을 준비하는 도시의 모든 엄마들에 대한 생각을 멈출 수가 없었다.

24

알리나의 출산 전 마지막 토요일엔 프랑스 대통령 선거의 재외국민투표가 실시되었다. 국민전선이 1차 투표에서 매우 높은 순위를 차지했고 이들을 저지하기 위해서는 반드시 투표를 해야 했다. 알리나는 마르세유에서 온 친구 레아와 함께 멕시코시티에서 선거를 주재하는 프랑스 학교에 갔다. 그날 아침 그곳에는, 몇 달 전만 해도 체육 수업을 듣는 이네스를 상상했었던 그 운동장에는 오직 성인들만 있었다. 알리나는 몸 상태가 좋았기 때문에 임산부를 배려하려는 줄서기 양보를 받지 않았다. 그녀는 다른 사람들과 마찬가지로 줄을 서서 투표함에 투표 용지를 넣을 때까지 자기 차례를 기다렸다. 투표가 끝나고 레아가 밥을 먹으러 가자고 제안했다. 알리나와 레아, 그리고 두 사람의 남편들은 폴랑코에 있는 한 레바논 식당에서 만났다. 다른 사람에게 레아의 아이들을 맡기고, 두 커플이 이렇게 함께 시간을 보내는 것은 오랜만이었다. 식당을 나오며 알리나는 집까지 걸어가자고 제안했고 그들은 한 시간 정도를 걸었다. 그날 밤 아우렐리오는 텔레비전에서 방영하는 권투 경기를 보기 시작했다. 알리나는 피곤해서 먼저 잠자리에 들었다. 37주차에 접어들었고 거의 자지 못하는 시기였다. 밤에는 무거운 배 때문에 뒤척이느라 아우렐리오를 깨울까봐 며칠째 손님방에서 자고 있었다. 알리나는 옷을 벗고 창문에 비친 자기 몸을 관찰했는데 그날 오후 동안 복부가 더 커진 것 같았다. 그녀는 이불 속으로 들어가 거실에서 들려오는 권투 중계를 자장가 삼아 잠을 청했다.

알리나는 새벽에 깨어 침대에서 빠져나와 다시 한번 유리창에 비친 자신의 모습을 바라보았다. 가방에서 휴대폰을 찾아 사진을 몇 장 찍었다. 제왕절개 날짜가 코앞으로 다가왔다. 모든 일이 순조롭게 진행된다면 일주일밖에 남지 않았기 때문에 추억을 차곡차곡 쌓고 싶었다. 알리나는 다시 시트 속으로 파고들었지만 다시 잠들기 전에 화장실에 가야 했다. 그제야 잠옷도 속옷도 다 피에 흠뻑 젖어 있다는 것을 알아차렸다. 피가 너무 많이 흘러서 변기에서 일어나지 않는 편이 나을 것 같았다. 피비린내가 진동했다. 알리나는 침착하려 애쓰며 아우렐리오에게 전화를 걸어 산부인과 주치의에게 알려달라 말했다. 좌변기에 앉은 채 더듬더듬 손을 뻗어 세면대 아래 서랍에서 생리대를 꺼냈다. 생리대 두 개를 붙이고 옷을 입으러 화장실에서 나왔다. 진통도 통증도 없었고, 어디에서 나오는 것인지 알 수 없는 다리 사이의 출혈뿐이었다. 주치의에게서는 답이 없었지만 이네스가 살아 있을 때 만나려면 한시라도 빨리 병원에 가야 한다고 혼잣말로 되뇌었다. 그래서 알리나는 옷장에 준비해 둔 여행가방을 꺼내고 거실 소파에 앉아 아우렐리오가 가방을 쌀 때까지 기다렸다. '이네스는 오늘 태어날 거야. 이네스를 만날 수 있게 너도 와.' 내가 알리나의 메시지를 받았을 때는 아침 여섯 시였다.

25

　도로에서 길을 양보해달라고 경적을 빵빵 울리거나 손수건을 꺼내 흔들 필요 따윈 없었다. 일요일 새벽이었고 도시는 여전히 잠들어 있었다. 알리나는 휴대폰의 날짜를 확인했고 5월 7일이었다. 의사가 잡은 제왕절개 일정까지는 한 주가 남았지만 빠를수록 좋은 거라고 스스로에게 말했다. 계속 기다리고 싶지 않았다. 알리나는 평온한 상태였다고 회상한다. 마음속에서 수없이 상상해온 순간이었기에 더는 두렵지 않았다. 드디어 연락이 닿은 주치의는 잠에 취한 목소리로 자신이 휴가중이라는 것을 상기시켰다. 마지막 진료를 받을 때 이미 이야기했었지만, 알리나는 기억 속에서 그 사실을 완전히 지워버렸다. 주치의는 출혈 정도에 대해 질문했다. 알리나는 피의 색을 묘사한 후 양이 엄청났다고 말했다.

　"태반이 떨어져나왔군요. 뛰었다거나, 신체 활동 같은 것을 했나요?"

"어제 많이 걸었어요."

"병원에 가세요. 저를 대신할 동료를 찾아볼게요."

주치의가 연락을 취해놓은 당직의가 둘을 맞이했다.

"구티에레스 박사님이 오고 계세요. 제왕절개를 담당해주실 거예요. 그전에 활력 징후 체크할게요."

당직의가 혈압을 재는 동안 알리나는 오가는 모든 사람에게 자신의 상황을 설명하기 시작했다.

"제 아기는 죽을 거예요." 그녀가 말했다. "저를 재우지 마세요. 딸이 태어나면 보기로 의사 선생님과 결정했어요. 저는 제 딸을 만나고 싶어요. 딸과 함께 있고 싶어요."

아우렐리오는 그녀를 책망하듯 쳐다보았다. 간호사 한 명 한 명을 붙들고 이야기할 필요는 없었다. 하지만 알리나에게 중요한 것은 그 누구도 자신에게 수면제를 투여하지 않는 것 뿐이었다.

마취과 의사가 도착했고 알리나는 더더욱 고집을 꺾지 않았다. 마취의는 마스크를 쓰고 있어서 알리나는 그의 얼굴을 볼 수 없었다. 그의 크고 어두운 눈은 알리나에게 신뢰감을 불어넣었다.

"저를 재우시면 안 돼요." 그녀는 명령하듯 선언했다. "절 개를 시작하면 아프지 않게 뭐라도 놔주시되, 잠이 오게 하지 는 마세요. 제 아기는 죽을 거고 저는 그때 깨어 있어야 해요."

마취의는 수술 내내 자신이 옆에 있을 것이라고 설명했다.

"저는 여기, 산모님 머리 바로 뒤에 있을 겁니다. 뭐가 필요하실지 잘 지켜보고 있을게요. 잠들 것 같은 느낌이 들면 제게 말씀하세요. 제가 깨어날 수 있도록 처치하겠습니다."

수술비 결제 건으로 수납창구에서 아우렐리오를 호출했다. 바우처*를 열어두지 않으면 치료를 시작할 수 없었다. 민영 의료는 우선 순위가 있다. 마침내 시작해도 된다는 연락이 오자 모든 일은 급속도로 진행됐다.

진통제 때문에 알리나는 일종의 가수면 상태에 빠져들었다. 그사이 대타로 온 산부인과 의사는 기구 목록을 호명하며 점검했다. 미렐레스 박사는 수술이 중반에 접어들 즈음 나타났다. 약속했던 것처럼 병원에 도착하자마자 집중치료 병동의 특실을 준비하도록 지시했다.

머지않아, 의사는 알리나에게 알렸다.

"제가 안에서 움직이는 걸 느끼실 거예요."

그런 다음,

"이제 아기를 꺼내기 위해 제가 안에서 아주 강하게 누를 겁니다. 집중하세요. 허한 느낌이 들겠지만 통증은 없을 거예요."

알리나의 얼굴을 따라 눈물이 흘러내렸고, 그녀는 볼 수 없는 마취의가 거즈로 눈물을 닦아주었다. 아무래도 알리나의 기

---

* 멕시코에서 쓰는 표현으로 바우처는 신용카드 영수증을 의미한다. 호텔이나 병원 등에서 `바우처를 열어두면, 사용 금액을 모았다가 한 번에 계산한다.

운을 북돋아주기 위해 다른 약물을 주사한 게 틀림없었다. 알리나는 그 즉시 활력이 넘치는 것처럼 보였다. 갑자기 온갖 시시콜콜한 것에 대해 이야기하며 아무 관련도 없는 집안일에 대해 아우렐리오에게 지시를 내리기 시작했다. '가사도우미한테 거실 커튼 빨래해달라고 말하는 것 잊지 마'를 비롯해 비슷한 말들을 계속했다. 의사들이 돌연 부산스럽게 움직이기 시작했다. 모두가 동시에 말하며 수술대 주변을 분주히 돌아다녔다.

"태어났나요?" 알리나가 물었다.

"네." 정체를 알 수 없는 목소리가 대답했다.

"아기는 어떤가요?"

"이제 여기로 옵니다."

"온다고요? 어디서요?" 분개한 알리나가 되물었다. "의사 선생님께서 아기를 데려가지 않겠다고 약속하셨다고요!"

잠시 후 의사들은 알리나의 가슴에 이네스를 올려놓았다. 그 순간에 대해 알리나가 기억하는 것은 발그스름하고 머리털이 조금 난 따뜻한 살덩이를 품에 안고 자기 배에서 갓 나온 핏덩어리를 핥는 어미 고양이처럼 아기에게 키스를 퍼부었다는 것뿐이다. 알리나는 이네스에게 사랑을 주는 것에 너무나 집중한 나머지 아기의 머리 형태나 크기에 대해서는 생각하지 않았고 아우렐리오나 자신을 닮았는지에 대해서도 생각조차 하지 않았다.

"이네스, 엄마하고 인사했지요. 아기를 살펴볼 수 있게 잠시

만 시간을 줄래요?" 미렐레스 박사의 목소리였다.

알리나는 움직일 수 없었고 고개조차 돌릴 수 없었지만 수술실의 거의 모든 사람들이 자신의 아기 뒤를 따라 나가고 있다는 것을 알아차렸다. 아우렐리오도 그중 하나였다. 알리나도 그 뒤를 따르고 싶었지만 그 순간 그녀의 몸은 자신의 것이 아니었다. 그녀의 몸은 귀하고 소중한 어떤 것을 빼내고 난 뒤 다시 이렇게 저렇게 처리해서 꿰매놓은 덩어리였다. 몸 안의 것이 비워진 지금, 그들에게 그녀는 처리하고 닦고 정리해야겠지만 우선순위는 아닌, 수술용 카트에 올려놓은 더러운 도구나 피투성이 거즈처럼 조금도 중요하지 않은 존재였다. 수술실에 남은 얼마 안 되는 사람들도 어젯밤 권투 경기에 대해 이야기하기 시작했다. 보아하니 세기의 대결이었던 모양이었다. 알리나는 시간이 얼마나 흘렀는지 알 수 없었다. 이네스는 어디 있을까? 왜 데려오지 않는 거지? 이 순간 두 사람을 함께 있게 해주는 것보다 더 중요한 일이 뭐가 있을까? 질문을 던지려는 찰나 간호사가 약을 건네며 회복실로 이동하겠다고 전달했다.

알리나는 회복실로 옮겨지기까지 한 시간 넘게 창문이 없고 네온등이 번쩍번쩍 비추는 거대한 헛간 비슷한 곳에 혼자 있었다고 한다. 옆에는 빈 침상들이 줄지어 있었다. 알리나는 추위에 떨며 딸을 다시 보게 될 수 있을지 자문했다.

어느 순간 간호사 한 명이 나타나 말했다. "이네스는 괜찮다고 남편분이 전해달라고 하셨어요."

적어도 이네스가 아직 죽지 않았다는 걸 알게 되자 안심이 되었다. 어쩌면 몇 분이라도 이네스를 만날 수 있을지도 모르고 운이 좋으면 몇 시간이 될지도 모른다. 그런데 '괜찮다'는 아우렐리오의 말은 도대체 무슨 뜻일까?

한참이 지난 후에야 알리나는 병실로 옮겨졌고 그곳에는 남편과 함께 온 레아, 가까운 여자 친구들, 시어머니와 시누이, 그리고 내가 기다리고 있었다.

아우렐리오는 신생아실에 있었고 거기에서 사진과 영상을 보내고 있었다.

"봐봐, 여기 있어! 이네스, 엄마한테 안녕 해야지! 엄마한테 저 아주 좋아요, 말해주자." 두세 살은 넘은 아이에게 말하듯 아우렐리오가 말했다.

영상을 본 알리나는 딸의 머리가 확실히 매우 작다는 사실을 알아챘다. 그녀는 불현듯 상황에 다시 압도된 것처럼 보였다. 병실에서 우리의 얼굴은 저마다 매우 달랐다. 이네스가 괜찮다는 아우렐리오의 말을 들을 때마다 친구들의 표정은 굳어졌지만 시어머니와 시누이의 얼굴은 희망으로 빛났다.

미리 말했던 것처럼 이네스와 '작별인사를 하라고' 우리에게 청하지 않은 건 확실했다. 적어도 그 순간, 이네스는 아무 데도 가지 않았다.

26

신생아실 온도는 병원의 다른 곳보다 약간 높았다. 창문과 열린 블라인드 사이로 햇빛이 쏟아져 들어왔다. 신생아실 간호사들은 마치 아편에라도 취한 것처럼 미소를 띠고 느리게 움직였다. 알리나는 작은 온열 침대 옆에 앉아 있는 아우렐리오를 발견했다. 그 침대 안에 겨우 기저귀 하나만 차고, 여러 케이블에 연결된 이네스가 있었다. 알리나 바로 뒤에 도착한 미렐레스 박사 역시 미소를 띠고 있었다. 박사는 아기의 활력 징후가 고무적이며, 몇 시간 후에 뇌 상태를 자세히 진단하기 위해 MRI와 뇌파 검사를 진행할 것이라 설명했다. 또한 시력과 청력을 측정해 살릴 수 있는 부분이 있는지 알아볼 것이라 말했다. 알리나의 머릿속에서 그 단어가 맴돌았다. 그녀가 처한 상황에서는 무슨 뜻이든 될 수 있었다. 지난 몇 시간 동안 모두가 애매모호하게 말하고 있는 것이 그녀를 후벼파는 것처럼 느껴졌다.

빈속에 산을 붓는 기분이었다. 그냥 다들 입다물고 있다가 확실해질 때만 말하면 안 되는 것일까? 마치 그녀의 생각을 듣기라도 한 것처럼, 미렐레스 박사가 말했다.

"확실히 말씀드릴 수 있는 건 곧 이네스를 데리고 집에 갈 수 있다는 거예요. 아기를 맞이할 준비가 되어 있나요?"

알리나는 그 순간 일말의 기쁨을 느끼기는커녕 오히려 정신이 아득해지며 거부 반응 비슷한 것을 느꼈다고 기억한다. 시간이 지나며 처음 느꼈던 감정은 잦아들고 이네스를 집에 데려갈 수 있다는 가능성이 점점 더 불길하게 느껴지기 시작했다. 공들인 장식을 다 떼어내고 상자로 가득 찬 방을 생각했다. 집에는 기저귀도, 분유도, 젖병도 없었다. 하지만 무엇보다도 아기를 어떻게 해야 할지에 대해 전혀 아는 것이 없었다.

알리나는 검사를 하러 가야 하거나 병실에 식사가 준비되었을 때 빼고는 대부분의 시간을 아우렐리오와 함께 신생아실에서 보냈다. 제왕절개 상처가 아직 아물지 않아서 휠체어를 타고 다녀야만 했다. 하지만 회복 속도가 빨랐고 이틀 후부터는 병원 곳곳을 누구에게 물어볼 필요도 없이 마음껏 돌아다니기 시작했다. 화요일에 그녀의 주치의 에밀리오 박사가 휴가에서 돌아왔고 바로 그날 오후에 같은 건물 몇 층 위 그의 진료실에서 만나자고 알리나 부부에게 요청했다. 당시 주치의를 생각하면 알리나는 그가 자신의 신뢰를 저버렸다는 원망스러운 마음밖에 들지 않았다. 어쨌거나, 알리나는 아우렐리오에게 박사를 만나러 가자 말했다.

"기분이 어떠신가요?" 눈앞의 알리나를 보고 주치의가 물었다.

"제 기분이 어떨 것 같으세요?" 그녀가 대답했다. "이네스는 살아 있어요. 선생님께서 그건 불가능하다고 하셨는데도요."

"알리나, 혹시 아기가 살게 되면 그저 덩어리 같은 존재가 되냐고 제게 물었고 저는 그렇다고 대답했었죠. 기억하시지요?"

'덩어리'라는 단어가 그녀 머릿속에서 마치 종이 울리듯 울려퍼졌다. 알리나는 비난은 우선 뒤로 미루고 눈앞의 일에 집중했다. 일어났을 수도 있는 일 말고, 앞으로 할 일에 집중해야 했다.

"어머니가 몇 년 전에 색전증을 앓으셨어요." 알리나가 말했다. "처음에는 눈도 깜빡이지 못했지만, 치료 덕분에 지금은 거동이 가능하세요. 이네스도 치료를 받으면 그렇게 될 수 있을까요? 움직임을 약간이라도 회복할 수 있을까요?"

"이네스는 본래 운동능력이 없었기 때문에 회복할 것이 없습니다." 책상 앞에 마주앉은 부부가 자신을 얼마나 증오할지 가늠하고 있을 게 분명한 의사가 설명했다. "여전히 사망할 가능성이 가장 높습니다. 이네스 같은 아이들은 생존하지 못합니다."

알리나는 어떤 가설을 제시하든 간에 조심스러웠던 미렐레스 박사를 생각하며 주치의의 확신에 찬 고압적인 태도를 비교했다. 이네스가 죽을 거라는 예측이 틀린 마당에 똑같이 냉정하고 단호하게—조금의 부끄러움도 없이—또다시 무시무시한 예언을 하고 있었다. 누가 저 사람을 믿을 수 있겠는가?

"제왕절개 경과는 좀 어떻습니까? 상처가 많이 아픈가요?"

환자 가운을 열고 진찰을 하며 에밀리오 박사는 알리나에게 모유 수유 중인지를 물었다. 알리나는 깜짝 놀랐다. 신생아실의 간호사들은 이네스에게 분유를 먹이고 있었고 알리나는 그 과정에 전혀 참여하지 않고 있었다. 그게 더 낫다고 스스로에게 말했었다.

알리나는 고개를 저었다.

"당신 결정입니다. 아직 며칠 더 생각해볼 시간이 있어요. 혹시 모르니 단유를 위한 약을 처방해드릴게요."

27

수요일 오후, 옆집의 소동은 그 어느 때보다 격렬했다. 니콜라스는 자기 엄마와 세상과 창조주를 향해 세상 모든 종류의 욕설을 퍼부어댔다. 아들의 모욕에 대응하거나 끈기 있게 참아내는 대신, 도리스는 건물 벽 전체가 다 울리도록 문을 쾅 닫고 집에서 나가버렸다. 니콜라스는 잠시 조용해졌다가 괴롭힐 사람이 아무도 없으니 혼자 울기 시작했다. 협박을 일삼는 아이가 아니라, 너무나 깊은 고통을 겪는 사람처럼 울었다. 나는 아이가 진정하도록 기다렸지만 쉽사리 가라앉을 것 같지 않아서 결국 집에서 나와 옆집 문을 소심하게 두드렸다. 나는 복도에 서서 아이가 문에 난 구멍으로 내다보기 위해 의자를 질질 끌고 오는 소리를 들었다. 문을 열자마자 니콜라스는 내 다리를 부둥켜안으며, 내가 항상 어린이들과 연관지어 생각해온 콧물과 침이 뒤섞인 끈적끈적한 물질을 다리에 잔뜩 묻혔다.

나는 우리 집 식품저장고에 평생 먹어본 것 중 제일 맛있는 쿠키가 있다고 니콜라스에게 장담했다. 그걸로 설득은 끝났다. 아이는 집 안에 열쇠를 두고 문을 닫은 후 우리 집에 왔다. 맨발이었다. 아이의 양말은 바르셀로나 축구팀 바르사Barça를 상징하는 색이었다. 반쯤 해진 양말 사이로 호기심 많은 동물처럼 엄지발가락이 고개를 내밀고 있었다.

"메시 좋아해?" 내가 물었다.

"네. 메시는 세계 최고예요." 니콜라스는 당연한 이야기를 하냐는 듯 심드렁하게 말했다.

일단 집에 들어온 후 나는 카프라이스 쿠키 한 통과 민트가 가득 든 초콜릿 한 박스를 꺼내서 테이블에 올려놓았다. 가만 보니 내 전리품을 다 털어먹으려는 속셈 같아서 둘 중 하나를 고르도록 했다. 니콜라스는 카프라이스를 골랐다. 쿠키를 처음 입에 넣었을 때 니콜라스의 얼굴을 나는 영원히 잊지 못할 것이다.

쿠키를 먹으며 니콜라스가 내게 물었다.

"엄마가 돌아올까요?"

"당연하지." 내가 대답했다. 나는 니콜라스의 어깨가 몇 센티미터쯤 내려가는 것을 보았다. "엄마가 오시면 좋겠어?"

니콜라스는 주위를 두리번거리더니 말했다.

"아줌마 집은 되게 예쁘다. 그래도 뭐, 나는, 우리 집에서 사는 게 좋아요."

"원래 아이들은 자기 가족이랑 사는 게 좋은 거야. 또 솔직히 말하면, 난 아이를 낳고 싶지 않아. 입양하는 것도 싫고."

아이는 자기 우유컵에 쿠키를 적시는 일에 몰두했다. 나는 내내 복도에서 들려오는 소리에 귀를 기울이며 엘리베이터가 우리 층에 멈추기를, 그리고 도리스가 걸어나오기만을 기다렸다. 집에 도착해서 아들이 없다는 걸 발견하는 그녀의 모습을 상상하고 싶지 않았다. 나는 종이에 '니콜라스는 우리 집에 있어요, 라우라'라고 써서 옆집 문에 붙이러 갔다.

나는 니콜라스랑 어떻게 재미있게 놀아줄지를 고민하며 집으로 돌아왔다.

"얼마 전에 내 친구 하나가 자기 딸을 위해서 모은 노래들을 줬거든. 들어볼래?"

아이는 말없이 고개를 끄덕였고 픽시스의 화음을 매우 진지한 표정으로 감상했다. 노래가 끝나자 나는 몇 곡을 건너뛰고 'Should I Stay or Should I Go'를 틀었다. 나는 의자에서 일어나 함께 춤을 추자고 손짓했고 니콜라스는 자리에서 일어나 마치 토끼처럼 깡충깡충 뛰기 시작했다. 알리나의 노래들 중 가장 신난 곡들로만 골라서 틀었고 오후가 저물 무렵 니콜라스의 표정이 완전히 달라진 걸 보면 효과가 있었다고 해야겠다. 그 후 우리는 쿠키 한 통을 들고 발코니로 향했다.

"엄마는 음악을 절대 안 틀어요. 아빠가 죽은 후로 행복한 게 어떤 건지 잊어버린 것 같아."

"그거 알아? 가끔 사람들은 시간이 필요하거든. 그게 언제 일이야?"

"상상이 돼요? 초등학교 1학년 때였는데 난 지금 3학년이에요." 아이는 틀림없이 영원처럼 느껴졌을 그 2년여의 시간을 다 담으려는 듯 눈을 크게 뜨며 말했다. 영원 속의 가택 연금.

도리스는 몇 시간 후에 귀가했지만 하루가 넘도록 아들과 말을 섞지 않았다.

"기분이 좀 어때요?" 나는 그녀에게 문자를 보냈다.

"조금 나아졌어요. 근데 이제 더는 못 참아주겠어요."

28

날마다 유전학자가 신생아실에 들러 이네스의 혈액 견본을 채취했다. 유전학자와 신경과 의사 말고도, 보건복지부 직원들도 이네스의 사례가 지카 바이러스로 유발된 케이스인지를 확인하기 위해 방문했다. 미렐레스 박사는 모든 종류의 연구에 동의하는 것이 좋겠다고 권고했다. 딸의 상태에 대해 더 명확히 알아내는 데 도움이 될 것이라 했다. 목요일에는 따뜻한 커피, 메모지, 회의를 위한 필기구가 구비된 병원 회의실에 모든 전문의들과 알리나, 아우렐리오가 다 같이 모였다. 둘은 테이블 맨 끝에 앉았다. 이네스도 그곳에 함께였다. 다른 사람들처럼 자신의 진단을 기다리며 엄마의 팔에 안긴 채로. 마침내 빅토리아 미렐레스 박사가 말을 꺼냈다.

"이때까지 우리는 두 차례의 뇌파 검사 및 시력과 청력을 확인하기 위한 검사를 실시했습니다. 이네스가 보지 못하고 아무

소리도 들을 수 없다는 것이 거의 확정적인 상태지만, 숨뇌가 완전히 발달한 상태고 그 부분이 바로 인간의 주요 기능과 생명력을 담보해주는 부위입니다. 이네스의 심장, 폐, 장과 나머지 주요 기관들도 완벽하게 작동하고 있습니다. 현재로서 가장 큰 위험 요소는 경련인데, 이네스와 같은 케이스에 전형적인 증상입니다. 그래서 약을 지속적으로 복용하는 것이 매우 중요합니다. 레비티라세탐, 맞죠?" 신경과 전문의가 자리에서 고개를 끄덕였다. "제가 일을 시작한 이후로," 소아과 전문의 미렐레스 박사가 말을 이어갔다. "무수히 많은 아이들을 봤습니다. 아무런 병도 없이 태어나 우리로서는 불가해한 모종의 이유로 갑자기 사망하거나 우리가 개입하지 않으면 죽을 것이 확실한 상태가 되기도 합니다. 반면 너무나 심각한 건강상의 문제나 장애를 가지고 태어나는데도 사력을 다해 생명을 단단히 붙들고 버티는 아이들이 있습니다. 이네스가 바로 이런 경우인 것 같군요."

알리나는 눈을 가늘게 뜨는지 크게 뜨는지에 따라 모양이 변하는, 맞은편 벽의 페인트 얼룩을 뚫어지게 쳐다보고 있었다. 그녀에게 그 회의의 메시지는 명확했다. 이네스는 살 것이며 그녀도 의사들도 그것을 막을 수 없다는 것이었다. 그 순간 그녀의 머릿속에 떠오른 것은 생리를 할 때마다 누군가 생리대를 갈아주어야 하는 움직이지 못하는 십대 여자아이의 모습이었다.

"얼마나 살까요?" 그녀가 물었다.

"모릅니다. 어쩌면 이 주, 어쩌면 두 달, 운이 좋다면 몇 년이 될지도요. 유일하게 확실한 것은 몇 시간 내로 죽지는 않을 거라는 겁니다. 바로 오늘 오후부터 이네스를 데리고 퇴원하셔서 일상으로 돌아가셔도 됩니다." 그 말을 들은 내 친구의 입에는 분명 냉소가 떠올랐을 것이다. 첫 아이를 낳은 후 집에 돌아간 어떤 여자도 이전의 일상으로 돌아가지 못하는데, 하물며 알리나와 같은 상황에서라면야. 모성은 존재를 영원히 변화시킨다. 그 젊은 신경과 의사는 엄마가 되어본 적이 한 번도 없고 자기가 무슨 말을 하고 있는지도 모른다는 것이 분명해 보였다.

"아기에게 젖을 먹였나요?" 회의가 한창인 와중에 생각지도 않게 미렐레스 박사가 물었다.

알리나는 고개를 저었다.

"어디 봅시다." 미렐레스 박사는 다른 의사들 앞에서 알리나의 가운을 열어젖히며 왼쪽 가슴 쪽으로 이네스의 몸을 힘차게 들이밀었다.

"이렇게 아기 몸을 눕혀야 해요. 한 손으로 가슴을 누르면서, 나머지 손으로 아기 머리를 가슴 쪽으로 당기면 돼요. 보이죠? 그렇게 어렵지 않아요."

이네스는 입술을 벌리고 늘 해왔던 것처럼 젖꼭지를 물고 집어삼켰다. 아기가 빨아들이는 것을 느끼자마자 알리나 주변의 모든 것들이 뱅뱅 돌기 시작했다. 알리나는 자리를 박차고 일어나 도망치고 싶었지만 뭐라고 항의하거나 이네스를 떼어낼 힘조차 없었다. 바닥이 거대한 입을 쩍 벌리고 그녀를 집어삼킬 참이었다.

아우렐리오는 셋이 적어도 하룻밤이라도 더 병원에 머물 수 있도록 용케 의사들을 설득하는 데 성공했다. 이네스와 함께 집에 연착륙할 준비를 하는 것은 보통 일이 아니었다. 알리나는 언니에게 연락해서 부부 침대 옆에 아기 침대를 조립해달라고 부탁했다. 플라스틱 상자와 여행가방을 풀어서 아기 옷을 꺼내고 다시 한번 빨아서 옷장에 정리해두어야 했다. 그리고 약국에서 신생아를 위한 기저귀, 1단계 분유와 젖병을 사다달라고도 부탁했다.

한밤중 알리나는 미렐레스 박사의 휴대폰으로 전화를 걸었다. 임신 중 궁금한 게 있으면 언제든 전화하라며 직접 준 번호였지만 아무도 받지 않았다. 병원이 위치한 건물 밖의 불빛이 하나 둘 꺼져가고 있었다. 창문 너머의 모든 풍경이 검게 물들어갔다. 알리나는 전화를 받을 때까지 두어 번 더 시도했다.

"안녕하세요, 알리나. 무슨 일 있나요?"

미렐레스 박사의 목소리를 들은 알리나는 울기 시작했다. 눈물이 잦아들자 겨우 목구멍 밖으로 목소리를 끄집어낼 수 있게 되었다.

"전 이럴 준비가 안 되어 있어요. 이네스는 죽을 거였어요, 최소한 저한테 다들 그렇게 말했어요. 선생님도 제게 죽음교육 상담사를 찾아서 준비해야 한다고 권하셨고, 그래서 저흰 그 말씀대로 했어요. 아기 방을 치우고 대신 무덤을 준비했어요." 알리나는 흐느끼며 우느라 말을 제대로 할 수 없었고 미렐레스 박사가 자기 말을 이해하지 못할까봐 걱정스러웠다. 그래서 단도직입적으로 이야기하기로 했다. "제가 하고 싶은 말은 저는 제 남은 인생 전부를 이런 아이를 돌보는 데 바칠 수 없다는 거예요. 어떻게 해야 하는지도 모를 거고요."

"다른 전화가 들어오고 있어요." 미렐레스 박사가 말했다. "직접 만나서 다시 이야기하지요. 내일 퇴원 전에 병실로 제가 찾아갈게요."

그날 밤 알리나는 잠을 이루지 못했다. 제왕절개 상처는 다른 날보다 더 쑤셨고 몸 전체가 긴장감에 휩싸였다. 의사들이 그녀를 배신했다. 의사들에 대해, 자기 자신에 대해, 이네스에 대해 분노를 느꼈다. 죽기 전에 봐야 한다며 그렇게나 고집을 부렸던 작은 얼굴에 대해, 지금은 무슨 구실이든 대고 피해버리고 싶은 그 얼굴에 대해 생각했다. 침대에서 몸을 뒤척이며 알리나는 몇 년 전에 난임 문제가 있던 친구들 중 하나가 아기를 입양할 수 있도록 도와줬던 기관의 이름을 기억해내려 애쓰고는, 거기에 이네스를 데려가 맡기면 어떨까 생각했지만, 누가 저런 상태의 아이를 떠맡으려 하겠는가? 게다가 그런 공간에서 자신의 딸을 어떻게 다루게 될까? 애정이나 가정의 따뜻함은 말할 것도 없고 분명 최소한의 존중도 없이 함부로 대할 게 분명했다. 이전에는 이네스에게 아이를 만나고 싶은 마음이 얼마나 큰지를 말했다면, 지금은 마치 이네스가 두 층 위의 인큐베이터가

아니라 아직도 배 속에 있는 것처럼 마음속으로 없어지라고 빌
었다. '가버려, 이네스. 너는 여기서 할 수 있는 게 아무것도 없
어. 어서 떠나! 여기 있으면 너도 나도 제대로 살지 못할 거야.'

더는 참을 수 없다고 느꼈을 때 알리나는 수면제를 요청하
기 위해 전화기를 들었다. 수면제를 투여받은 후 한 시간 넘게
약효를 기다린 후에야 알리나는 잠이 들었다.

29

햇살이 알리나를 깨웠다. 아우렐리오는 블라인드를 활짝 걷어 올려두고 알리나가 깨어나길 기다리며 소파에 앉아 신문을 읽고 있었다. 알리나는 침대 시트 안에서 손을 들어 그에게 인사했다.

"좋은 아침." 아우렐리오는 알리나에게 입을 맞추려 일어서며 말했다. "우리 이제 가야 해."

침대 위에 일어나 앉은 알리나는 날카롭게 낑낑대는 소리를 들었다. 그 순간 그녀는 자신의 딸도 그 방에 함께 있음을 깨달았다. 알리나는 소파 쪽으로 고개를 돌렸고 자기가 본 적 없는 오렌지색 천으로 된 바구니를 발견했다. 신생아 유아차에 설치할 수 있고 자동차 여행용으로도 쓸 수 있는 바구니 카시트였다. 그 옆에는 집에서 챙겨온 여행가방이 있었다. 알리나는 여행가방 쪽으로 다가가 딸은 쳐다보지도 않고 아기 옷을 찾기 시작했다.

그 와중에 전화가 울렸다. 수화기 반대편에서 여자 목소리가 들렸다.

"좋은 아침입니다, 알리나. 미렐레스 박사예요. 잠시 둘이서만 이야기하고 싶은데요. 올라가도 될까요?"

알리나는 동의했고 전화를 끊었다.

"나 옷 입을 동안 병원비 수납해줄래?" 아우렐리오에게 말했다. "시간도 줄일 겸. 아래층에서 봐."

오 분 후 미렐레스 박사가 문을 두드렸다. 마치 그녀도 울고 있었던 것처럼, 눈은 부어 있었고 얼굴도 뭔가가 달랐다. 평소보다 조금 더 비음이 섞인 목소리로 말하는 걸 보니 짐작이 맞는 듯했다.

"저주받은 것처럼 생각하지 말라고 이야기하러 왔어요. 풀어나갈 수 있는 문제예요. 정말 어려운 결정인 건 맞아요. 아무나 할 수 없는 일이고요."

박사는 마치 입안 가득히 들어 있던 못을 뱉어내듯이, 말하기 어렵지만 해야만 하는 말을 지나치게 오래 생각해온 사람처럼 쉬지 않고 쏟아냈다.

"당신이 딸의 삶과 죽음을 선택할 기회를 가졌으면 합니다."

알리나는 어안이 벙벙해져 박사를 쳐다보았다. 이해가 가지 않았다.

"딸과 함께한다면 매우 힘든 상황을 겪게 될 겁니다. 제가 설명할 필요도 없을 거예요. 두 경우 다, 가장 괴로운 사람은 알리나일 겁니다. 그래서 기회를 주고 싶어요."

"정확히 무슨 말씀을 하시는 거예요?" 알리나가 자신의 목소리가 떨리는 것을 느끼며 물었다.

박사는 알리나의 손을 잡고 주사약이 들어 있는 작은 흰색 상자 하나를 건넸다.

"이 물질은 매우 깨끗해서 아무 흔적도 남기지 않을 겁니다. 아기에게는 아무런 고통도 없을 거고요. 이네스는 수면 중에 떠나게 될 것이고, 아무도 눈치채지 못할 겁니다. 최고의 전문가조차 영아돌연사라고 여길 겁니다. 지금 당장 쓰는 것을 권하지는 않습니다. 아기와 적응하는 시간을 가지고 지켜보면서 기다리세요. 결심이 서면, 제가 옆에 있어드리겠습니다."

알리나는 자신의 모든 등 근육이 꼼짝도 않고 굳어 있는 것을 느끼며 약병을 받았다. 그녀는 무척추동물처럼, 축축한 해파리처럼 침대로 풀썩 미끄러졌다. 지난 한 달 반 동안 그토록 많은 눈물을 흘렸음에도, 그날 아침의 울음은 조금 달랐다고 알리나는 기억한다. 자유가 깃들어 있었다. 모든 악몽이 시작된 이후 처음으로, 폐에 공기가 도는 것을 느꼈다. 그녀는 잠시 자신의 숨소리를 들으며, 그녀 앞에 펼쳐진 불길한 미래 속에서 길을 잘못 들지 않도록 해줄 해결책인 약병을 손에 꼭 쥐고 가만히, 그대로 있었다.

박사는 소파에 앉아 있었다. 바로 조금 전까지 그녀의 남편과 딸이 있던 바로 그 자리에 앉아, 빈민가가 펼쳐진 도시를 멍하니 바라보고 있었다.

"제 번호 알고 계시지요." 박사가 말했다. "단 한 가지만 부탁드려요. 이 일은 아무에게도 말하지 말아주세요."

알리나는 조금씩 몸을 일으킬 기력을 되찾았다. 그리고 산악지대 사람 특유의 단단하고 강인한 표정을 되찾았다. 세상에 맞서기 위해 유년기와 사춘기 사이 어느 순간엔가 만들어낸 위엄 있고 냉담한 얼굴이었다. 알리나는 침대에서 일어나 신발을 신고 여행가방을 들었다.

"가시죠." 자신의 목소리가 더 크게 들리는 것만 같았다.

두 사람은 함께 수납창구까지 내려갔고 거기에서 아우렐리오와 만났다. 알리나는 이네스에게 다가가 시트에서 그녀를 안아올렸다. 전날 오후보다 아주 조금 더 자랐음을 느꼈다. 알리나는 이네스의 조그마한 머리에 입을 맞추고 가슴 쪽으로 꽈악 끌어안았다.

작별인사를 나누기 전 미렐레스 박사가 말했다.

"현재를 사는 것이 최선입니다. 단 일주일이라 해도 앞서 계획하지 마세요. 따님은 지금 건강하지만, 뇌는 언제라도 멈출 수 있고 그렇게 되면 나머지 기관들도 그렇게 될 겁니다. 우리는 아무것도 알 수 없습니다. 가능한 만큼 즐기세요. 적어도 그러려고 노력하는 겁니다. 하루하루가 마지막 날인 것처럼 사세요."

집으로 가는 택시 안에서 이네스는 매우 불안해했다. 알리나는 오렌지색 시트에서 아기를 꺼내어 등과 머리를 받쳐주고 가슴에 기대어 눕히며 자장가를 흥얼거렸다. 자장가를 반복해서 부르는 동안 아기는 천천히 잠에 빠져들었다. 그날은 금요일이었다. 병원에 처음 입원한 후로 닷새가 지났지만, 그녀에게는 보름이 넘은 것처럼 느껴졌다. 아우렐리오와 알리나는 딸이 죽는 것을 보기 위해 그곳에 갔었고 지금은 새로운 아기와 모든 것을 새로 만들어내야 하는 새 삶을 안고 그곳을 떠났다.

Part Two

1

알리나가 병원에 있는 동안 나는 논문이 손에 잡히지 않았다. 시를 읽는 것 말고는 아무것도 할 수 없었다. 마음을 딴 데로 돌릴 수 있는 건 아니었지만, 그 주 내내 느꼈던 불안을 달래기 위해 뭐라도 해야 했다. 나는 집에 틀어박혀 전전긍긍하다가, 밖으로 나가 집 주변을 서성이곤 했다. 병원에선 소식이 별로 없었다. 이따금 어떤 일이 있었는지 간략하게 설명하는 메시지가 도착했다. 아우렐리오는 아기가 살게 될 것이라고 말했다. 그 말을 듣고 기뻐해야 하는 건지 슬퍼해야 하는 건지 알 수가 없었다. 아기는 정확히 어떤 상태인 걸까? 언제나 감정 표현을 절제하는 알리나는 '괜찮다'고 나를 안심시켰지만 그게 정말로 가능한 것일까? 두 사람은 대부분의 시간을 신생아실에서 보냈다. 신생아실은 부모를 제외하고는 면회가 금지되어 있기 때문에, 내게 병원에 오지 말라고 당부했었다. 금요일 밤 알리나

141

에게서 메시지가 도착했다. '이제 집이야. 이네스랑 같이 있어.'

토요일 아침 일찍 잠에서 깼다. 시장에 가서 알리나네에 가져갈 과일과 야채를 고르고 하몽, 치즈, 우유, 코코넛 워터와 호밀빵을 샀다. 집으로 돌아와 샤워를 하고 깨끗하고 밝은 느낌의 옷을 꺼내 입었다. 영화 컬렉션에서 아우렐리오가 한참 전에 부탁했던 미야자키 전집도 찾았다. 바구니 하나에 담아 들고 나는 콜로니아 콘데사로 향했다.

알리나네 집에 도착해서 어스름이 깔린 이네스의 방을 보았다. 알리나는 이네스를 가슴에 꼭 안고 처음 보는 소파에 앉아 있었다. 레아도 거기에 있었다. 두 사람 다 한 마디도 하지 않았다. 모든 것이 기이하게 질서정연해 보였고 시간은 멈춘 것 같았다. 내 친구의 머릿속에서 무슨 일이 일어나고 있는지 상상할 수 없었다. 아무리 애를 써도 그녀가 느끼고 있는 것을 나는 영원히 해독하지 못할 것이었다.

"어떻게 되어가?" 자연스럽게 들리도록 애쓰며 물었다.

"엉망이야. 딱하게도 이네스가 젖꼭지를 잘 못 찾아. 젖꼭지 근처에서 헤매고 다니다가 겨우 젖꼭지를 물면 다시 놓아버려."

아이 둘을 낳은 레아가 달랬다.

"신생아들은 다 그래. 이네스만 그렇다고 생각하지 마. 내 생각에 정말 경이로운 건 이네스가 젖꼭지를 찾고 있다는 거야."

그건 사실이었다. 우리가 들었던 모든 걱정스런 경고를 생각하면 평범한 아기처럼 젖을 먹고 있는 이네스를 보는 건 정말 놀라운 일이었다. "어떻게 젖을 빨 수 있어?" 내가 물었다. "식물 상태가 될 거라고 하지 않았어?"

"의사들이 그러는데 주요 기능은 문제가 없대. 하지만 생각하거나 계산하는 거랑은…… 그건 다른 이야기고." 알리나가 대답했다.

"그 나이엔 아무도 생각하거나 계산하지 않아." 레아가 말했고 그녀가 백번 옳았다. 레아는 남편에게 뭔지 모르겠지만 아무튼 간에 뭔가를 물어봐야 한다면서 방을 나갔는데 어쩌면 우리 대화가 절망적이라 그랬는지도 모르겠다.

이미 받아들였다고 생각했지만 내게는 엄마가 된 알리나를 보는 것이 쉽지 않았고, 그런 상황에서는 더더욱 어려웠기 때문에 레아가 방에서 나가지 않았으면 좋았을 것이었다.

내가 아이를 얼마나 불편해하는지 잘 알면서도 알리나는 이네스를 품에서 떼어내 내게 안겨주었다. 그건 마치 내게 '자, 여기 있어. 네가 아무리 저항해도 이네스는 네 삶의 일부가 될 거야.'라고 말하는 것 같았다. 나는 이네스의 목을 받치려고 노력하며 엉거주춤 아이를 받아들었다. 이네스를 안고 있으니 오븐에서 갓 나와 조심스레 옮겨야 하는, 따끈하고 폭신한 빵처럼 느껴졌다. 이네스는 길고 도드라진 눈썹과 자기 엄마와 똑같이 샐쭉한 입술을 가지고 있었다. 알리나와 너무 많이 닮아서, 이네스가 좋았는지도 모르겠다.

"아픈 것 같지가 않아." 내가 말했다.

"의사 선생님이 얘는 건강할 뿐만 아니라 살려는 의지가 충만하대."

"그건 아직 신문을 안 읽어서 그렇겠지. 세상 돌아가는 상태를 보면 생각이 바뀔 텐데."

알리나는 나를 올려다보며 말했다.

"너무 이상해. 그렇지 않아? 살아본 적도 없으면서 살고 싶어 한다는 거."

나는 몇 년 전 마지막으로 네팔에 갔을 때 읽었던 불교 서적의 내용이 떠올랐다. 이네스나 우리보다도 수세기 전에 태어난 그 저자들에 따르면 인간종을 가장 특징짓는 감정은 욕망이고 우리가 다시 인간으로 환생하게끔 하는 것도 욕망이라 했다.

"이네스가 의식이 있는지, 아니면 의식이 생기게 될지 모르겠어." 알리나가 말했다. "언젠가 내가 이네스와 관계를 맺을 수 있을지 말이야. 이네스가 애정을 느끼는 게 가능할까?"

나는 창가의 난초를, 그 고고한 자태와 섬세한 보랏빛 꽃잎을 바라보았다. 알리나는 원예의 대가였다. 식물과도 그렇게 관계 맺을 수 있는데, 자기 딸과 못 할 이유가 있을까?

"당연히 할 수 있을 거라 생각해." 내가 말했다. "이네스가 삶에 대한 의지가 충만하다고 의사가 말한다면, 의식도 있다고 믿어야 말이 되지. 그렇지 않아?"

"근데 뇌가 기능하지 않는다고도 하니까."

다른 종교가 집착하는 (그리고 사실은 그 누구도 쥐뿔도 모르는)

생의 기원이나 우주의 기원 같은 문제에 대해서 이야기할 때 언제나 그토록 신중한 불교도들도 의식은 몸에 의존하는 것이 아니라고 절대적 확신을 가지고 단언한다.

알리나에게 이 이야기를 들려주었다. 내게 흥미로운 이런 이야기들이 그녀의 인내심을 바닥나게 하는 주제였다는 것을 알면서도.

"어쩌면 지금 이 순간 타고난 뇌에 의해 제한을 받고 있지만, 본질적으로 이네스의 정신은 다른 누구 못지않게 완벽할지도 몰라."

"아, 그래?" 믿지 못하겠다는 듯 알리나가 물었다. "뭐에 근거한 이론인데?"

"말하자면, 무한히 많은 경험에 근거한 거라고 할 수 있겠지."

"그럴지도. 하지만 나는 머리나 몸 어딘가가 아프면 거의 생각 자체를 못 하겠어."

"불교도들에 따르면, 정신에는 두 가지 측면이 있다더라. 하나는 우리가 매일매일 사는 동안 수백만 가지 생각을 만들어내고 온갖 감정 상태를 거쳐가며 무뎌지거나 예민해지는 정신이고, 다른 하나는 설사 우리가 죽더라도 손상되지도 변하지도 않는 더 깊고 본질적인 정신이래."

"그럼 뭐 영혼 같은 건가?" 알리나가 물었다.

"정신의 가장 심오한 본질이나 의식의 원동력에 더 가까울 거야."

알리나가 예전과 달리 관심을 보이며 내 이야기를 듣고 있다는 것을 눈치챘지만, 이 상황을 틈타 전도를 하고 싶은 생각은 없었다.

"사실 아직 이네스에 대해서 우리가 아는 게 하나도 없잖아." 내가 말했다. "차차 알아가게 되겠지."

아기가 태어나면 희한한 인물들이 집에 들이닥친다는 것을, 나는 아이를 가진 다른 친구들의 경우를 통해 알고 있었다. 전혀 교류가 없던 친척이나 친구들이 이 새로운 존재에 자력으로 이끌린 것처럼 나타나는 것이다. 그날 오후 아우렐리오의 고모가 음악하는 남편을 대동하고 아파트에 들렀다. 흰머리가 무성한 육십대 브라질 남자인 고모부는 대학교 필하모니 오케스트라에서 첼로를 연주했는데 갓 태어난 이네스를 축하해주기 위해 악기를 가져왔다. 우리는 모두 그의 연주를 듣기 위해 거실에 모여앉았다. 그가 케이스에서 첼로를 꺼내는 동안 사방이 고요해졌고 나는 이네스의 숨소리를 들을 수 있었다. 알리나가 이네스를 내게 안겨준 이후 나는 잠시도 그녀를 내려놓지 않았다. 첫 화음이 울렸고 바로 그 순간, 나는 이네스의 작은 몸이 첼로음의 진동으로 떨리는 것을 느꼈다. 그 감동이 어찌나 컸던지 나는 이네스를 떨어뜨리지 않기 위해 애써야만 했다. 음악이 멈추고 박수가 잦아들었을 때 나는 알리나에게 말하기 위해 다가갔다.

"의사들이 뭐라 했든 상관없어. 이네스는 들을 수 있어. 내가 장담해."

그러자 알리나는 병원에서 자신도 이네스가 여러 다른 소음에 그렇게 반응하는 것을 느꼈다고 말했다. 문이 쾅 닫히거나 서랍을 거칠게 여닫는 소리, 심지어는 벨크로가 찍찍 떨어지는 소리에까지도. 하지만 의사들은 불가능하다는 말만 되풀이했다.

"나도 도무지 이해가 안 가."

그렇게 말하는 알리나의 목소리에는 분노도 당혹감도 없었고 그저 세상의 모든 상심이 서려 있었다.

내 발코니에서는 일이 급속도로 진전되고 있었다. 새끼 비둘기는 상당한 크기로 자랐고 비둘기 세 마리가 한 둥지 안에서 복작거렸다. 새끼 새는 관찰하면 할수록 더 끔찍해 보였다. 제 부모와 닮은 데가 한 군데도 없었다. 깃털은 회색도, 푸른색도, 흰색도 아닌 어두운 색에 그마저도 듬성듬성했고 특히 목덜미가 그랬다. 비둘기들은 아랑곳하지 않는 것처럼 보였다. 마치 보물을 다루듯 새끼를 애지중지했다. 새끼를 구구구 달래고, 따뜻하게 품고, 새끼가 먹을 벌레를 잡아다 부지런히 둥지로 날랐다. 그럼에도 불구하고, 새끼는 결코 만족하지 못하는 것처럼 보였다.

2

이네스가 집에 도착하자 알리나는 잠수복을 더 꽁꽁 잠그고 안으로 틀어박혔다. 외출하기를 멈췄고 신문을 읽지 않았으며 인터넷 검색과 SNS도 그만두었다. 우리 친구들이 그녀와 이야기하려 아무리 애써도 지속적으로 연락을 유지하는 것이 불가능했고 같이 계획을 세우거나 밖에서 만나자고 불러내는 것은 더더욱 어려웠다. 의사들은 분명히 말했다. 하루하루가 딸과 보내는 마지막 날이 될 수 있다고. 그런데 어떻게 다음 주말을 계획한단 말인가? 알리나는 밤이면 두려움에 떨며 요람에 다가가 딸의 코 밑에 손가락을 대고 여전히 숨을 쉬는지 확인하곤 했다. 알리나와 아우렐리오는 모든 사태에 대비해야만 했다. 두 사람 다 마음 한구석에서는 여느 부모처럼 딸에게 애정을 주고 무한정 사랑을 퍼붓는 것은 너무나 극심한 고통으로 이어질 수 있으며, 동시에 딸과 함께하는 매 순간이 그토록 두려운 유대감을 강화하고 있다는 것을 알고 있었다.

하루는 알리나의 친구 레아에게서 전화가 걸려왔다. 레아는 알리나가 계속 저렇게 가다가는 미쳐버리거나 정신과의 셀 수 없이 많은 여자들처럼 산후우울증에 걸리지 않을까 걱정했다.

"그렇다고 딱히 다르게 대처할 방법이 있을까?" 내가 물었다. "네가 그런 상황이라면 어떨지 상상이 가?"

"응." 그녀가 대답했다. "나도 많이 생각해봤어."

몇 달 전 레아 아들의 친구가 하굣길에 차에 치여 죽었다고 했다. 아이는 엄마 손을 놓고 길을 잘못 건넜다. 운전자는 아이를 보지도 못했다.

"사실 우리 모두 저런 위협 속에서 살고 있지. 우리 자식들뿐 아니라 우리도 언제 어떻게 이 세상을 떠날지 몰라. 알리나의 경우, 너무 명백하다는 차이가 있긴 하지만. 어쩌면 그냥 잊고 살아야 하는 걸 수도 있어."

레나의 말을 들으며 나는 동틀 녘이면 기억하기 위해 모여서 노래를 부르던 나기 콤파 사원의 승려들이 떠올랐다.

바다에서 이는 파도처럼,

세상만사 무상하고도 필멸할지니,

존재의 삶은 파도의 거품처럼 덧없다.

콤파 사원의 그녀들은 이를 절대 잊지 않는 것이 무엇보다 중요하다 여겼던 것이다.

둘 다 엄마이긴 했지만, 사실상 알리나와 레아 사이에는 많은 차이가 있었다. 딸이 일찍 죽게 될 가능성이 높다는 것 말고도, 알리나는 크나큰 위협에 맞서야 했다. 바로 딸이 오래 살아남을 수 있고, 그냥 아이 하나를 돌보는 것이 아니라 먹이고 기저귀를 갈고 약을 복용시켜야 하는 말기 환자를 돌보듯 딸을 책임져야 할 수 있다는 엄청난 위협 말이다. 치료될 가망이 없지만 절대 죽지는 않는 그런 사람을.

만일 어떤 어머니에게든 자식을 돌보는 데 가장 힘든 시기가 언제였냐고 질문한다면, 두말할 것 없이 처음 두 해라고 답할 것이다. 아기가 혼자서는 아무것도 하지 못하고 종일 음식을 먹여주고, 입혀주고, 씻겨주고, 기저귀를 갈아줘야 하는 그 시간이 알리나에게 예견된 유일한 모성이나 다름없었다. 그저 몇 년이 아니라 여생 전부였다. 그리고 그 기간은 여성들이 자식에게 중독되는 시기라고들 한다. 내가 항상 생각해온 것처럼 단순한 스톡홀름 증후군 같은 것이 아니라 아기가 자신의 안녕과 애정을 확보하기 위해 엄마에게서 일련의 호르몬 생성을 촉진시키는 일종의 화학 작용이라고 레아는 설명했다. 나는 이네스도 그런 호르몬을 분비시키고 있는지, 이네스가 몇 살이 되면 그 작용이 멈출지 궁금해졌다.

3

월요일 아침엔 비가 내렸다. 하늘을 뒤덮은 빽빽한 잿빛 구름이 묘비처럼 머리 위에 드리워져 있었다. 발코니 의자에 앉아 첫 담배를 피우는 동안 건물 안뜰을 가로지르는 니콜라스가 보였다. 니콜라스는 회색 우비를 입고 스파이더맨 마스크가 그려진 빨강색 책가방을 멘 차림이었다. 엄마와 함께 이른 아침 등굣길에 나선 니콜라스를 본 것이 처음은 아니었지만, 그때와는 다르게 도리스가 보이지 않았고 아이의 발걸음이 수상쩍을 정도로 한가로웠다. 수업에 늦을까봐 서두르는 모습처럼 보이지 않았다. 도리어 발을 질질 끌며 길가의 웅덩이마다 발을 담글 기세였다. 도리스가 중요한 걸 깜빡한 게 틀림없고—도시락통이라든가 선생님이 가져오라 시킨 서류라든가—아래에서 기다리라고 당부한 게 아닐까 생각했지만 곧 그 가능성은 내려놓았다. 니콜라스는 계속해서 걸어갔고 도리스는 어느 쪽 문으로도 나타나지 않았다. 자기 강아지를 풀어놓은 걸 보니 도리스에게 무슨 일이 생긴 게 틀림없다고 나는 혼자 생각했다. 아마 아프거나 열이 나서 일어나지 못하고 있을 확률이 높았다. 열 시쯤 나는 뭐든 도울 일이 없는지 알아보려 옆집 문을 두드렸지만 아무도 대답하지 않았다. 문자도 보냈지만 역시 답이 없었다. 오후가 되자 초인종 소리가 니콜라스의 하교를 알렸다. 옆집에서 실려온 변함없는 음식 냄새를 맡고서야 나는 걱정을 내려놓았다.

이틀 후 또 안뜰을 혼자 걸어가는 니콜라스를 보았다. 이른 아침이었고, 이틀 전보다도 더 풀이 죽은 모습이었다. 나는 몇 시간 동안 지치지 않고 도리스의 휴대폰에 전화를 걸었지만 통화가 되지 않았다. 벽 너머로 전해지는 소음으로 나는 그녀가 집에 있다는 것을 알았다. 반대로 음식 냄새는 완전히 사라졌다. 목요일 일곱 시 사십 분쯤, 니콜라스가 현관을 나서는 소리를 듣자마자, 나는 복도로 뛰어나가 아이를 따라잡았다. 막 엘리베이터가 도착한 후여서 나는 문이 닫히기 전 가까스로 아이와 함께 탈 수 있었다.

"학교에 혼자 가니?" 1층 버튼을 누르며 물었다. "엄마 아프셔?"

니콜라스는 눈을 피했다.

"몰라요. 침대에서 안 나온 지 사흘 됐어."

4

드디어 이네스의 결과가 나왔다고 유전학 진료실에서 연락이 왔다. 알리나와 아우렐리오는 그날 오후 바로 진료실을 방문했다. 그곳은 병원이라기보다는 실험실에 가까워 보였다. 벽에는 그림들이 걸려 있었고 긴 테이블과 견본이 든 냉장고, 현미경과 원심 분리기가 갖춰져 있었다.

상당히 젊은 편인 유전학자는 하얀 가운을 입고 머리카락을 덮는 일회용 캡을 착용하고 있었다. 그녀는 검사 결과지 몇 장을 펼쳤다. 첫 번째는 푸른 펜으로 그려진 기형적인 X자 모양의 이미지로 X자의 윗부분이 아래쪽보다 더 짧았다. 가운데 교차점은 빨간 펜으로 표시되어 있었다.

"이게 염색체입니다." 유전학자가 말했다. "인간에게는 23쌍의 염색체가 있죠. 서류함을 상상해보세요. 서류함 하나하나마다 서랍이 있고, 그 안에는 서류가 든 폴더들이 있는 겁니다.

어떤 서류에는 메모가 첨부되어 있어요. 마치 포스트잇처럼요."

유전학자는 이네스의 뇌 상태는 17번 염색체에 있는 유전자의 돌연변이가 원인이라고 설명했다. 유전 부호에서 아주 작은 부분의 위치가 일부 변형이 있었고 소실뇌증을 유발했다는 것이다. 활택뇌증의 가장 주된 원인인 밀러-디커 증후군과 같이 이미 알려진 질환과 유사한 이 돌연변이가 누군가에게서 나타난 것은 처음이었다. 이네스의 경우 활택뇌증과 완전히 일치하지는 않았다.

"한 번도 발견된 적 없는 경우라, 제대로 연구되고 기록되기 전까지는 병명조차 갖지 못한 상태일 겁니다."

중학교 때 알리나와 나는 매우 유사한 방식으로 진화에 대한 설명을 들었다. 분명 당시 국가 교육 과정이 권장하던 방식이었을 것이다. 학교에서는 종들이 항상 더 나은 방향으로 진화한다고, 생존하고 자손을 남기기에 더 적합하고 유리하도록 진화한다고 가르쳤다. 피라미드 도표가 그려진 보드의 밑바닥에는 원생동물이 있고, 호모사피엔스는 모든 지구 생물 중 최고인 것처럼 피라미드 꼭대기를 차지했다. 그리고 멸종하거나 불가해한 방식으로 돌연변이가 일어난 종에 대해선 언급하지 않았다. 닭이 되어버린 공룡이라든가, 이를테면 BRCA 유전자나 다른 종류의 암이라든가. 유전학자가 적극적으로 연구에 협조할 필요를 역설하는 동안 알리나는 생물 선생이 보여주었던 진화의 피라미드 시트를 떠올리고 정말로 인간이 꼭대기에 있는 게 맞는지, '진화'의 의미가 무엇인지를 자문했다. 그리고 사실상 개개인의 DNA는 성교의 순간 두 생식세포의 무작위적 만남이라고 할 수 있는 우연에 의해 결정되는 것이지 우리가 믿어온 것처럼 더 나아지려는 경향성이 있는 것은 아니라고 결론지었다. 아우렐리오 대신 다른 아버지를 택했더라면 이네스가 그렇게 태어날 확률이 동일했을까? 알리나는 민달팽이와 불가사리를 비롯해 무성생식을 할 수 있는 다른 동물들, 수정을 위해 다른 누구도 필요하지 않도록 갖추어진 유기체들에 대해 생각했다. 영장류와는 달리 이 작은 생명체들은 그 누구의 도움도 없이 숲과 바다의 위험에 맞서 홀로 살아남을 수 있는 능력을 완벽하게 갖추고 태어난다. 침팬지와 호모사피엔스보다 차라리 그들에게 피라미드 꼭대기를 차지할 자격이 있는 게 아닐까?

의사들과는 달리 유전학자의 태도에는 체념이나 무심함이 없었다. 그녀는 빠르게 손을 움직였고 목소리에서는 거의 열의라고 할 만한 것이 느껴졌다.

"제 동료 수십 명이 '완벽'—이 단어를 말하며 그녀는 양손의 검지와 중지를 모아 허공에 따옴표를 그리는 시늉을 했다—을 추구하기 위해 세포 기관을 조작하고 유전자를 편집하며 유전공학에 집착하는 동안, 제 목적은 그 반대를 찾는 것이었습니다. 저는 분명 우리 인간종이 흥미롭고 아름다운 이유는 이네스에게서 보이는 예상치 않은 돌연변이 같은, 그 수많은 변이에 있다고 확신합니다. 따님은 정말 특별합니다. 그게 보이실지는 모르겠지만요. 이제 막 연구가 시작되고 있습니다. 유전자의 성질뿐 아니라 그에 따른 행동 양식까지 알아낼 수 있을 겁니다. 아직 밝혀낼 것이 무궁무진합니다! 예를 들어 가족 중에 이 유전자를 가진 사람이 아무도 없으니, 어떤 조건이 그것을 유발했는가 하는 문제 같은 것이요."

유전학자의 끈질긴 주장은 와닿지 않았고 알리나와 아우렐리오는 그 인터뷰가 별 쓸모가 없다고 생각했다. 일어날 수 있었지만 일어나지 않은 일을 알아보는 데 더는 시간도 돈도 바치고 싶지 않아서 그만 연구를 중단하길 원했다.

5

이미 부부 사이에 있던 갈등은 이네스와 함께하면서부터 증폭되기만 했다. 두 사람이 양육에 관한 합의점을 찾기란 불가능해 보였다. 수면 시간이라든가 목욕 방법, 젖병의 온도 같은 소소한 모든 것들이 논쟁거리가 되었고 상대가 부모로서 부적격임을 증명했다. 실상은 둘 다 비슷하게 서툴렀지만 스스로 견디지 못하는 부분, 용서하지 못하는 부분에 대해 남 탓을 하는 것이 언제나 더 쉬운 법이니까. 두 사람을 함께 살게 했던 그때의 사랑은 어디로 갔을까? 분명히 거기 있을 것이다. 산더미 같은 책임감 아래 파묻혔을 뿐이지. 그렇다면 욕망은 언젠가 돌아올까, 아니면 영원히 사라져버렸을까? 함께 나눈 행복과 비극의 기억만으로 둘을 하나로 묶기에 충분할까? 알리나는 자주 자문했다. 집은 이제 안전한 도피처로 바뀌었지만, 우리에 갇힌 것처럼 느껴지기도 했다.

어느 날 아침 아우렐리오는 대화를 청했고 노동 분업을 제안했다. 집안이 망하기 전에 알리나가 집에서 이네스를 돌보고 그가 나가서 돈을 벌어오는 게 어떻겠냐고. '가부장제의 전형적 합의로군.' 이야기를 듣자마자 나는 생각했다. '알리나가 딱 필요로 하던 게 집안일하는 노예가 되는 거였지.' 하지만 사실 아우렐리오에게도 쉬운 상황은 아니었다. 이전에는 예술가로서의 경력과 관련된 일만 맡는 여유를 부릴 수 있었다면, 지금은 돈이 되는 일이라면 뭐든지 해야만 하는 처지였다. 그는 부유층을 위해 가구를 만들기 시작했다. 고객의 요구와 변덕에 맞춰 옷장, 책상, 서류함 들을 제작했다. 그는 완벽하게 만들어진 물건을 손수 포장해 배달까지 했다. 정말로 보수가 후한 일이었지만 많은 시간을 쏟아부어야 했다.

최악은 미래에 대해 추측하는 것이었다. 이네스의 죽음을 상상하거나, 생의 마지막 날까지 씻기고 먹여야 하는 여자를 휠체어에 태워 울퉁불퉁하고 군데군데 패인 길 위로 끌고 다니는 자신의 모습을 상상하는 것. 예컨대 자신들보다 이네스가 더 오래 살게 되면 어떻게 될까? 누가 이네스를 돌봐줄까? 그 짐을 누가 떠안게 될까? 레아가 걱정했던 것처럼 미쳐버리지 않기 위해서 알리나는 미렐레스 박사의 조언을 따라 현재를 살기로 결심했다. 즉, 나중에 어떻게 될지 생각하지 않고 일상의 행동과 사건에 집중하기로 했다는 뜻이었다. 오늘은 이네스가 숨을 쉬고 있고, 내일은 알 수 없다. 두 시간마다 정밀한 복용량의 약을 넣으려 주의를 기울이며 젖병을 준비했다. 준비가 끝나면 협탁에 젖병을 올려두고, 소파에 앉아 수유용 브래지어를 끌러 이네스를 가슴 가까이 데려다놓았다. 이네스와 호흡을 맞추려 노력하며 리듬을 잃지 않기 위해 집중하는 동시에 아기의 피부 냄새, 젖을 빨아들이는 정도, 작은 몸의 온도와 무게를 살폈다. 이 각각의 행위들과 더불어 숨 돌리며 차 한잔을 하고 초콜릿을 먹고 건강한 식물들을 지켜보며 발코니에서 담배한 대를 피우는 소소한 기쁨들이 알리나를 심연으로 떨어지지 않게 도와주었다.

프리모 레비는 아름답고도 무시무시한 책『휴전』에서 그가 아우슈비츠의 비인간화에서 살아남을 수 있었다면 그것은 이전의 삶을 기억하게 하고 존엄을 돌려주었던, 수염 관리와 같은 작은 일상의 반복 덕분이었다고 말한다. 하루를 지탱하는 것은 그처럼 단순한 활동들이었다. 알리나는 그 책을 사랑했고 청소년기에 되풀이해서 읽었다. 나는 그 책에 담긴 이야기가 알리나의 의식 어딘가에 흔적을 남겼다고 확신한다.

나중에 알게 된 사실이지만 잠시 짬이 날 때마다 알리나는 컴퓨터 앞에 앉아 쇼핑을 했다. 한 번도 쇼핑몰을 좋아한 적이 없었지만—알리나는 사람이 많은 곳, 갇힌 듯한 느낌, 시끄러운 음악을 질색했다—온라인에서 새롭고도 강렬한 쾌락을 찾았다. 몇 달 동안 알리나는 자기가 좋아하는 브랜드의 웹사이트뿐 아니라 검색엔진이 추천하는 곳들을 모두 둘러보았고 드레스, 청바지, 독특한 신발처럼 무언가 눈에 띄면 푸른색 구매 버튼을 눌렀다. 책, 영화, 전자기기와 가구도 샀다. 첫 번째 신용카드 명세서는 열어보지도 않고 조각조각 찢어버렸다. 다시는 돈을 그렇게 쓰지 않겠다고 다짐했고 얼마간은 효과가 있었지만 불안도가 높아지자마자 견디지 못하고 되풀이했다. 결국 카드가 정지되었다. 인생에서 처음 겪는 일이었다. 그때까지 알리나의 은행 거래 내역은 흠잡을 데 없었기 때문에 카드 정지는 과도하고 무례한 처사처럼 느껴졌다. 이후에는 적어도 카드 정지가 자신의 강박적 행동에 제동을 걸어줄 것이라 자위했고 결국 체념하게 되었다. 다행히 은행 계좌가 건재했고 체크카드도 있어서 정말로 필요한 것은 살 수 있었다.

6

건물 안뜰에서 니콜라스는 길 잃은 아이처럼 보였고, 마치 시간을 거슬러 올라가 여덟 살 대신 여섯 살 정도 되는 것처럼 평소보다 더 작아 보였다. 샤워를 했는지 머리가 젖어 있었고 추위로 입술이 떨렸다.

"아침 먹었니?"

고개를 저었다.

나는 그에게 동네에서 내가 제일 좋아하는 카페 닌에 가자고 제안했다. 닌은 아침 일찍 문을 열었고 내가 먹어본 최고의 계란 요리를 하는 곳이었다.

"그럼 학교는?" 니콜라스가 물었다.

"오늘은 나랑 놀고 내일 학교에 가서 아팠다고 해. 이런 걸 '땡땡이친다'라고 해. 옳은 일은 아닌데, 가끔은 그럴 가치가 있는 날이 있어."

카페로 가는 길에 니콜라스는 최근 엄마가 요리를 하고 싶어 하지 않는다고 말했다. 그동안 혼자서 남은 음식을 데워먹거나 시리얼에 우유를 말아먹었다고 했다.

"엄마는 어디가 안 좋으신 거야?"

"몰라요. 나한테 거의 말을 안 하려고 해."

엄마가 울더냐고 묻자 니콜라스는 그렇다고, 자기 앞에선 아니지만 운다고 답했다.

"문을 닫고 방에 있는데 밖에서 다 들려요. 귀머거리가 아니니까 모를 수가 없어."

니콜라스는 베이컨을 곁들인 계란 요리와 모예테* 몇 조각, 오렌지주스와 초콜릿을 말없이 집어삼켰다. 그러고는 학교에서 엄마에게 전화해서 자기가 왜 등교하지 않았냐고 묻지 않을 게 확실한지 물었다.

나는 원래 일이란 게 그렇게 돌아가지 않는다고 답했다. 적어도 내 기억 속에서 하루 결석했다고 학교에서 집에 전화하지는 않았다.

처음에는 니콜라스를 데리고 도서관에 갈까 생각했지만 그런 곳에서 아이가 따분해하는 것 말고 뭘 할 수 있겠는가? 안 그래도 갇혀 지내는 아이인데, 인생 첫 땡땡이를 열람실 안에서 낭비하게 할 순 없지 않을까? 문밖을 내다보니 벌써 해가 떠

---

* 멕시코에서 즐겨 먹는 아침 식사 메뉴로, 납작한 빵 위에 으깬 콩과 야채, 치즈 등을 얹어 구운 요리

있었다. 거리에는 지붕 없는 2층 좌석에 관광객들을 태우고 도시 구석구석을 돌아다니는 빨간색 버스가 지나다녔다. 그때 뭘 해야 할지 떠올랐다. 우리는 카페를 나와서 니콜라스의 가방은 내가 어깨에 메고 정류장까지 걸었다.

열정 가득한 그링고*로 가득 찬 버스 지붕에 앉아, 레포르마를 돌아 차풀테펙 공원으로 향했다. 멀리 놀이공원과 동물원의 동물들이 보였다. 조금 후 우리는 버스에서 내려 성까지 걸어서 올라갔다. 성 위에서 나는 니콜라스에게 합스부르크 카를로타와 막시밀리안 1세에 관한 역사 이야기와 그들이 멕시코를 통치하려다 실패한 이야기를 들려주었다. 니콜라스는 줄곧 차분히 흥미를 보이며 이야기를 들었다. 언덕을 내려가는 길에 아마도 자전거에 치인 듯한 죽은 새와 맞닥뜨렸다. 그러자 순식간에 니콜라스의 얼굴이 어두워졌다. 나는 피해서 지나가려 했지만 니콜라스는 나를 따르는 대신 되돌아가 죽은 새를 세차게 밟아대기 시작했다.

"그만해!" 나는 소리질렀다. "왜 그러는 거야?" 말을 내뱉자마자 내 목소리가 도리스가 아들을 혼낼 때 내는 어조와 매우 비슷함을 깨닫고 겁이 났다. 나는 한 마디도 더 하지 않겠다고 마음먹었다. 따지고 보면 이미 죽은 새를, 다시 죽인다고 무슨 해가 되겠는가? 나는 니콜라스가 신발 밑창으로 저 깃털

---

* 멕시코에서 미국인을 가리키는 말로 비하의 뉘앙스가 있다

이 달렸던 사체의 뼈를 짓이기도록 내버려두었다. 분을 못 이기고 화풀이를 하다 제풀에 지쳐 내 손을 잡고 아무렇지 않게 가던 길을 가자고 할 때에도 딱히 뭐라고 하지도 않았다. 땀으로 범벅된 아이의 작고 뜨거운 손을 내 손 안에 쥐고 우리는 말없이 걸었다. 산책 분위기를 되살리려는 노력의 일환으로 나는 풍선 파는 사람 앞에 멈춰서 니콜라스에게 반짝이는 파란색 풍선 하나를 사주었고 풍선은 언덕을 내려오는 동안 조용히 산책길을 동행했다. 집에 돌아가는 택시에 오를 때 아이 엄마에게 들키지 않으려고 풍선을 허공에 날려보냈다. 택시 뒤쪽 유리를 통해 하늘로 올라가는 풍선이 시야에서 사라지는 모습을 함께 관찰했다.

두 시 반, 니콜라스는 평소처럼 초인종을 누르고 자기 집으로 올라갔다. 이십 분 후, 나는 피자 두 판을 사들고 도착했다. 우리 둘은 부엌에 앉았다. 아이 엄마는 계속 방에 틀어박혀 있었다. 내 목소리를 들은 도리스는 뒤로 틀어올린 머리에 무릎까지 오는 스웨터 차림으로 방에서 나왔다. 많이 여위어 있었다.

"여기서 뭐 하는 거지?"

나한테 묻는 건지 아이한테 묻는 건지 알기가 어려웠다.

"배고파요? 좀 먹을래요?" 내가 물었다.

"우리 삶에 그만 좀 끼어들면 좋겠네요." 담배 피는 사람 특유의 목소리로 그녀가 불쑥 말했다.

그러더니 도리스는 우리 옆에 앉아 말없이 먹기 시작했다.

필사적으로 피자 네 조각을 먹어치우는 모습을 보니 쫄쫄 굶은 지 꽤 오래된 것 같았다.

니콜라스는 자리에서 일어나 텔레비전을 보러 갔다. 도리스는 꼼짝 않고 자리에 앉아 개미들이 질서정연하게 일렬로 지나가는 바닥 모서리를 넋을 잃고 바라보고 있었다. 누군가 떨어뜨린 잼 한 덩어리가 개미 한 중대를 끌어들인 모양이었다. 나는 피자 상자를 접어서 쓰레기통에 버렸고 우리가 먹은 그릇을 치우고 조리대에 돌아다니는 다른 그릇들도 모아다가 씻기 시작했다.

설거지를 끝내고 위생이 의심스러운 행주에 손을 닦고 다시 테이블로 돌아갔다.

"무슨 일인지 말해줄 수 있어요?" 내가 물었다. 그녀는 고개를 저었다.

"도와주려면 무슨 일인지 알아야 해요." 내가 되물었지만 그녀는 여전히 완고했다. "그래요. 언제든 생각이 바뀌면, 저 어디에 있는지 알죠?"

거실에서 '가제트 형사' 음악이 들려왔다. 나는 니콜라스에게 다가가 머리를 헝클어뜨렸다. 그는 입 위로 검지를 갖다댔고 나는 걱정할 필요 없다는 뜻으로 슬쩍 윙크를 했다. 그날 아침 일은 우리의 비밀이 될 것이라고.

집에 돌아가기 전에 나는 도리스가 여전히 바닥만 쳐다보고 앉아 있는 부엌에 들렀다. 뺨 한쪽에 베소로 작별인사를 했지만 반응이 없었다.

　태어난 지 3주쯤 되었을 때, 비둘기들은 새끼에게 첫 비행 강습을 했다. 처음에는 날개를 간단하게 움직이다가 대들보 위에서 짧고 어설프게나마 후르르 날갯짓을 하도록 가르쳤다. 그때까지도 새끼 새는 여전히 내 마음에 들지 않았다. 어두운 깃털이 마치 불길한 징조처럼 기이한 느낌을 풍겼다. 다양한 색조의 비둘기가 있고 검은 비둘기도 있다는 것을 알지만, 문제는 색이 아니라 부모 비둘기와 전혀 닮은 데가 없다는 데 있었다. 새끼는 구구구 울지도 않았고 노래도 하지 않았다. 나는 새끼 새가 곧 둥지를 떠나리라 생각하며 마음을 다스렸다.

7

시간이 지나며 이네스에 대한 의사들의 진단과 예측이 정확하지 않았다는 것이 점점 더 분명해졌다. 그들은 특정 시점—이를테면 어느 월요일 오후—에 실시한 검사를 기반으로 분석한 후 '소리를 전혀 듣지 못한다'거나 '거의 아무것도 보지 못한다' 같은 결론을 내리곤 했다. 하지만 이네스는 집으로 돌아와 개운하게 목욕을 하고 밥을 먹고 나면 정신이 맑게 개기 시작했다. 알리나가 이네스에게 잠옷을 입히고 있는 와중에 어쩌다가 물건이 바닥에 떨어지면 이네스는 깜짝 놀라곤 했다. 시각도 마찬가지였다. 가끔 알리나는 이네스가 낮잠을 자는 동안 아기 침대 위에서 지켜보곤 했다. 잠에서 깬 이네스는 자기를 내려다보는 엄마를 발견하고는 옹알이를 들려줬다. 흥분해서 신경과 의사에게 이 사실을 전했을 때 의사는 믿을 수 없다는 표정으로 부부를 쳐다보며 화제를 돌렸다. 의사들에게 그 모든 것들은 가능하지 않은 일이었다. 반면, 가까이에서 지켜본 우리들은 이네스의 발전을 감탄과 낙관의 마음으로 확인했다.

이네스가 태어난 지 3개월이 되자 아우렐리오와 알리나는 상상했던 것처럼 딸이 그렇게 일찍 죽지 않으리라 생각하게 되었다. 예방접종을 받은 날이었다. 어찌 보면 대단찮은 행사라고도 할 수 있지만 어떤 이유에선지 두 사람에게는 이네스의 유년기 시작 혹은 이행을 알리는 의식을 상징했다. 아기에게 예방접종을 한다는 것은 다른 어른들이건 아이들이건 매일같이 부대끼며 사는 수백만 미생물이건 아무튼 다른 존재와 함께 살아가는 것에 대비하는 것을 의미하니까. 이네스에게 예방접종을 한 이후로 두 사람은 딸을 데리고 외출하기 시작했다. 이네스를 유아차에 태워 공원을 산책했고, 다른 손님들의 호기심 어린 탐욕스러운 시선을 무시하며 즐겨 찾던 식당에도 데려가기 시작했다.

알리나는 곧 딸의 상태가 존재적인 측면에서 대중없이 오르락내리락한다는 것을 알아차리기 시작했다. 긴 시간 동안 깨어 있는 상태를 유지하다가 갑자기 완전히 꺼지는 식이었다. 시간이나 식사에 좌우된다기보다는 주변을 둘러싼 환경에 따라 달라졌다. 주위가 시끄럽거나 소란스러우면 다시 깨우기 힘든 깊은 잠에 빠져들었다. 반면 자연은 활기와 자극을 주었다. 이네스는 자기 엄마와 좋아하는 것도 닮았는지, 새소리뿐 아니라 강한 바람이나 소나기 소리에도 반응했다. 가끔 주말이면 아우렐리오와 알리나는 도시락 바구니를 준비해서 차를 타고 가까운 숲이 있는 교외로 향했다. 이네스에게 개울과 작은 폭포는 엄청난 장관이었고 두 사람은 최대한 자주 딸에게 그 모습을 보여주려 했다.

하루는 진료를 보러 간 알리나가 신경과 의사에게 그 사실을 언급했다. 의사는 평소와 같이 회의적인 태도를 보였다. 무심한 듯 이야기를 듣고 책상 위에 펼쳐둔 파일을 쳐다보더니 말했다.

"물리치료를 시작할 때입니다."

의사는 특정 유형의 운동이 생후 4개월부터 5세까지 형성되는 신경세포의 연결을 촉진할 수 있다고 설명했다. 이를 통해 딸의 뇌에서 기능하는 작은 부분을 자극할 수 있을 것이라 했다.

"치료에 꾸준히 데려가세요. 그게 중요합니다. 이 나이에 아이들은 일어나 앉고, 기어다니고, 말하고 걷는 것을 배웁니다. 이 모든 행동은 신경세포가 연결된 결과로 일어납니다. 그래서 진득하게 버티시는 게 중요해요. 이후에 이런 기회는 다시 돌아오지 않습니다."

8

출산 휴가가 끝나고 알리나는 갤러리로 돌아가야만 했다. 집에서 신생아를 돌보는 동안 12주의 기간은 한없이 길게 느껴졌는데, 알리나가 처한 상황에서는 더 그랬다. 정신 건강을 위해서라도 바깥 활동을 다시 시작하는 것이 중요했다. 그녀에게 일을 그만두고 딸을 돌보는 일에 전념해달라고 부탁해야겠다는 생각이 잠시나마 아우렐리오의 머릿속을 스쳐지나갔지만 금방 그런 생각을 버렸다. 알리나가 복귀한 이후로 갤러리에서 딸에게까지 적용되는 의료보험을 제공했기 때문이다. 이네스와 같은 아기에게 보험을 들어주려고 하는 회사가 또 어디 있겠는가? 없을 것이다. 자원을 모으는 것이 절실했던 두 사람이 굳이 보험을 마다할 필요는 없었다. 결국 두 사람의 근무 시간에 이네스를 돌봐줄 역량이 되는 사람을 구하는 문제에 봉착했다. 생각만으로도 아우렐리오는 잠이 오지 않았다. 모르는 사람의 손에 이네스를 맡기는 것은 상상도 할 수 없는 일이었다. 하지만 아우렐리오도 상황이 여의치 않기는 마찬가지였다. 의사 진료비, 각종 검사비에 약값까지 더하면 눈이 튀어나올 정도였다.

둘은 소셜미디어 개인 계정을 제외하고는 다른 어디에도 구인 광고를 올리지 않았고, 친구의 소개를 거치지 않은 사람은 받아들이지 않기로 했다. 어느 토요일 아침, 미래의 보모들이 줄지어 그들의 집을 방문하기 시작했다. 둘은 지원자들의 사정을 듣고 자신들의 상황도 공유하며 천천히 면접을 진행했지만 다들 너무 어리고 경험이 없거나 너무 나이가 들어 기운이 없었다. 상당수는 자식이 있어서 필요할 경우 밤에 시간을 내는 것이 불가능했다. 둘은 후보들 모두 평범한 아이를 돌보는 데에는 문제가 없지만 이네스와 같은 상태의 아이를 돌보기엔 무리가 있어 보인다고 판단했다. 그들에게는 매우 체계적인 사람, 복잡한 약들을 정확한 시간에 정밀한 양으로 투여할 수 있는 사람이 필요했다. 동시에 유연하고 다정하며 돌발 상황이나 문제가 생겼을 때 어떻게 대처해야 할지 알 정도로 충분한 판단력을 지닌 사람이어야만 했다. 주말 인터뷰를 마치고 그런 사람을 찾기가 얼마나 어려운지를 자각한 두 사람은 체념하고 그때까지 해오던 대로 알리나가 직장에서 파트타임으로 일하는 것을 협상할 수 있을지에 대해 이야기하기 시작했다.

그 시기에 은행—어디에 있든 해로운 기관—은 알리나의 신용 한도를 늘렸고 계속해서 소비할 수 있도록 카드 정지를 해

제해주었다. 며칠은 자제할 수 있었지만 부부싸움이 있던 어느 날 오후, 알리나는 가방과 구두를 구입하며 스스로를 위로했다. 그녀의 휴대폰에 밤이고 낮이고 채무 이자 상환을 독촉하는 문자며 전화가 불시에 날아들기 시작한 것도 그때쯤이었다. 그 전화들과 열어보지도 않았던 우편물 봉투들은 그녀의 가장 끔찍한 악몽이자 지나치게 곱씹어 생각하고 싶지 않던 다른 걱정을 대체하는 근심거리였다. 동시에, 감히 누구에게도 털어놓지 못하고 남편에게는 더더욱 말할 수 없는 비밀이 되었다. 겁에 질린 알리나는 치료를 받을 때마다 상담사가 권하는데도 불구하고 계좌 내역서를 열어보지 못하고 있었다. 밤에는 바닥이 푹푹 꺼지는 어두컴컴한 복도를 달리는 꿈을 반복해서 꿨다. 지독한 냄새가 피부에 들러붙었고, 검은 나비들이 온몸을 뒤덮었다. 알리나가 이 비밀을 털어놓았을 때 나는, 돈은 단순히 추상적인 개념이자 환상에 불과하다는 말을 입에 달고 다니던 경제학자 친구가 떠올랐다. 동시에 빚더미에 앉아 은행의 압박을 못 이기고 목숨을 끊은 수많은 사람들—특히 2008년과 같은 대규모 경제 위기가 닥쳤을 때—에 대해 생각했고 알리나가 괜찮을지 두려워졌다.

9

월요일 아침, 앉아서 명상을 하는 대신 나는 부엌으로 가서 하몽과 치즈를 넣은 샌드위치를 하나 만들었다. 그리고 보온병에 물을 채우고 쿠킹호일에 초콜릿 한 조각을 싸서 천으로 된 가방 하나에 다 집어넣었다. 옆집 문이 열리는 소리를 듣자마자 복도로 나가서 니콜라스에게 내밀었다.

"받아." 내가 말했다. "학교 가서 먹으라구."

아이는 내게 고맙다고 말하고 도시락을 챙겨 자기 가방에 넣었다. 집 안으로 들어와서 나는 발코니에서 니콜라스가 제대로 가고 있는지 확인했다. 오전 내내 발코니에서 작업했다. 한 시가 조금 넘은 시간에 나는 옆집을 찾아가 도리스가 문을 열어줄 때까지 무례하고 집요하게 버티고 서 있었다.

"내가 도울 수 있도록 무슨 일인지 말해줘요." 나는 그녀에게 요구했다. "계속 이렇게 지낼 수는 없어요. 아들을 생각해요."

그녀는 한 마디 말도 없이 문을 열어주고는 다시 침대로 들어갔다. 나는 두려운 마음을 안고 습기와 땀이 뒤섞여 간신히 참을 만한 냄새가 진동하는 그녀의 어두침침한 방으로 뒤따라 들어갔다. 도리스는 내가 보는 것이 부끄러운 것처럼 손으로 얼굴을 가리고 정적 속에서 울고 있었다. 언제나 완벽하던 매니큐어는 군데군데 벗겨져 있었고 손톱도 길게 자라 있었다.

"곧 니콜라스를 모렐리아에 있는 여동생한테 보낼 거예요." 그녀가 입을 열었다. "지금은 여행 중이라 보낼 수가 없지만요. 버스 정류장까지 그쪽이 같이 가줄 수 있어요? 나는 거기까지 가기가 무서워요."

"애를 미초아칸까지 혼자 버스에 태워서 보낸다고요?" 내가 충격에 휩싸여 물었다. "나라가 이 지경인데?"

도리스는 대답이 없었다.

나는 슬픔으로 속이 뒤틀렸다. 니코가 떠나는 것을, 니코의 엄마가 아이를 거치적거리는 물건 처리하듯 보내버리는 것을 원하지 않았다. 최대한 신중하게 막아야만 했다. 도리스를 화나게 하면 역효과만 날 것이었다.

"당연히 데려다줄 수 있죠." 나는 도리스를 진정시키기 위해 말했다. "그럼 동생분이 여행에서 돌아올 때까지 내가 좀 도와도 괜찮죠?"

"제가 큰 신세를 지겠네요. 요즘은 조용한 편인데 우리가 거의 말을 안 해서 그럴지도 몰라요. 또 내가 요리해놓으면 싫다고 할까봐 밥도 아예 안 챙겨줬어요. 걔는 내 에너지를 다 먹어치워요. 마치 애가 자라기 위해서 내 생명력을 다 빨아들여야만 하는 것처럼요. 걔를 진심으로 사랑한다는 걸 아는데, 세상에서 그 애보다 더 중요한 건 없는데, 그 사랑을 어떻게 느껴야 할지를 기억하지 못한 지 며칠 됐어요. 내가 느끼는 건 그 애의 분노와 끝없는 욕설이 지긋지긋하다는 것뿐이에요. 가끔은 낳지 않았으면 좋았겠다고 스스로에게 이야기해요. 끔찍하죠. 그렇지 않아요? 보통의 엄마라면 그런 생각 하지 않잖아요. 그렇죠?"

나는 보통의 엄마들이 무슨 생각을 할지 짐작조차 가지 않았다. 보통의 엄마라는 것이 존재하는지조차 확신할 수 없었으므로, 대답을 피했다.

"혹시 니코가 왜 그러는지 이유를 알아요?"

"자기 아빠한테 배웠어요."

"이런 질문 해서 미안한데, 왜 그런 사람이랑 결혼했어요?"

"우리가 사귈 때는 전혀 그러지 않았어요. 결혼식이 끝나니 질투와 불만을 드러내기 시작했어요. 모두를 의심하고, 우리 밴드 동료들까지 의심했어요. 몇 달이 지나니까 리허설에 가지 말라고 요구하더라고요. 별일 아닌 걸로 격분하곤 했고요. 예측할 수도 없었어요. 나아지기는커녕, 시간이 지날수록 심해지기만 했어요. 밴드 기타리스트가 살해당했을 때, 그 사람은 거의 기분이 좋아질 정도였어요. 나를 집에 붙들어둘 그럴듯한 이유가 생겼으니까요."

"니콜라스한테는 어땠어요?"

"직접 아이를 공격한 적은 없었지만, 상상할 수 있을 거예요. 그 모든 싸움이 니콜라스에게는 지독한 상처가 되었어요. 남편은 아들이 무서워하든 소리를 지르든 신경도 쓰지 않았어요. 나로서는 어찌할 수 없이 아들을 달래려고 꺼안아주곤 했어요. '애를 방패막이로 삼지 마.' 나한테 말했죠. '애랑은 아무 상관 없는 일이야.'라고요."

도리스는 음식이 입에 맞지 않으면 남편이 바닥에 접시를 집어던지곤 했다고 말했다. 남편이 그녀를 모욕하기 위해 전화로 피자를 주문했다고도.

"지난번 오후에 부엌에서 당신이 니콜라스랑 피자를 먹고 있는 걸 보고, 거의 기절할 뻔했어요."

"미안해요." 내가 말했다. "상상도 못 했어요."

"그렇지만 니코는 기억하고 있을 거예요, 분명히요."

도리스 마음을 왜 이해하지 못하겠는가? 니콜라스는 그녀의 아들이고 아이를 사랑하지만, 자신을 학대했던 남편을 기억하게 만드는 존재이기도 했다. 그 새끼는 죽었고, 어떤 의미로는 그녀가 운이 좋았지만, 그의 폭력은 아들을 통해 아직도 그녀 주위를 맴돌고 있었다.

"당신한테 그런 식으로 소리지르게 놔둬선 안 돼요. 누구에게도 좋지 않아요. 커서 자기 애인들에게 그런다고 상상해보세요."

"내가 니콜라스한테 항상 하는 말이에요. 하지만 내 말을 듣지도 않고 이제 뭐라고 할 힘도 없어요."

그날 오후, 방과 후 니콜라스를 맞이한 것은 나였다. 집에서 어린 시절 내가 제일 좋아하던 음식인 닭가슴살로 만든 치킨가스와 으깬 감자, 그리고 니콜라스가 맛보기를 거부한 찐 시금치를 준비했다. 모든 음식을 세 번째 그릇에 조금씩 덜어서 엄마에게 가져다주라고 시켰다. 그러고는 같이 디저트를 사러 아이스크림 가게에 갔지만, 니콜라스가 원하는 대로 공원까지 계속 산책하는 대신 집으로 돌아와 숙제를 시켰다.

"더러운 옷 다 가져와." 내가 말했다. "아직 해가 있을 때 빨래를 해치우자."

니콜라스가 제2그룹 동사 변화를 공책에 쓰고 있는 사이, 나는 해리 포터 팬티와 축구 티셔츠를 발코니에 널었다. 니콜라스는 수학을 잘했지만 읽기는 어려워했다. 집에 책이 하나도 없었으니 의아할 일도 아니었다. 그 집의 유일한 책이라고는 니콜라스가 텔레비전 앞에서 넘겨보던 슈퍼히어로 만화책뿐이었다.

10

우리의 노력에도 불구하고 알리나는 그 시절을 철저히 고립되었던 시기로 기억한다. 그녀는 다른 사람들에게 자신이 어떤 기분인지, 어떤 일을 겪고 있는지 조금도 설명하고 싶어 하지 않았다. 원래도 말수가 적은 편이었지만, 이제는 자신의 경우 전혀 전달될 수 없는 유형의 경험이며 설명을 시도하는 것은 그저 시간 낭비라고 여기게 되었다. 인터넷이 제공하는 단편적인 정보 이상의 것을 알려주고 그녀에게 방향성을 제시해줄 만한, 자신의 딸과 비슷한 아이들을 돌보는 단체를 찾으려 노력했지만 이네스의 질환이 너무 희귀해서 나라 전체를 통틀어 전문가가 아무도 없었다. 알리나가 조금만 더 젊었더라면 즉시 소셜 미디어에서 도움을 구했을 수도 있었겠지만 그런 생각을 하지는 못했다. 하지만 어느 날 밤, 잠이 들려는 찰나에 레아로부터 '활택뇌증 네트워크Lissencephaly Network'라는 이름의 페이스

북 그룹 링크를 공유하는 문자를 받았다. 알리나는 즉시 링크를 열었지만 꽃이 심어진 뇌 그림이 보이는 시작 페이지의 이미지 말고는 사실상 아무것도 보이지 않았다. 그녀는 다소 대략적인 설명을 통해 그곳이 자식이 막 진단을 받은 사람들을 대상으로 하는 그룹이라는 것을 알아냈다. 그런 아이와 직접적인 관계가 없는 사람들에게는 비공개로 운영되는 부모 커뮤니티였다. 멤버가 되기 위해서는 가입 신청을 하고 그룹 관리자가 승인할 때까지 기다려야 했다. 그룹의 규칙은 엄격했다. 모욕적인 말이나 가르치려 드는 말 금지. 모든 의견 절대적인 존중. 밈이나 자기 홍보도 금지였다. '우리는 당신의 이력이 아니라 삶의 경험에 관심이 있습니다'라고 경고했다. 궁금해진 알리나는 짧은 자기소개를 보냈다. 그리고 잠이 들었고 그 일에 대해 잊어버렸다. 이틀, 사흘쯤 지난 어느 날 아침, 사무실에서 이메일 답장을 하던 중에 휴대폰으로 페이스북 알림이 떴다. 가입이 승인되었다.

알리나는 자켓과 가방을 걸치고 황급히 갤러리 계단을 내려왔다. 거리로 내려와서 휴대폰 화면에 뜬 페이지를 눌렀다. 처음 그녀의 눈에 띈 것은 두세 살, 그리고 그보다 더 많이 나이를 먹은 아이들이 그녀로서는 꿈꿔보지 못한 일을 하고 있는 사진들이었다. 아이들은 혼자 밥을 먹고, 세발자전거를 타고, 그네 위에서 놀고 있었다. 그녀는 빨강머리를 한 아이가 통로를 걸어서 아무런 도움 없이 계단 세 개를 오르는 영상을 여러 번 재생했다. 자식의 성장과 발전을 목격하는 것만이 열정을 일깨우는 일이라면, 이렇게 많은 걸림돌을 넘어서는 모습을 보는 것은 그야말로 감동적이었다. 상황을 잘 모르는 사람이라면 시답잖게 여길 이유들로 부모들은 숨김없이 기쁨을 표현했다. 그 아이들 중 일부는 말도 할 수 있었다. 가족들은 아이가 쓰는 어휘 하나하나가 마치 우승 트로피라도 되는 것처럼 세어보았다. 가장 수다스러운 아이들은 열다섯 개 정도 되는 단어를 알고 있었고 스무 개가 넘는 아이는 없었지만 의사소통이 가능했고 그게 큰 차이를 가져왔다. 출산 이후 알리나는 처음으로 희망 비슷한 것을 느꼈다. 지금은 팔다리를 움직이지 못하는 이네스도 그 모든 것들을, 어쩌면 더 많은 것을 해낼 수 있으리라는 확신이 들었다. 알리나가 그렇게 되도록 만들 것이었다.

게시판에서는 특히 실용적인 질문이 주를 이뤘다. 아기를 어떻게 목욕시키나요? 유아용 기저귀는 너무 작은데 성인용은 아직 맞지 않을 때 어떻게 하나요? 이 약에 대해 어떻게 생각하시나요? 페이스북은—적어도 내 경험으로는—스스로 최고의 모습, 최고의 프로필, 최고의 미소, 회사에서의 성취, 별장에서 보낸 수많은 날들과 수많은 휴가들을 올리는, 자화자찬과 홍보를 위해 설계된 네트워크였다. 사람들은 대부분 자신의 위기나 실패, 빼야 할 몸무게에 대해서는 포스팅하지 않았다. 자기 병에 대해 말하는 사람은 소수며, 그렇게 할 때는 칭찬이나 격려의 말을 듣기 위해 낙관적인 태도를 보인다. 이 페이지는 달랐다. 이 그룹의 엄마들은 '이런 일이 내게 생겨서 너무 절망스러

위요', '내 아이를 소개하기 부끄러워요', '내 탓 하는 것을 멈출수가 없어요', 혹은 '제 아기보다 제 미래가 훨씬 더 걱정돼요' 같은 글을 게시했다. 떠오르는 생각을 정말로 남김없이 털어놓을 수 있는 곳이었다. 이해와 관용, 기밀 유지에 대한 암묵적 합의가 있었다. 사람들이 올리는 댓글을 읽은 뒤 알리나는 그 그룹의 기능이 재단당하는 두려움 때문에 다른 어디에서도 말할 수 없는 것들을 표현할 수 있는 공간, 경청하고 동지가 되어주는 공간을 만드는 것임을 이해하게 되었다. 그 공동체의 구성원들이 서로 다른 나라에 사는 것은 중요하지 않았다. 이제 아우렐리오와 알리나는 마치 유일한 종족처럼 집 안에 갇혀 고립되지 않을 것이었다. 세상에 비슷한 사람들이 존재했고, 그들과 연결되어 있었으므로.

오후에 집으로 돌아간 알리나는 아우렐리오에게 자신의 새로운 발견에 대해 이야기했다. 둘은 메시지를 읽고 의학 논문이나 구글, 위키피디아에서 가져온 것이 아니라 직접 경험한 정보를 함께 소화하느라 꽤 오랜 시간을 보냈다. 열 개 정도 되는 사연을 읽은 후에 활택뇌증에는 다양한 종류가 있고 그 결과 모든 아이들이 유사한 발달 가능성을 갖고 있지는 않다는 결론을 내렸다. 어떤 아이들은 휠체어에 앉아 10년을 살았고, 또 다른 아이들은 다섯 살이 되기 전에 걷기도 했다. 몇몇은 괄약근 조절까지도 가능했다. 다들 두 사람처럼 아이가 태어나자마자 죽게 될 거라는 이야기를 들었고, 어떤 의사도 그들에게 아이가 의미 있는 발달을 하리라는 희망을 주지 않았다. 의사들은 아이들이 보거나 들을 수 있다는 것조차 믿지 못했다. 학계에선 그렇게들 말했다. 과학적으로 불가능한 일이라고. 이 새로운 친구들은 의학이 얼마나 폐쇄적인지를 보여주는 살아 있는 증거였다.

어느 화창한 날, 비둘기들이 떠났다. 껍질이나 낡디낡은 외투를 벗어놓듯 둥지를 버렸다. 우리 집 발코니 바닥에는 이제 회색 얼룩이 생기지 않았고 양치식물의 야생적인 향도 되찾았다. 비둘기가 남긴 유일한 것은 그들이 머무는 동안 내가 찍었던 사진과 영상이었다. 가끔 그 이미지들이 알리나의 임신한 모습과 서재의 책들 사진과 함께 내 휴대폰 화면에 떠오르곤 했다. 검은 비둘기 새끼는 계속해서 내 마음을 어지럽혔다. 그런데 떠나버리고 난 지금에야, 그 사진이 나를 사로잡았다. 그건 어떤 종류의 생명체였을까? 망설임 없이 점을 보던 과거에 새들은 존재만으로 행운과 불운의 징조를 가져온다는 글을 읽은 적이 있었다. 영원히 구름 낀 하늘에서 꺼내온 듯한 비둘기 새끼, 그 못생긴 새는 여기 내 집에서 태어났다. 혹시 어떤 의미가 있었을까? 나는 스스로에게 질문을 멈출 수가 없었다.

11

엄마 집에 가지 않은 지 두 달이 더 지났다. 공백이 이렇게 길어지리라고는 상상도 하지 못하고 엄마를 피하기 시작한 사람은 나였다. 어느 토요일, 엄마 집에서 먹는 아침 식사를 건너뛰었다. 엄마와 함께 있을 인내심이 부족해지는 날들이 있다. 엄마가 내 인생에 대해 이러쿵저러쿵하고, 더 나은 삶을 살라고 조언하며, 내 결정에 찬성하고 반대하는 것을 참을 수가 없는 날들. 나는 아침 일찍 전화를 걸어 코를 막고 감기 핑계를 댔다. 엄마도 내가 외출하지 않는 게 좋겠다고 했다. 당부의 말들을 내게 쏟아내고는 전화를 끊었다. '마늘을 먹어, 소금이랑 백리향으로 양치하고 비타민C도 섭취해, 그리고 무엇보다 마스크 쓰는 것 잊지 말고, 더 안 좋아지거나 다른 사람한테 옮기지 않게 말이다'. 엄마는 자기 음식을 먹이지는 못하니, 조상의 지혜를 한 가득 삼키도록 해야지 직성이 풀렸다. 그 후 주중에 휴대폰으로 문자를 여러 번 보내 좀 괜찮아졌는지, 자기 조언대로 했는지를 물었다. 나는 짧고 솔직하게 대답했는데, 그러지 않으면 엄마의 노여움이 도를 넘을 것을 알고 있었기 때문이다. 엄마는 문자 몇 개를 더 보냈다. 그러고는 아마도 그 노여움 때문에 몇 주간 소식이 없었다.

아무 눈치도 못 챈 척하면서 나는 엄마에게 영화를 보러 가자거나 식물을 사러 가자는 문자를 몇 개 보냈다. 하지만 엄마는 어떤 제안도 받아들이지 않았다. 그러다 마침내 어제, 통화에 성공했다. 엄마는 최근에 너무 바빴고 나랑 이야기할 시간이 없었다고 설명했다. 세월을 통해 나는 엄마 목소리에서 협박의 징후를 알아차리는 법을 터득했고 어제는 그럴 가능성이 농후하다 생각했다. 하지만 내가 신경을 곤두세우고 있었는데도 억울하거나 원망하는 기색은 조금도 감지할 수 없었고, 놀라울 정도로 순수한 기쁨만이 느껴졌다.

"엄마, 왜 그렇게 기분이 좋은지 말 안 해줄 거야?" 내가 물었다. 하지만 아무리 졸라도 엄마에게 어떤 새로운 일이 있었는지를 말해주려 하지 않았다.

몇 년 전 엄마가 일을 그만둔 후로 하는 활동이라고는 동네 산책이 전부였다. 공원, 광장, 식료품 가게에서 찾을 수 있는 그토록 흥미로운 일이 뭐가 있을까? 내가 무작정 안심만 했다면 거짓말일 것이다. 한편으로는 엄마가 내 도움 없이 즐거운 시간을 보낸다는 게 좋았지만, 묵은 병이 도진 것은 아닌지 걱정이 되었다. 아빠와 헤어지고 얼마 지나지 않아 엄마가 남자 친구들을 수집하던 기간이 있었다. 아는 남자들을 다 집에 데려오는 것 같았다. 팬티만 입고 주방을 돌아다니는 남자들을 보면서 적어도 남동생과 나는 그렇게 이야기했다. 엄마는 결국, 사방팔방 시행착오를 거치고 난 뒤 비행기를 싫어하는 호주 남자와 장거리 연애에 정착해서 열정의 불꽃이 사그러들 때까지 만났다.

"엄마, 누구 만나는 사람 있어?" 내가 물었다.

"한 명이 아니고 여러 명 있어." 엄마가 장난스럽게 대답했다. "완전히 새로운 경험이야. 만나면 직접 이야기해줄게."

"왜 말 안 해주는 거야?" 나는 고집을 부려보았다.

"날 판단할 테니까. 넌 항상 그러잖아. 난 그게 신물이 나."

12

　온라인에서 읽은 이야기로 힘이 난 알리나는 이네스의 물리치료를 시작하기로 결심했다. 파라 박사의 진료실은 1940년대에 지어진 콜로니아 나르바르테의 건물에 있었다. 세네 살 먹은 아이의 방처럼 장난감이 가득하고 밝은 공간으로 이네스의 방과는 딴판이었다. 첫 방문에서 박사는 이네스를 침대에 눕히고 엄청나게 강력한 불빛을 얼굴에 비추었다. 이네스는 눈을 감고 낑낑대기 시작했다. 그러자 박사는 전등을 끄고 딸랑이를 가까이 가져갔다. 이네스는 고개를 움직이며 소리의 근원을 찾았고 이후로 소리의 궤적을 쫓았지만 딸랑이가 오른쪽으로 이동하자 반응을 멈추었다.

　"그쪽 눈이 잘 안 보이는 것 같아요." 박사가 테스트를 계속하는 동안 알리나가 최선을 다해 추측했다.

　"눈은 완벽하게 기능합니다. 문제는 목이에요." 박사가 말했다. "마비된 상태라서 목을 돌리지 못하는 겁니다. 이쪽 근육을 치료할 거예요."

진료실에서 나왔을 때 알리나는 날아오를 것처럼 기뻤다. 드디어 자기 딸이 보지도 듣지도 못하는 게 아니라고 거침없이 인정하는 의사를 만난 것이었다. 보고 듣는 게 가능하다면 무엇이든 가능했다. 알리나는 이네스를 유아차에 태우고 안전벨트를 채운 후 자긍심과 감사의 마음을 담아 뽀뽀를 했다.

일주일에 한 번씩 이네스는 시력, 청력을 자극하고 움직임을 증진시키는 치료를 받았다. 박사는 공과 롤러를 사용해 이네스의 몸을 불편한 자세로 두고, 움직이고 근육을 통제하는 힘을 기르도록 강제했다. 집에서도 아침 저녁으로 이 운동을 반복해야 했다. 이네스는 어쩔 수 없이 억지로 따랐다. 온몸이 팽팽하게 긴장되었고 움직임을 저지하려 뻗댔다. 치료를 싫어하는 게 분명했다. 알리나에게 이 모든 설명을 들었을 때 내게는 너무 당연한 것처럼 여겨졌다.

"네 딸은 엄연한 황소자리니까." 내가 말했다. "내면에서 우러나오는 동기가 필요한 거지. 그렇지 않으면 저항할 거야."

치료 3주차쯤 되었을 때, 이네스는 치료 시간이 되면 태업을 시작했다. 유아차를 타고 거리를 지나갈 때는 보행자, 강아지, 나무 꼭대기를 관찰하며 또랑또랑한 상태였다가, 진료실에 들어가기만 하면 전원을 완전히 꺼버렸고 인간의 힘으로는 이네스를 깨울 방법이 없었다. 얼굴에 바람을 불어보고 찬물로 닦는 등 안간힘을 썼지만 부질없던 알리나에겐 특히나 좌절스러운 상황이었다. 체념한 파라 박사는 결국 집에서 운동을 하도록 처방했지만 그러면 이네스의 진전 상태를 평가할 방법이 없었다. 이후 몇 달 동안 다른 전문가들을 찾아가 보아도 공공병원이나 민간 병원이나 이네스의 반응은 같았다.

13

그 주 내내, 니콜라스는 우리 집에서 점심을 먹었다. 나는 건강하면서도 아이가 질색하지 않을 법한 메뉴를 찾느라 머리가 터질 것 같았다. 나는 니콜라스가 별로 내켜하지 않으면 먹어보라고 고집하지 않았다. 나는 그 아이의 엄마는커녕 친척조차 아니며, 영양을 고루 섭취하라고 강제하는 것이 내 의무도 아니니까. 게다가 니콜라스가 우리 집에서 갑자기 분노 발작을 일으켜서 모든 걸 다 깨부수면 어쩌나 싶기도 했다. 혹시 몰라 오늘 아침 귀중품은 눈에 띄는 대로 모조리 상자에 넣었다. 그중에는 할라파에서 2년 전에 구입한 구스타보 페레스의 조각 작품도 있었다. 점심 식사 후에는 니콜라스를 데리고 산책을 나갔다. 물론 항상 숙제할 시간을 충분히 남겨두도록 신경썼다. 니콜라스는 가끔은 화장실에 가기 위해서—다른 장소에서는 똥을 누거나 잠을 자는 것을 싫어한다—혹은 여전히 슬픔에 빠져 있지만 잘 살아 있는 엄마에게 혹시 무슨 큰일이라도 일어나지는 않았는지, 자신을 버리고 떠난 것은 아닌지 확인하기 위해서 자기 집을 둘러보고 왔다.

도리스에게 함께 시간을 보내자고 자주 청했지만 그녀는 한 번도 승낙한 적이 없었다.

"엄마는 몸이 안 좋은 거야." 니콜라스에게 그녀의 변명을 대신 해준다. "계속 많이 자는 게 도움이 될 거야."

"엄마가 치료될까요?" 어제 오후 우유를 따라주고 있는데 니콜라스가 내게 물었다. "엄마가 점점 더 나빠지는 것 같아."

하지만 도리스는 몸이 아픈 것이 아니라 우울한 것이다. 니콜라스에게는 아무 말 하지 않았지만 우울증은 아주 오래갈 수도 있었다.

"치료되려면 몇 주가 걸리는 병들이 있어, 단핵구증처럼 말야. 몽둥이로 맞은 거랑 비슷하게 온몸이 쑤시는 거야."

몽둥이라는 단어를 듣고 니콜라스가 불편해하는 기색이 느껴졌다.

나는 도리스가 죽은 남편에 대해 내게 말하지 못한 게 얼마나 더 많을까 궁금했다. 그리고 정말로 그걸 알고 싶은 건지 스스로에게 물었다.

공원에 갈 때면 니콜라스가 놀이터에서 다른 아이들과 어울리는 동안 읽으려고 책 한 권을 항상 가방에 챙겨 나가지만, 한 번도 책을 꺼낸 적이 없다는 걸 인정해야겠다. 남의 아이를 돌보는 책임감이란 너무나도 무겁다. 아이를 잃어버리거나 사고라도 나면 아이 엄마에게 어떻게 설명한단 말인가?

니콜라스와 공원에 있던 토요일, 페미니스트 콜렉티브의 전단지를 든 다른 여자가 내게 다가왔다.

"버리지 마세요." 여자가 말했다. "이 종이가 당신 인생을 구할 수도 있어요."

그 순간 미끄럼틀을 거꾸로 기어올라가고 있던 니코에게서 눈을 떼지 않은 채, 나는 그녀에게 잠시 내 옆에 앉아 단체에 대해 조금 더 이야기해줄 수 있겠느냐고 물었다. 그렇게 해서 '라 콜메나'의 구성원들이 위험한 상황에 처한 여성들을 구출하는 활동을 한다는 것을 알게 되었다. 단체는 멕시코시티에 지부가 세 군데 있을 정도로 규모가 컸는데, 그중 하나가 바로 우리 동네의 투린가에 위치했다. 그녀는 내가 당연히 니콜라스의 엄마일 거라 생각했다. 그녀는 내 아들을 돌보는 데 도움을 줄 동료들을 분명히 찾을 수 있으며, 필요할 경우 정서적 지지도 받을 수 있을 것이라고 약속했다.

14

불운이 마치 전염병이라도 되는 것처럼 여기며, 그게 자기 부모나 친한 친구일지라도 만성적인 고난을 겪는 사람들을 멀리하고자 하는 사람들이 있다. 딸이 태어난 이후 알리나의 친구 관계는 새롭게 바뀌었다. 연락을 끊은 친구들이 있는 반면, 이전에는 거의 만나지 않던 사람을 포함해 더 가까워진 친구들이 있었다. 과나후아토 학부 시절 알게 되었고 지금은 알리나처럼 멕시코시티에 거주하는 동물학자인 모니카의 경우가 후자였다.

모니카는 카리나라는 이름의 어린 딸을 키우는 비혼모로, 어린이집에 다니기 전까지는 4년간 온전히 딸의 양육에만 집중하는 평온한 시간을 보냈다. 그러다 반 배정을 받은 지 몇 달이 지난 어느 오후, 어린이집에서 호출을 받았다. 가보니 원장과 어린이집 상담교사가 기다리고 있었다. 그곳에서 모니카는 난데없이 딸에게 중증지적장애가 있으니, 딸과 비슷한 아이들에게

특화된 다른 기관을 찾아보라는 권유를 받았다. 카리나는 외동 딸이었고 모니카는 딸과 비교해볼 만한 조카가 없었다. 돌이 될 때까지 매달 소아과에 데려갔고, 가장 보수적인 사람들이 조언하는 대로 모든 예방접종을 마쳤다. 모녀는 항상 공생하는 유대감을 유지했고 둘 사이의 소통은 물 흐르듯 아무 문제가 없었다. 카리나가 배가 고프거나 졸리면, 모니카는 얼굴만 봐도 알 수 있었다. 아플 때도 마찬가지였다. 그런데 낯선 두 여자가 자기 딸을 더 잘 안다고, 적어도 모니카는 의심조차 하지 않은 매우 결정적인 무엇인가에 대해 알고 있다고 확언하고 있었다. 어린이집 원장실에 앉은 채, 모니카는 정말 자기 딸 이야기를 하고 있는 게 맞는지 묻고 싶었지만, 두 사람이 너무 거만해서 아무런 질문도 하지 않는 편을 택했다. 최대한 대화를 서둘러 마무리한 모니카는 다시는 그곳에 발을 들여놓지 않았다. 그러나 일주일 후 뇌파 검사로 장애 진단이 확정되었다. 카리나의 경우가 이례적인 것은 아니었다. 지적장애가 있는 많은 아이들이 일고여덟 살 이전에는 주변에서 장애를 인지하지 못하다가, 어느 화창한 날 체육 시간에 혹은 축구 경기를 하다가 두개골에 큰 충격을 받아 CT 촬영을 한다. 그렇게 부모는 자기 아이가 뇌 기능의 극히 일부만을 가지고 태어났고 그때까지 그 상태로 살아왔다는 사실을 알게 되는 것이다.

어린이집 원장과의 면담 이후 몇 달간 모니카는 운동발달 전문가들을 만나는 데 전념했다. 이네스가 태어났을 즈음 모니카는 이미 전문가나 다름없었다. 공원이나 거리에서 평범하지 않은 뇌를 가진 아이들이 드러내는 신호들을 알아차렸다. 그녀는 집집마다 대부분 그런 사람이 있다는 것, 그러나 그에 대해 터놓고 이야기하는 가정은 별로 없다는 것을 알게 되었다. 모니카는 멕시코시티의 모든 소아신경과 전문의와 물리치료사를 훤히 꿰고 있었고 자신과 같은 아이를 키우며 서로 조언을 주고받는 여성들과 네트워크를 형성하고 있었다. 말하자면 그 여성들은 알리나의 선배와도 같은, 비슷한 일을 겪은 용감한 어머니들이었고, 어떤 면에서는 알리나가 갈 길을 닦아놓은 사람들이었다.

"두 가지 조언을 할게." 알리나와 이네스를 처음 찾아온 날, 모니카가 말했다. "훌륭한 보모를 구하고 살라사르 박사를 찾아. 우리 나라에서 최고야. 다른 물리치료사들한테 시간 낭비하지 말고."

15

며칠 전, 나는 멕시코식 계란 요리를 먹고 싶은, 도무지 억누를 수 없는 충동과 함께 잠에서 깼다. 엄마와 멀어진 이후로 한 번도 먹지 못했다. 그 누구도 엄마의 맛을 흉내낼 수가 없어서, 식당이나 카페에서 시켜먹는 것은 소용이 없었다. 마침 토요일이어서 나는 아침 식사에 초대해달라고 밀어붙일 생각으로 휴대폰을 찾아 엄마 집으로 전화를 걸었다. 새로운 자동응답기가 내 전화를 받았다. '라불카바 가족의 집입니다.' 마치 십 년 넘게 혼자 살고 있는 사람이 아니라는 듯 응답기 속 목소리가 말했다. '지금은 전화를 받을 수 없습니다. 삐 소리가 나면 저희에게 메시지를 남겨주세요.' 나는 복수형을 사용한 것이 수사적 표현인지 엄마가 정말로 같이 사는 사람이 더 있는 것인지 궁금했다. 문자를 보냈고 손에 휴대폰을 쥔 채 삼십 분 넘게 기다렸지만 답이 오지 않았다. 집을 나와 주말이면 사람으로 미어

터지곤 하는 카페 닌으로 향했다. 카페 문 앞에는 부모, 자식에 조부모까지 온 가족이 줄을 서서 즐겁게 이야기를 나누고 있었다. 그 노인들 중 한 할머니를 관찰하며 남동생이나 내가 어머니에게 손주를 안겨주었더라면 어땠을지 궁금해졌다. 분명히 몇 주씩 사라져버리는 대신 우리와 더 자주 연락했을 것이다. 내가 아는 엄마는 분명히 자기 손주의 교육에 완전히 관여하려 들었을 것이고, 의심의 여지 없이 그 때문에 나를 돌아버리게 만들었을 것이다. 동시에 그 어떤 로맨스도 우리와의 아침 식사를 넘어서지는 못했을 거라 확신했다. 이런 생각을 하니 배신당한 기분이 들었다. 내가 아이가 없다는 이유로, 엄마가 나를 위해 상상했던 장래 계획을 철저히 완수하지 못한 죄로, 엄마는 나와 함께하는 시간을 훨씬 더 쉽게 저버릴 수 있다는 거니까.

솔직히 말하자면 엄마와 사이가 좋았던 적은 한 번도 없었다. 우리는 서로를 깊이 사랑하지만, 우리의 만남은 불화로 점철되고 가끔은 고통스러운 불꽃이 튀기도 했다. 엄마 말에 따르면 나는 항상 과거를 문제 삼고 있다는데 엄마도 내가 하는 일은 하나도 좋게 생각하지 않았다. 딸들은 우리가 가진 모든 문제의 근원을 어머니들의 실수에서 찾는 경향이 있고, 어머니들은 딸들의 결함을 실패의 증거일 수 있다고 간주하는 경향이 있다. 갈등을 피하기 위해 나는 내 생각을 전부 밝히지 않고, 내가 애호하는 것과 혐오하는 것을 숨겼다. 엄마 말 속의 칼날을 피하기 위해 최대한 불투명하게 스스로를 가렸지만 단 한 번도 엄마를 저버릴 생각을 한 적은 없었다. 엄마가 필요 없다고 말하면서도 엄마가 없을 땐 안전장치가 없는 기분이 들었다. '집을 떠나지 않으면 숨이 막히고, 집에서 너무 멀리 떠나면 산소가 부족하다'는 비비언 고닉의 말은 진정 옳은 것이다.

혼자인 것에도 장점은 있다. 멀리 갈 필요 없이, 덕분에 테이블을 기다리고 있는 많은 사람들을 건너뛰고 카페의 바 자리를 먼저 차지할 수 있었다. 나는 먹을 것을 주문하기 전에 다시 휴대폰을 살펴봤다. 엄마에겐 여전히 생존신고조차 없었다. '엄마 괜찮아?' 나는 약간의 분노를 담아 문자를 눌렀다. '걱정 안 하게 최소한 답이라도 보내.' 십 분 후, 휴대폰이 문자 도착을 알렸다. '난 잘 있어, 딸내미. 모임 중. 끝나면 전화할게.'

16

어느 오후, 알리나가 이미 기대를 접었을 때 모니카가 전화로 소식을 전했다.

"보모를 찾았어."

모니카가 매우 잘 아는 훌륭한 여성인데 아동교육을 전공했고 몬테소리 학교에서 도우미로 일한 다음 친구 가족을 위해 일하고 있다고 했다.

"믿어져?" 모니카가 물었다. "보모한테 월급도 안 주고 두 달 동안 유럽으로 휴가를 갔대. 자기들이 뭘 놓치고 있는지 모르는 거지! 생각해봐, 지금은 아니어도 나중엔 필요하게 될 거야."

설명을 들은 알리나는 호기심이 일었다. 이쯤 되자 아우렐리오는 자기 어머니가 도와주길 바랐지만 알리나는 동의하지 않았다. 만일 잘못을 한다 해도 어떻게 시어머니에게 뭐라고 할 수 있겠는가?

모니카의 주선으로 어느 수요일 오전, 보모가 두 사람과 면접을 보기 위해 방문했다. 그녀는 이전에 만났던 다른 보모들과는 매우 달랐다. 학생도 할머니도 아닌, 아이가 없고 자신감이 넘치는 서른 살의 여자였다. 이름은 마를레네였다. 밤색의 짧은 머리를 하고 회색과 녹색 사이 어디쯤 색깔인 눈동자는 금속 안경테 뒤에서 지성의 광채를 내뿜으며 번뜩이고 있었다. 그녀는 자신이 아이들을 얼마나 좋아하는지와 몬테소리 학교에서 어떻게 일했는지에 대해 이야기했다. 그녀는 체계적인 것을 좋아하며 지도자가 되는 것을 꿈꾼 적도 있었지만 전문 과정이 매우 비쌌고 그 비용을 감당할 자금이 없었다고 했다.

　　"아이들은 제 열정이에요." 마를레네가 말했다. "저는 아이들이 삶을 즐기고 가능성을 발견할 수 있도록 제가 도울 수 있다는 걸 알아요."

　　알리나와 아우렐리오는 그녀에게 가능성이 그리 많지 않은 이네스의 상황을 설명했다. 오히려 언제든 죽을 수 있고, 그녀가 돌보는 동안 그런 일이 일어날 수도 있다는 것을.

　　알리나는 반응을 보기 위해 여자의 얼굴을 면밀히 살폈다. 최근 그녀는 이네스와 접촉한 사람들에게서 두려움, 거부감, 동정심을 감지하는 법을 배웠다. 마를레네는 그런 감정들을 전혀 내비치지 않고, 흥미로운 연구 주제를 발견한 과학자의 지식욕에 가까운 호기심을 드러냈다. 그녀는 증후군의 정확한 이름과 의사들이 말한 예후에 대해 질문했고, 10개월 된 아기에게 연필을 쥐어주면 나오는 낙서 비슷한, 그 안에서 리듬이나 주파수를 찾는 것이 어렵거나 거의 불가능한 그림 같은 뇌파 검사지를 보여주었을 때도 뒤로 물러나지 않았다. 마를레네는 가방에서 작은 양장노트를 꺼내더니 모든 대답을 받아적었다. 이네스의 일정표와 식단에 대해서도 물었다. 알리나는 그 꼼꼼한 호기심이 마음에 들었고 자기 관점을 콤플렉스 없이 표현하는 것도 좋았다.

"다른 아이들과 비교하는 건 아무짝에도 소용없는 일이에요. 이네스의 앞길을 우리에게 보여줄 사람은 바로 이네스 자신이고, 그건 오직 이네스만이 할 수 있는 일이에요. 그녀를 치료하는 의사가 아니라요. 발전을 원하는지 아닌지 스스로 결정하게 되겠지요. 모든 인간은 잠재력을 갖고 있어요. 적절한 조건이 주어진다면, 다른 모든 아이들처럼 이네스도 최대한 성장할 수 있다고 확신해요. 이네스는 하나의 삶이 시작되는 단계에 있고 이제부터 그냥 살아가기만 해도 충분한 거예요."

아우렐리오는 마를레네의 호언장담에 설득되었다.

"언제 시작할 수 있으신가요?" 그가 물었다.

"원하신다면 바로 오늘 오후부터요."

알리나가 의욕이 넘치는 남편을 어리둥절한 눈으로 바라보는 사이 아우렐리오는 마를레네와 악수를 나눴다. 그렇게 그녀가 이네스네 가족의 삶에 당도했다. 그때부터 마를레네는 하루도 빠짐없이 그들의 집을 방문하기 시작했다. 그녀는 알리나와 아우렐리오가 각자 일터로 향하는 아침 여덟 시 삼십 분에 도착했다. 그리고 이네스에게 운동을 시키고, 식사를 챙기고, 대화를 나누며 기저귀를 갈아주었다. 이네스에게 쿰비아 음악을 틀어주고 동요를 불러주었다. 마를레네는 이네스를 요람에 눕혀놓는 대신 연두색 포대기 속에 둘러서 원주민 여성들이 하듯 가슴팍에 안거나 등에 업고 있었다. 아기의 신뢰를 얻는 방법이라 단언했다. 오후에 알리나가 돌아오면 두 사람은 함께 운동을 한 세트 반복했다. 아우렐리오는 퇴근 후 이네스를 목욕시키고 그날의 마지막 젖병을 물리는 일을 책임졌다.

얼마 안 가 마를레네는 이네스를 위해 일하는 것이지 부모를 위해 일하는 것이 아니라는 사실이 매우 명백해졌다. 마를레네가 행복하고 만족스러운 상태로 만들고 싶어 하는 대상은 이네스였다. 혹시라도 다른 일을 처리해야 할 때면, 이네스가 청결하고 배부른 상태인지를 확인한 후에야 움직였다. 그녀는 이네스의 요리사, 치료사, 돌봄자일 뿐 아니라 이네스의 대변인으로도 변신했다. 세 사람은 금요일 점심에 식사를 함께했고, 그 시간에 마를레네는 그날의 소식을 전했다.

'오늘은 이네스가 운동 시간에 굉장히 협조적이었어요.'

'오늘은 별로 의욕이 없었어요.'

'오늘은 롤러 위에서 꽤 오래 버텼어요.'

하지만 '이네스가 나무를 보고 싶어 해요. 언제 숲에 데려갈 건지 궁금해해요.'처럼 대담하게 단언하기도 했다.

알리나와 아우렐리오는 그런 것들을 미심쩍게 생각하기는커녕 그저 고마운 마음이었고 그녀가 하는 말을 전부 진지하게 받아들였다. 딸이 만족하고 있는 게 분명했기 때문이다. 이네스는 마를레네와 함께 있으면 그 누구와 있을 때보다 즐거워했고, 이제 그들은 마를레네를 '보모'가 아니라 '이네스의 가장 친한 친구'라고 불렀다.

17

살라사르 박사는 두개골 가까이 밭게 자른 머리에 허스키하고 강한 목소리, 악수를 하는 상대의 손을 으스러지게 잡는 거대한 손을 가지고 있었다. 이 키 크고 건장한 여성을 보고 알리나가 받은 첫인상은 직업군인 같다는 것이었다. 진료실도 거의 수도원 수준으로 수수했다. 벽에는 종교적인 이미지와 그림들이 걸려 있었는데, 그중에서도 한센병 환자들을 치유하는 위대한 그리스도의 이미지가 눈에 띄었다. 다른 물리치료사들 앞에서 그랬던 것과는 다르게 이번에는 이네스도 침상 위에서 잠들지 않았다. 오히려 약간 겁먹은 것처럼 보일 만큼 불안해하는 모습이었다. 살라사르 박사는 그 거대한 손으로 이네스의 발을 붙잡고 거칠게 움직이기 시작하며 말했다. '네가 어떻게 다리를 움직이는지 보자꾸나, 이네스. 위에서 아래로, 그렇게 해보렴. 집중하고. 먼저 위로 올리고 그다음 아래로.' 그러고는 마치 사타구니를 잡아뽑으려는 것처럼 이네스의 허벅지를 붙들고 끌어당기며 몸을 늘였다. 알리나는 아우렐리오에게 눈짓을 보냈지만 그는 알아차리지 못했다. 아우렐리오는 창백한 얼굴로 그 여자가 자기 딸에게 무슨 짓을 하는지 그저 지켜보고 있었다. 이네스는 기분이 좋지 않았지만 전원을 끄는 대신 버티며 뻗대고 있었다.

"다리를 움직여야지!" 살라사르 박사가 지치지 않고 요구했지만 이네스는 판자처럼 딱딱하게 굳어서 발을 들려고 하기만 해도 몸 전체를 들어올릴 수 있을 정도였다. 갑자기 박사는 치료를 중단했다. 잠시 말을 멈추고 이네스를 뚫어지게 쳐다봤다.

"어디 보자, 얘야." 그녀가 말했다. "너는 아주 심각한 문제가 있어. 아무것도 안 하고 이 문제를 그냥 두면 너는 죽게 되거나 아주 괴로운 삶을 살게 될 거야. 너는 행주처럼 늘어져 있게 될 텐데 너희 부모님은 그걸 원하지 않아. 너도 원하지 않을 거야. 네가 원하는 건 네 인생이 편안해지고 부모님을 기쁘게 만들어드리는 거지. 그래서 너의 협조가 필요해. 나는 너를 도와주기 위해 여기 있는 거야, 너랑 싸우려는 게 아니고. 그러니 너도 스스로를 도와야지."

"무슨 말인지 알겠어?" 그 장면을 설명하던 알리나가 내게 물었다. "다섯 살 먹은 애한테 하듯 이네스를 야단쳤다니까!"

"이네스는 어떻게 반응했어?"

"엄청 집중했어. 그 어느 때보다도 눈을 크게 뜨고, 조개껍

데기 속에 숨어드는 연체동물처럼 몸을 웅크렸어."

그리고 살라사르 박사는 큰 소리로 하나아아아아, 두우우울, 세에엣, 숫자를 세며 운동을 재개했다. 이네스도 이번에는 저항하는 대신 근육의 힘을 빼고 고분고분 움직였다.

아마도 다른 엄마였다면 자기 아기에게, 그것도 움직이는 걸 그토록 어려워하는 아기에게 그렇게 거칠게 대하는 걸 보면 눈이 뒤집혔을지도 모른다. 하지만 알리나는 아니었다. 딸이 다른 사람의 메시지를 이해했거나 적어도 어느 정도 파악하는 모습을 보며 그녀가 느낀 것은 감격에 가까운 감정이었다.

치료가 끝나고 살라사르 박사는 다시 책상 뒤에 자리잡고 앉았다.

"이 아이는 이해합니다. 당연히 모든 말을 온전히 이해하진 못해도, 의미를 알아요. 분명히 무언가를 성취할 수 있을 거라 생각합니다. 아직 정확히 알 순 없지만, 치료를 계속할 가치가 있다고 보여요."

알리나와 아우렐리오는 치료 방식에 동의해야 할지 반신반의한 채 말없이 듣고만 있었다.

"분명히 해두어야겠군요." 살라사르 박사가 이야기를 이어갔다. "이네스가 나아지길 바란다면, 매일매일 치료에 힘써야 하고 제가 가르쳐드리는 대로 정확히 따르셔야 합니다. 집에서 운동을 안 시키면, 저는 알아차릴 거고 그럼 그대로 말할 겁니다. 또 치료가 효과가 없거나 아이 상태가 더 안 좋아지거나 죽을 것 같은 징후가 보여도 솔직히 말씀드릴 거고요. 저는 돌리지 않고 있는 그대로 말하는 것을 좋아합니다."

이네스는 토요일마다 열두 시가 되기 조금 전 치료를 받기 시작했다. 박사가 특별히 마련한 시간대였다. 하지만 무엇보다도 집에서 열심히 노력했다. 아침 아홉 시에 아우렐리오, 알리나, 마를레네가 이네스의 운동을 위해 모였다. 이네스가 저항하면 알리나는 군인 박사님을 본보기로 삼아 단호하게 꾸짖었다. "똑바로 해야지, 이네스! 협조해! 치료를 하지 않으면 우리 전부가 혼나게 돼." 치료가 진행되며 그들은 자기들도 협응력이 부족하다는 사실을 깨달았다. 그들은 박사가 알려준 그대로, 오른손으로 이네스의 작은 다리 바깥쪽을 잡고, 왼손으로는 팔을 당기는 동작을 번갈아 해야만 했지만, 쉽지 않은 일이었고 살라사르 박사의 훈계는 끊이지 않았다.

18

이네스와 같은 아기를 돌본다는 것은 독특한 역량을 필요로 하는 일이다. 아무나 할 수 있는 일이 아니다. 많은 에너지, 책임감, 상식이 필요했고 무엇보다도 아이를 사랑하는 마음이 있어야 했다. 마를레네는 이러한 자질을 모두 갖추고 있었다. 근무시간을 훌쩍 넘기는 일도 잦았다. 알리나와 아우렐리오가 저녁을 먹으러 나가면 밤 열두 시까지 남아 있곤 했다. 9월이 되자 부부는 마를레네에게 집 열쇠를 주고 원할 때 언제든 드나들 수 있도록 했다. 마를레네는 그 이후로 이네스가 독감에 걸리거나 어떤 이유로든 자신을 필요로 한다는 생각이 들면 주말에도 어김없이 나타났다. 그녀의 큰 덕목 중 하나는 체계성이었다. 이네스의 옷장과 기저귀 교환대도 매우 편리하게 재배치되었다. 가끔은 거실 소파의 위치를 바꾸거나 안방을 장식물들로 꾸며놓기도 했다. 마를레네가 안방에 들어가는 게 불편했지만 알리나는 티 나지 않도록 안간힘을 썼다. 한번은 자기 옷을 정리하지 말라고 딱 잘라 말했는데 마를레네는 알리나가 걱정했던 것처럼 불쾌해하지 않았다. 그날 오후 마를레네는 트레스 레체스 케이크*를 만들어 놓고 퇴근한 알리나를 맞이했다. '이네스랑 같이 요리했어요.' 마를레네가 녹색 포대기로 둘러싸인 아기를 등에 업은 채 설거지를 하면서 말했다. 오븐에서 나오는 향기는 근사했고 알리나는 유당불내증이 있었지만 맛보지 않을 도리가 없었다.

어느 날 오후, 두 시가 되기 조금 전 마를레네는 집 창문이 삐걱거리는 것을 알게 되었다. 문이 쾅 소리를 내며 저절로 닫혔고 몇 초 안 되어 집 전체가 광포한 움직임 속에 휩싸였다. 마를레네는 이네스를 들쳐안고 생각할 겨를도 없이 계단으로 뛰어내려갔다. 이네스네 가족이 사는 지역은 특히 지진 위험이 높은 곳이었다. 건축물이 하루 아침에 무너질 수 있고 주민들은 지진의 징후가 조금이라도 보이면 새벽 네 시에 속옷 차림으로 집에서 뛰쳐나오는 동네였다. 밖으로 나온 마를레네는 이네스가 먹을 것을 챙겨오지 않았다는 것을 깨달았다. 길에는 사람들이 많았다. 그녀는 이웃 주민 몇 명을 알아보았는데 그중에 개를 데리고 나온 3층 사는 노인도 있었다. 마를레네는 그녀의 품에 이네스를 안기고, 이웃들의 걱정스런 만류에도 불구하고 우유와 젖병이 들어 있는 가방을 찾으러 다시 건물로 들어갔다.

---

* 세 가지 유제품을 넣어 만든 멕시코의 대중적인 디저트

운 좋게도 건물은 지진을 견뎠고 마를레네는 기저귀 가방을 트로피처럼 어깨에 메고 출입문까지 무사히 내려왔다. 그녀의 용감한 행동 덕분에 이네스는 부모가 부서진 도시를 가로질러 돌아올 때까지 긴 시간 동안 뽀송뽀송하고 따뜻하며 배부른 상태로 있었다. 집으로 돌아온 알리나는 딸을 껴안고 뽀뽀를 퍼부었다. 하지만 곧 안도감은 자취를 감추고 언제나 어둠 속에서 도사리고 있던 죄책감이 그 자리를 차지했다. 오후 내내 알리나는 어머니로서의 책임을 마를레네에게 떠맡기고 있는 것은 아닌지 자문했다. 밤에는 아동복을 파는 스웨덴 옷가게의 웹페이지에 들어가 가을 원피스들을 잔뜩 사들였다.

19

　우리 동네 공원과는 달리 알리나가 사는 콜로니아의 공원에는 애들보다 개들이 더 많이 보인다. 우리 동네에서 유아차를 밀고 다니는 청년들과 똑같이 피어싱을 하고 풍성한 수염을 기른 청년들이 알리나네 동네에서는 거의 모든 견종의 개들과 견종을 알 수 없는 개들을 산책시킨다. 마치 그곳 주민들은 장단점을 저울질해본 뒤 재생산을 하는 것보다 개를 입양하는 것이 낫다고 판단한 것 같다. 인습에 얽매이지 않고 우리 세대보다 더 자유롭게 말이다. 그 동네에서 개를 데리고 나온 사람들은 학교 운동장에 모인 학부모들처럼 공원에서 서로 어울렸다. 그들은 자기 반려동물의 기질과 일대기에 대해 이야기하고, 개를 키우면서 겪었던 우여곡절을 공유하고, 다양한 견종의 행동을 비교하고, 개들의 기호와 질병에 대해 서로에게 설명한다.

　개는 사람에게 애정과 기쁨과 충성심을 주는, 저강도 양육을 필요로 하는 자식 같다. 책임을 지고 돌봐야 하는 연약한 생명체지만 결코 당신의 삶을 방해하지는 않는다. 여행을 떠날 때면 병원에 맡길 수 있다. 당신을 짜증나게 한다 해도 마찬가지다. 개를 때려도 그 사람들을 감옥에 처넣지 않는다는 것을 생각하면 정말 화가 난다. 개는 질문하지 않는다. 기분이 상하면 소심하게 표현하고 금세 풀린다. 아무튼 개는 당신에게 책임을 묻거나 정신분석 상담 비용을 청구하지도 않는다. 보모 대신 몇 시간 산책시켜줄 사람이면 충분하다. 평생 자립하지 못하는 것은 사실이지만 운이 좋으면 수명이 18년 정도니 오래 살지 못하는 것도 분명하다. 개가 아프거나 늙으면 많은 주인이 안락사—그들은 개를 재운다고 말하는 걸 선호한다—를 선택하지만 법적 문제에 부딪히지 않고 아무도 그 선택을 문제삼지 않는다. 개에게 잘해주고 가족의 일원처럼 돌보는 사람들이 많다는 것을 안다. 그렇다고 개들의 삶이 자아내는 슬픔이 줄어드는 것은 아니다. 이네스는 유아차를 타고 공원을 산책할 때마다 개들에게 큰 관심을 보이곤 했다. 어느 날부터인가 이네스는 개 짖는 소리를 흉내내기 시작했다.

20

일을 시작한 지 6개월 만에 마를레네는 알리나의 자매나 가족 구성원이기라도 한 듯 병원 진료 시간에 함께 들어가기 시작했다. 그 안에서 의사들과 대화를 나누었고 가끔은 최대한의 정보를 뽑아내려 그들의 말에 반박하기도 했다. 마를레네의 강하고 고집스러운 성격에는 불쾌한 면도 있었다. 이네스와 그토록 많은 시간을 보낸다는 사실은 마를레네에게 권위를 주었고 그녀는 가끔 그 권위를 남용했다. 예를 들면 마지막 운동을 마친 어느 날 밤, 마를레네는 목욕을 준비 중인 아우렐리오에게 이네스를 데려가는 대신 기저귀를 갈아주고 잠옷을 입혔다.

"아직 목욕이 남았어요." 마를레네가 까먹은 거라 생각한 알리나가 친절하게 말했다.

마를레네는 알리나를 쳐다보지도 않았다.

"이네스는 매우 피곤한 상태예요." 그녀가 아기 우주복의 단

추를 잠그며 말했다. "오늘은 바로 침대로 가는 게 낫겠어요."

"아빠랑 하는 목욕은 이네스가 하루 중 제일 좋아하는 시간이에요. 물에서 몸을 시원하게 식히는 것도 좋을 거고요."

세상없는 뻔뻔함으로, 마를레네는 이네스를 재울 준비를 계속했다.

"목욕시켜야 한다니까요!" 이제는 솔직히 화가 난 알리나가 마를레네의 손에서 이네스의 작은 몸을 낚아채며 말했다. 자기 엄마와 보모 사이의 긴장을 느낀 이네스는 울음을 터뜨렸다.

아우렐리오가 문가에 나타났다. "무슨 일 있어요?"

마를레네가 서둘러 대답했다. "이네스는 물에 들어가고 싶어 하지 않아요."

"그러면 목욕을 미루지요." 아우렐리오는 순진하게 대답했다.

"나는 목욕해야 한다고 생각해. 잠도 더 잘 잘 거야." 알리나가 항의했다.

"자기야, 마를레네는 우리 딸을 완벽하게 알잖아. 제일 친한 친구인걸. 이네스가 뭘 원하는지 마를레네가 설명해주도록 하자." 아우렐리오는 마를레네의 어깨에 손을 올리고 미소를 지으며 말했다.

알리나는 화가 나서 속이 뒤틀렸지만 그 순간 더는 아무 말도 하지 않기로 했다. 마를레네가 이네스를 재우도록 놔두고 발코니에 담배를 피우러 갔다. 마를레네가 퇴근하자마자 아우렐리오와 진지하게 대화해야겠다고 다짐했다. 그러나 이야기를 시작하자 언제나처럼 아우렐리오는 마를레네의 입장을 변호했다.

그날 이후로 알리나는 마를레네와 함께 지내는 것이 힘들어지기 시작했다. 이전에는 퇴근 후에 딸의 방에서 동요를 부르고 있는 마를레네를 보는 것이 반가웠는데 지금은 그녀의 존재가 불편하게 느껴졌다. 그녀가 아무 때나 아파트 현관문을 여는 것이 싫었고 마를레네의 더러운 천가방이나 옷걸이 아래 낡아빠진 운동화를 보는 것도, 마를레네가 자신의 부엌에서 밥을 먹고 있는 것도 싫었다. 그리고 알리나는 그런 적대감이 상호적이라고 생각했다. 마를레네도 빼앗은 영토에서 한나절 내내 주인 행세를 하다가 알리나가 나타나면 달가울 리가 없다고 생각했다. 둘은 서로를 피했다.

매일 오후, 갤러리에서 돌아온 알리나는 아우렐리오가 보기 전에 은행에서 보내온 독촉장을 없애기 위해 우편함을 확인하곤 했다. 목욕 사건이 있은 지 얼마 후, 은행에서 온 봉투 하나가 열려 있는 것을 발견했다. 이번에는 외면할 수가 없었고 통지서를 꺼내보니 그 안에 적힌 금액은 불어난 이자로 인해 마지막에 확인했을 때보다 거의 두 배가 되어 있었다. 머리가 핑 돌았다. 은행에서 카드를 다시 정지시키거나 자신이 스스로 카드를 반납하고 영원히 계좌를 닫아버리면 좋았을 거라는 생각이 들었다. 하지만 그러기 위해서는 먼저 빚을 갚아야만 했다. 알리나는 떨리는 손으로 가방 속 라이터를 찾아 그 자리에서 편지에 불을 붙였다. 아무리 아니라고 생각하려 해도 그 봉투를 열어본 사람이 마를레네였을 거라는 생각을 떨치기 어려웠다. 얼마나 오랫동안 그녀의 편지를 염탐해왔을까? 아우렐리오에게 그 사실을 폭로하면 어떻게 할까? 부엌에 틀어박힌 채 알리나는 남의 일에 참견한 죄로 마를레네를 내칠 문장들을 연습하고 또 연습했지만, 두어 시간 후 분별력을 되찾고는 마음을 고쳐먹었다. 유일한 예방 조치로, 그녀는 아우렐리오에게 자신의 재정 문제를 최대한 빨리, 적당한 순간이 오는 대로 털어놓아야겠다고 다짐했다.

21

두 번째 전단지를 받은 이후로 나는 동네에 있는 페미니스트 콜렉티브를 찾아가야겠다는 생각을 곱씹고 있었다. 어느 날 오후 커피를 마시고는 니콜라스와 함께 그들의 해 질 녘 모임이 열리는 투린가에 당도했다.

콜로니아 후아레스에 있는 '라 콜메나' 지부는 몇 세기 전에는 꽤 호화스러운 곳이었을 오래된 저택으로, 지금은 꾸밈 없이 기능만을 추구하는 모습이었다. 거기에는 텃밭 하나와 알록달록한 천을 씌운 정원용 가구가 갖춰진 파티오, 작은 도서관—리타 세가토와 클라우디아 랜킨의 책이 한 권씩 있는 것까지 봤다—에 더해 어린이집처럼 꾸며놓은 거실이 있었다. 방들은 보지 못했지만 건물의 일부는 쉼터로 쓰인다고 했다. 자금은 개인 후원이나 지인들의 기부로 조달하고 있었다. 다양한 시간대에 열리는 어린이집 말고도 '라 콜메나'는 요청만 하면 어떤 여성에게라도 법적, 심리적 지원을 제공하고 자기방어 워크숍도 열었다. 나는 알리나와 도리스에게 꼭 알려줘야겠다고 다짐했다. 각각 다른 이유로, 콜렉티브는 우리 세 사람 모두에게 잘 맞는 공간이 될 것 같았다.

니콜라스는 자신을 위해 마련된 공간이 어디인지 잽싸게 간파했다. 천장이 높고 넓게 트인 홀의 테이블에는 고무찰흙, 수채화 물감, 종이접기용 색종이 들이 준비되어 있었다. 십대 여자아이가 아이들을 열정적으로 맞이하며 자리로 안내했다.

여자들은 인접한 응접실에 모였는데, 몇몇은 현수막과 포스터를 그리고 있었다. 대부분 열여덟 살부터 마흔 살 사이로 보였고 다양한 사회 계층에 속해 있는 것 같았다. 이 도시에서는 상당히 이례적인 일이었다. 그녀들은 부러울 정도로 열띤 대화를 나누고 있었다. 내게 두 번째 전단지를 나눠준 여자도 그곳에 있었다. 나를 알아본 여자는 하던 일을 멈추고 내게 다가왔다. 그곳의 현수막들을 일요일 시위에 가져갈 거라고 설명했다.

"여기서 기다려요. 차리를 소개시켜줄게요. 차리가 다섯 시 워크숍을 진행할 거예요. 오늘은 폭력에 대처하는 다양한 전략에 대해서 이야기할 예정이고요. 아마 흥미로울 거예요. 지금 데려올 테니 같이 인사 나눠요."

나는 두리번거리며 니콜라스를 찾았다. 니콜라스는 다른 아이들에게 둘러싸여 고무찰흙으로 만들기 놀이를 하면서 즐거워하는 듯 보였다. 차리를 기다리며, 옆자리에서 그림을 그리고 있는 여자들의 대화에 귀를 기울였다.

"그거 들었어요?" 한 명이 말했다. "어제 아스카포찰코에서 여자 시신 세 구를 또 발견했대요." 말을 하는 여자는 백발의 긴 머리였다. 양손에는 녹색 물감이 잔뜩 묻어 있었다.

"네." 다른 여자가 대답했다. "우리 집에서 세 블록 거리예요. 일하러 가는 도중에 라디오에서 뉴스 듣고 오전 내내 기분이 안 좋았어요. 오늘은 멕시코시티, 지난주에는 베라크루스, 보름 전에는 레이노사였죠. 이놈의 마치스모* 나라에서 다 탈출해야 할 것 같아요."

"미성년자들이었어요!" 처음 말을 꺼냈던 여자가 붓을 바닥에 내려놓으며 외쳤다. "살해범이 창녀들이라 죽어도 싸다면서 풀려나면 또 죽이겠다고 했어요. 꼬챙이에 꽂아버려야 한다니까요! 그놈이랑 모든 강간범들 전부 다요." 그녀는 벌겋게 달아오른 얼굴에 금방이라도 울음을 터뜨릴 듯한 눈으로 말했다.

옆 동료는 이제 말이 없었다. 두 사람은 거실의 왁자지껄한 분위기와 거리가 먼 비통한 침묵 속에서 계속 그림만 그렸다.

곧 공원에서 봤던 여자가 친구 차리를 데리고 방으로 돌아왔다. 차리는 녹색 헤어 스카프를 머리에 두른 호리호리한 사십대 여성이었다. 차리는 간단하게 자기 소개를 한 후 내게 워크숍에 함께했으면 좋겠다고 부탁했다.

---

* 수컷을 뜻하는 스페인어 '마초'에서 유래한 말로 멕시코에서는 민족주의와 결합된 강력한 이성애주의적 남성성을 강조하는 행동규범이나 문화적 관습이다.

218

나는 그곳에서 그녀들 곁에 머물기를, 단 몇 시간이라도 그 공간에서 그녀들과 같은 그룹의 일원이 되기를, 살해당한 여자들의 숫자가 다시 집계될 때마다 내가 느끼던 두려움과 분노와 무기력에 대해 다른 여자들과 이야기하기를 너무나 간절히 원했다. 하지만 거의 여덟 시가 다 된 시간이었고 니콜라스는 숙제를 시작도 하지 않은 상태였다. 더 늦게 집에 돌려보내면 도리스가 다시는 함께 외출하지 못하게 할 수도 있었다.

"입구 쪽 로비에서 할 거예요." 차리가 검지로 오른쪽을 가리키며 말했다.

그녀를 발견한 것은 바로 그때였다. 모임이 열릴 공간에 의자를 배치하고 있었다. 한 번도 본 적 없는 긴 치마를 입고, 무슨 일을 해야 하는지 정확히 알고 있는 것처럼 익숙하게 움직이고 있었다.

"엄마!" 내가 말했다. "여기서 뭐 하는 거야?"

22

과거 다른 치료사들과는 다르게 살라사르 박사의 치료는 처음부터 눈에 띄는 진전을 보였다. 이네스는 매우 빠른 속도로 등과 팔, 다리의 근육 긴장도가 높아졌고 목욕할 때 발장구를 치기 시작했다. 그리고 더 많이 깨어 있었다. 어느 날 아침 기저귀를 갈던 알리나는 함박웃음을 선물받았다. 토요일마다 마를레네는 꼬박꼬박 부부와 함께 치료에 동행했고 공책에 운동에 대해 기록하고 휴대폰으로 사진을 찍었다. 그리고 주중에는 박사의 지시를 토씨 하나 틀리지 않고 체육관 코치의 열정으로 반복했다. "넌 할 수 있어! 포기하지 마! 이제 다섯 번만 더 하면 돼!" 난관을 하나씩 넘을 때마다 그것은 그녀에게 개인적 승리를 의미했다.

이네스는 크게 틀어주기만 하면 음악에도 반응하기 시작했다. 이네스가 제일 좋아하는 노래는 'Hit the Road, Jack'와 'El

Noa Noa'였다. 이 노래를 들을 때면 마치 춤을 추는 것처럼 활기차게 몸을 움직이곤 했다. 두어 달이 지나자 이네스는 머리를 가눌 수 있게 되었다. 매트리스 위에서나 거실 소파에서 위를 보고 누워 있을 때 턱 끝이 가슴에 닿을 정도로 고개를 들어올리는 데 성공했다. 누군가 이네스의 등을 받쳐주면 오 분가량 균형을 유지할 수 있었고 균형을 잃으면 기를 쓰며 다시 꼿꼿이 세우려 했다. 살라사르 박사는 목을 가누게 된 것은 매우 중요한 진전이라 지적하며 감격에 차서 말했다. "실은 1년이 지나기 전에 이걸 해낼 줄은 상상도 못 했습니다. 이네스는 엄청난 진전을 보이고 있어요." 신경과 전문의도 인정할 수밖에 없었다. "가끔 환자의 의지가 모든 예측을 뛰어넘는 경우가 있습니다."

23

　딸의 첫 생일을 앞두고 아우렐리오는 알리나에게 친구와 가족들을 불러 파티를 하는 대신 해변으로 떠나자고 제안했다. 큰 주문이 하나 들어왔고 넉넉한 선불금을 받고 계약을 성사시킨 참이었다. 알리나가 전에 가본 적 있는 부티크 호텔에 묵을 돈도 충분했다.

　처음에는 기막힌 제안이라 느껴졌다. 해먹에 드러누워 흔들거리며 마침내 좋은 소설을 음미하는 모습을 상상했다. 이네스가 태어난 후로 두 사람은 한 번도 휴가를 가지 못했다. 하지만 호텔 주방에서 이유식을 준비하는 것이 까다로울 것이며 특히 가사노동을 도와주는 이 없이는 더더욱 힘들 거란 생각이 들었다.

　"걱정 마." 아우렐리오는 알리나를 안심시키며 말했다. "마를레네도 데리고 함께 가면 되지."

알리나에게 그 아이디어는 불편할 뿐 아니라 불쾌하게 느껴졌다. 하지만 남편은 함께 여행을 가면 부부 관계를 회복하는 데 도움이 될 거라고 고집을 부렸다.

"다른 방법은 우리 부모님이랑 같이 가는 거야. 생각해보고 뭐가 더 나은지 말해줘."

그날 밤 알리나는 잠을 이루지 못했다. 해변에 가는 건 상상만 해도 근사한 일이었지만 그걸 이네스와 같이 하자니 겁이 났다. 아우렐리오를 믿고 그의 화해 시도를 믿고 싶었지만 정신은 그녀를 배반했다. 이미 반라의 마를레네에게 최면이 걸린 듯한 아우렐리오가 수영장 가장자리에서 마를레네에게 타월을 건네고 방으로 데려가서 이네스가 낮잠을 자는 동안 조용히 붙어먹는 모습이 눈에 훤했다. 어쩌면 둘 사이의 일이 벌써 한참 진행되었는데, 자신이 너무 순진하고 정신이 딴 데 팔려서 아무것도 눈치채지 못한 것일지도 몰랐다. 그녀는 누구나 섹스가 필요하다고 생각했는데 남편과는 그런 식으로 가까이 지내지 않은 지 아주 오래되었다. 알리나는 만일 남편이 마를레네와 뻔뻔하게 바람을 피운다면 어떻게 대응할 것인지를 자문했다. 그와 헤어지고 딸의 돌봄과 모든 비용을 책임질 용기가 있을까? 그리고 만일 마를레네와 붙어먹는 걸로 모자라 사랑에 빠져서 같이 도피라도 하게 되면? 하지만 왜 하필 다른 여자들을 놔두고 보모하고? 불면으로 기진맥진해진 알리나는 마를레네를 해고하는 것을 고려해보았지만 그 즉시 집 앞에 홀로 서 있는 자신의 모습이 떠올랐고 그것만으로도 단념하기에 충분했다. 알람시계는 네 시 사십오 분을 지나고 있었다. 알리나는 소아과 의사가 그녀에게 줬던 약병을 떠올렸다. 모든 짐을 남겨둔 채 도피하는 사람이 바로 자신이라면?

24

로비는 곧 여성들로 가득 차기 시작했다. 모든 세대의 여성들이 다 있었다. 어떤 여자들은 연극적인 태도로 아는 사람 모두에게 인사를 건네며 스스럼없이 행동했고, 그와 달리 소심한, 혹은 어쩌면 새로 온 듯한 사람들은 누구와도 말을 섞지 않고 조용히 의자에 앉았다.

내 목소리를 듣자마자 엄마가 고개를 들었다. 엄마는 아주 좋아 보였다. 평소보다 덜 피곤하고 젊어 보이기까지 했다.

"안녕, 라우라." 엄마가 대답했다. 나를 봐서 기뻐하는 것 같았다. "보다시피 오늘 행사를 위해 공간을 준비 중이야. 잘 지내니? 네 소식을 못 들은 지 오래됐구나."

나는 대답하지 않았고 숨 막히는 몇 분의 침묵이 이어지는 동안 엄마는 하던 일을 계속했다.

"여기 온 지 한 두어 달 됐어." 거북한 분위기를 풀어보려는 듯 엄마가 말했다. "정말 흥미로운 곳이야. 엄청 많은 사람들을 알게 됐어."

"왜 나한테 말 안 했어?" 내가 따져 물었다.

공격을 개시하기 전에 잠시 뜸을 들인 것은 엄마 쪽이었다.

"너도 네 인생에 대해 별 이야기 안 해주잖니. 네 친구들을 나한테 소개시켜주는 것도 아니고. 그런데 나는 친구들이 생겼으니 너한테 보고해야 해?"

대답을 하기도 전에, 어린이집에서 아이들을 돌보던 여자애가 니콜라스의 손을 잡고 다가왔다.

"당신을 찾고 있었어요. 니콜라스가 이제 집에 가고 싶대요."

나를 보자마자 니콜라스는 습관대로 달려와 내 다리에 매달렸다. 엄마가 놀라서 눈을 휘둥그레 떴다.

"이 귀여운 꼬마는 누구실까?" 니콜라스를 가까이서 보려고 몸을 숙이며 카랑카랑한 목소리로 물었다.

나는 무의식적으로, 마치 엄마가 니콜라스를 깨물어 독을 퍼뜨리기라도 할 것처럼 잽싸게 니콜라스를 잡아당겨 엄마로부터 떼어놓았다. 마치 우리 주변으로 미묘하지만 도저히 착각이라고 할 수 없는 냄새가 배어날 때처럼, 굳이 쳐다보지 않아도 나는 엄마의 원망을 생생히 느낄 수 있었다.

"이웃 사는 도리스의 아들이야." 내가 대답했다. "내가 오늘 돌봐주고 있는데 벌써 너무 늦어졌네. 미안, 이제 집에 데려다 줘야 해."

25

일주일 후 넷은 아우렐리오가 원했던 대로 홀보쉬 섬으로 떠났다. 기막힌 풍경을 자랑하는 호텔은 아름답고 평온했을 뿐 아니라 어른들이 마사지를 받을 수 있는 스파 시설까지 갖추고 있었다. 마치 사악한 마법의 주문을 몰아내듯 하루가 다르게 세 사람의 몸에서 긴장이 누그러졌다. 알리나가 두려워했던 것 과는 달리 마를레네가 종일 비키니를 입고 호텔을 돌아다니지 는 않았지만, 가끔 그렇게 할 때면 마를레네의 드러난 몸, 납작 한 배와 단단한 허벅지는 마치 따귀라도 한 대 올려치듯 알리나 에게 굴욕감을 주었다. 다크서클조차 없는 청량한 얼굴은 말할 것도 없고, 가슴과 엉덩이는 있어야 할 곳에서 존재감을 드러냈 다. 알리나는 마를레네와 자신을 비교하지 않을 수 없었다. 임 신 후 알리나의 복부는 튼살 때문에 쭈글쭈글해졌고, 음모 바 로 위에서부터 양쪽으로 제왕절개 흉터가 길게 나 있었다. 분만을 담당한 산과의가 흉터를 감출 수 있도록 최대한 아래쪽에 절개를 하는 세심함을 보여줬지만 알리나는 전신 거울에 벌거 벗은 몸을 비춰볼 때마다 그 흉터에서 눈을 뗄 수가 없었다. 어두운 갈색 흉터는, 특히 상처 위로 피부가 흘러넘치듯 부풀어오른 탓에 마치 잘못 굳힌 플란*처럼 흉측하게 느껴졌다. 배꼽 역시 원래의 형태를 회복하지 못했다. 반면 아우렐리오는 여전히 완벽한 몸을 가지고 있었다. 그의 피부는 알리나처럼 늘어난 적이 없었으므로, 지금 늘어져 있을 리도 없었다. 아버지가 되기 위해 그가 한 일이라고는 그녀 안에 정액을 한 줄기 사정한 것뿐이었다. 그 모욕적일 만큼 신속한 몸짓은 들판의 꽃들을 가루받이하고 다니는 꿀벌처럼 무한한 수의 여자들에게 할 수도 있고 원하면 얼마든지 반복할 수 있을 정도로 쉽다. 다시 그런 일이 생기지 않는다고 누가 보장할 수 있겠는가? 그 생각에서 벗어나기 위해, 알리나는 일찍 방을 빠져나가 진이 빠질 때까지 수영을 하고 돌아와 호텔 주변을 산책하며 자연의 아름다움, 구름과 빛, 딸의 미소에 집중하는 편을 택했다.

그들의 휴가 주간에 내 휴대폰에는 수영복에 수영모를 차려입고 선글라스를 쓰고 있거나, 수영장 안에서 아버지 품에 안겨 있는 이네스의 사진이 도착했다. 이네스도 처음 만끽하는 휴가였다. 하루 세 번의 물리치료 대신 아침저녁으로 두 번 운동을 했다. 마를레네의 방은 부부의 방과 같은 층 가까운 곳에 위치

---

* 계란, 우유, 설탕으로 만든 커스터드 푸딩 비슷한 디저트

했지만 해변이 보이지는 않았다. 이네스는 그 방에 머무르며 육지에서 가져온 작은 이동식 요람 속에서 잠들었다.

알리나가 아직 잠들어 있는 이른 아침부터 아우렐리오는 바닷가 조깅을 나가곤 했다. 그는 가만가만 방에 돌아와 샤워를 하고 수영복 차림으로 다정하게 알리나를 깨우고, 열 시 반쯤 호텔 식당에 모여 다 같이 아침을 먹었다. 식탁에서 대화를 나누며 웃고 있는 아우렐리오와 마를레네는 유난히 기분이 좋아 보였다. 반면 알리나는 그들 사이에 있을 공모의 시선을 염탐하며 테이블 아래로 서로의 발을 비비고 있지는 않은지 용의주도하게 확인했다. 알리나와 아우렐리오는 해 질 녘까지 해변이나 수영장 근처에서 책을 읽으며 시간을 보냈고 마를레네는 거의 모든 잡무를 도맡아 했다. 일곱 시가 되면 그녀는 이네스를 데리고 자기 방으로 들어가서 다음 날 아침까지 나오지 않았다.

부부는 밤마다 그날의 마지막 술을 마시러 가기 전 바닷가를 산책했다. 그 밤 산책 중에 드디어 알리나는 남편에게 자신이 숨기고 있던 빚에 대해 이야기할 용기를 냈다.

"미쳤구나!" 그가 말했다. "그 돈이면 새 차를 살 수도 있다고!"

알리나는 대답하지 않았다. 불안에 사로잡힐 때마다 온라인에서 쇼핑을 해왔다는 사실은 생략하고 이자가 얼마나 어마어마한지만 과장해서 말했다.

아우렐리오는 그 압도당하는 감각을 아주 잘 알았다. 젊은 시절 그는 한 번 이상 다양한 프로젝트를 살리려 애쓰며 신용 평가 기관에 드나든 적이 있었고, 그때 채무는 언제나 재협상할 수 있는 여지가 있음을 배웠다. 반면 알리나는 항상 따박따박 카드값을 내는 편이었다. 일이 이 지경이 되다니 정말 미치기라도 했던 게 틀림없었다. 또 한편 아내의 폐쇄성은 상상 이상이었다. 문제에 대해 지난 몇 달간을, 아무에게도 말하지 않고 혼자 꽁꽁 싸매고 있었다니. 그는 알리나의 얼굴 표정을 읽어보려 했지만 그녀는 오가는 파도에 최면이 걸린 듯 물끄러미 앞만 응시하고 있었다.

"이때까지 나한테 그걸 숨겼다는 걸 믿을 수가 없어. 이건 마치 집에 불이 났는데 입 다물고 있는 거나 마찬가지야. 나한테 숨기는 문제가 또 있어?" 그가 물었다.

"아니." 스스로 목소리에 자신이 없다는 것을 느끼며 알리나가 말했다.

그러자 아우렐리오는 태도를 바꿨다. 그녀에게 다가가 마치 그녀를 보호하듯 등 뒤에서 꽉 끌어안았다. "집에 돌아가자마자 당신 은행이랑 내가 이야기할게. 나를 좀 더 믿어줘야 해. 당신은 혼자가 아니야. 이제 우리는 가족이잖아."

"정말로 안 떠날 거야?"

"당연하지!" 약간 발끈하며 그가 대답했다. "이네스가 태어난 후로, 많은 사람들이 나한테 같은 걸 물어봤어. 나는 망설인 적조차 없는데, 왜 다른 사람들이 난리인 거야?"

"글쎄, 나는 놀랍지 않을 것 같은데." 그의 품에서 몸을 빼내며 그녀가 말했다. "당신이 가족을 버리는 첫 번째 남자도 아닐 텐데 뭘. 가끔은 나도 왜 당신이 여전히 우리랑 같이 사는지 궁금해. 애정인지, 죄책감인지, 동정심인지. 우리 같이 안 잔지도 일 년이 넘었어. 남은 인생 내내 우리 이렇게 살 거야?"

"알리나, 지금 무슨 이야기 하는 거야? 내가 가까이만 가도 질색팔색하는 건 바로 당신이잖아!"

"아, 그래? 언제 마지막으로 노력했는데? 작년? 난 기억도 가물가물해!"

"내가 몇 달씩이나 계속 시도하길 원했어? 언젠가는 나도 체념했겠지, 안 그래?"

"아니면 다른 여자랑 자거나!"

아우렐리오의 추켜세운 눈썹이 일그러졌다.

"진심으로 하는 말이야?"

"당신이 그런다는 말은 아니지만, 당신도 원하긴 할 거라는 뜻이야. 할 수만 있다면 당신 딸 보모랑도 못 잘 건 없겠지." 문장을 끝맺기도 전에 알리나는 후회했다. 마치 자신의 입술이나 몸, 혹은 질투로 마비되어 썩어버린 뇌의 일부가 자율성을 획득하고 그녀를 배신하고 있는 것만 같았다.

아우렐리오는 대답이 없었다. 명백히 격분했다는 신호였다. 이성을 잃을 정도로 화가 날 때면 항상 그렇게 반응하곤 했다. 그와 다른 사람들 사이에 냉담한 침묵이 깔리고, 무엇으로도 뚫을 수 없는 장벽이 세워졌다. 그는 운동복 주머니에 손을 넣어 담뱃잎 한 팩을 꺼내 평소 즐겨 피우던 얇디얇은 담배를 말기 시작했다. 알리나는 여러 번 딸깍거리던 불빛이 그의 얼굴을 비추다 미풍이 불어와 겨우 불이 붙는 것을 지켜봤다. 아우렐리오는 미간을 잔뜩 찌푸리고 있었고 두 눈에서는 당장이라도 눈물이 쏟아질 것 같았다. 알리나는 그에게 다가가 손을 잡고 생각 없이 한 말이었으니 다 잊어달라고 용서를 구하고 싶었지만, 그 순간에는 그래 봤자 소용없다는 것을 알았다.

"그거 알아, 알리나?" 2주치 급여를 받고 나면 며칠간 작업장에서 종적을 감추는 목수들을 상대할 때, 혹은 언제나 가족 행사 중 몇 잔 걸치고 나면 고릿적 원한을 주고받는 형에게 쓸지언정 한 번도 그녀에게는 쓴 적 없는 어조로, 그녀가 너무도 잘 알고 있는 그 차가운 어조로 마침내 그가 말했다. "마를레네를 강박적으로 지켜보는 사람은, 마를레네 가슴이랑 엉덩이를 계속 쳐다보는 사람은, 그 여자한테서 한순간도 눈을 떼지 못하는 사람은 바로 당신이야. 당신이 얼마나 마를레네를 불편하게 만드는지조차 모르지. 어디 한번 솔직하게 말해봐. 마를레네한테 느끼는 질투심이 정말 나 때문인지."

이번에 대답하지 않은 쪽은 알리나였다. 그녀는 모래사장에서 황급히 빠져나와 슬리퍼를 신기 위해 허겁지겁 발을 털었다. 아우렐리오가 먹이를 쫓는 맹수처럼 그녀 뒤를 따라오는 동안 해변에 늘어선 일광욕 의자들을 이리저리 피하며 전진했다. 그리고 수영장을 돌아 복도에 진입한 후 가슴속에서 격렬하게 고동치는 심장을 느끼며 돌계단을 두 칸씩 뛰어올라갔다.

방으로 돌아와 둘은 침대로 뛰어들어 곧 서로에게 몸을 던졌고 13개월 14일 만에 처음으로 사랑을 나누었다. 그날 밤의 섹스는 마치 해변에서의 대화가 다른 언어로 이어지듯, 마치 해묵은 감정을 청산하듯 폭발적이었다. 그들의 피부에서는 소금 맛이 났고 종일 햇빛에 그을려 빨갛고 쓰라렸지만, 익숙한 냄새와 감촉을 간직하고 있었다. 두 사람의 몸이 말하고 있던 것들은 서서히 애무로 바뀌었고 애무는 잠으로 이어졌다. 알리나는 잠들기 직전 들었던 소리가 선풍기 날개 돌아가는 소리인지 내내 자신을 따라다니던 파도 소리였는지 알 수 없었다.

이네스의 생일날 아우렐리오가 해변을 달리는 동안 알리나는 딸과 너무 오래 떨어져 있었던 것 같은 기분이 들었다. 딸의 옹알이와 말랑한 살이 그리웠다. 미리 전화도 문자도 없이, 그녀는 침대 협탁에서 보모의 호텔방 카드키를 찾았다. 호텔에 도착했을 때, 접수처에서 두 개씩 준 카드키를 그녀가 보관하고 있었기 때문이다. 알리나는 방을 빠져나가 딸과 마를레네를 깨우지 않으려고 최대한 조용히 복도를 걸어갔다. 전자 잠금장치에 카드를 꽂고 살며시 문을 밀었다. 가려진 커튼 틈 사이로 해안가의 눈부시고도 초자연적인 빛 한 줄기가 들어와 방 안에서 일어나는 일을 드러냈다. 마를레네는 침대 위에서 벌거벗은 채 잠들어 있었다. 태양에 그을린 그녀의 황금빛 피부가 새하

233

얀 침대 시트와 대조되었다. 그 옆에, 마를레네의 젖가슴 사이로 머리를 파묻고 일회용 기저귀 하나만 겨우 걸치고 있는 이네스의 조그만 몸이 보였다. 그토록 애를 써서 거기까지 가져온 아기 요람은 옷가지와 기저귀, 빈 젖병으로 덮여 있었다. 짜증스런 탄식이 새어나왔다. 그녀는 문을 닫고 자기 방으로 돌아갔다. 그날은 아침을 먹으러 내려가지 않았다. 배탈 핑계를 대고 오전 내내 침대를 떠나지 않았다. 오후에는 어지간한 열정을 가장해 생일 케이크를 자르는 자리를 지키느라 자신의 의지를 시험해야 했다.

휴가에서 돌아온 후 몇 주간 알리나는 자신의 아기와 알몸으로 자고 있는 마를레네의 이미지를 머리에서 지울 수 없었다. 태어난 이후로 줄곧 이네스의 건강과 음식 섭취, 검사 결과와 치료로 전전긍긍하는 일 년을 보냈다. 쉬지도 못했고—그녀의 다크서클이 그것을 증명했다—이네스의 존재를 충만하게 즐기지도 못했다. 그런데 마를레네는, 종일 이네스의 목덜미 냄새를 맡고, 발을 어루만지고, 작은 손가락을 하나하나 세거나 손바닥을 두드리고, '작은 손이 있지요, 작은 손이 없지요……' 무한 반복 노래를 부르며 시간을 보냈다. 병원 진료에 같이 가는 건 사실이지만 그것도 호기심 때문이지 의무감에서는 아니며, 당연히 진료비 부담도 없었다. 부모와는 달리 마를레네는 결혼을 한다든가 자기 아이를 갖는다든가 다른 사람 아이를 돌본다든가 과테말라로 배낭여행을 간다든가 하는 이유로, 내키기만 한다면 언제든지 이네스와의 약속을 깰 수 있었다. 그 덕분에 마를레네는 이네스에게 부대낌 없고 너그러운 사랑, 머물러야 하는 의무가 없는 사람의 가볍고도 강렬한 사랑을 줄 수 있었다.

어느 토요일, 'The Clash'의 음반을 배경음악으로 아침 운동을 하던 이네스가 처음으로 구체적인 의미가 있는 것 같은 소리를 옹알거렸다. '레네'.

26

"그 여자는 왜 그러는 걸까?" 알리나는 휴가에서 있었던 일을 모니카에게 이야기하고 질문했다.

모니카는 말을 고르는 듯 잠시 말이 없었다.

"마를레네를 알게 된 지 오래됐고 그동안 일하는 걸 봐온 입장에서, 사실 문제가 있기는 한 것 같아. 아기들을 미치도록 좋아하고 사랑에 빠지다시피 하는데, 커버리면 관심이 없어져." 모니카가 말했다. "폰시네 애들하고도 그랬어. 처음엔 엄청 마음을 쓰다가, 다섯 살 일곱 살이 되니까 내버려두기 시작했어. 몇 시간 동안 알아서 놀게 내버려두고 서로 쥐어뜯고 심각하게 싸워도 개입하지도 않고."

"그래서 자식을 안 가지는 걸까?"

"갖고 싶어 죽지. 근데 못 가지는 거야. 안됐어. 자궁에 이상이 있어. 그걸로 모든 게 다 설명된다고 봐."

알리나는 보모가 발견한 모성의 대용품에 대해 생각하며 침묵에 잠겼다. 계속해서 아기들의 대리 어머니가 되어 자기 자식처럼 열렬히 사랑하다가 자라고 나면 또 다른 신생아를 찾아 떠나는 것.

"그럼 이네스가 크고 나면 지금처럼 돌보지 않게 될 거라 생각해?"

"뭐라고 해야 할지 모르겠네." 모니카가 대답했다. "이네스를 어마어마하게 사랑할 거야. 게다가 이네스의 상태를 생각하면, 평생 아기처럼 보일 수도 있겠지."

"얼마 전에 읽었는데 아이들은 자기 엄마보다 돌봐주는 여성들에게 더 애정을 갖기도 한대. 사실, 나도 걱정이 돼."

모니카는 알리나에게 수많은 세대를 거쳐 부유층이나 중산층 여성들은 하인의 손에 자식을 맡겨왔고 더 가난한 여성들이 또 그 하인들의 자식을 돌봐왔음을 상기시켰다.

"가정부뿐만이 아니야. 할머니나 큰언니 손에 길러지는 아이들이 얼마나 많은지 생각해봐. 넌 조카 없어?" 알리나가 고개를 저었다. "우리는 항상 다른 여자의 아이들을 돌봐왔고, 우리 아이들 양육을 돌봐줄 다른 여자들이 항상 있을 거야. 물론 아이들과 그 대리 엄마들 사이에 유대감이 생기겠지." 모니카가 계속 말했다. "하지만 그게 나쁜 것 같지 않아. 지친 엄마들이 쉴 수 있게 서로 역할을 바꾸는 것도 마찬가지고. 모유 수유를 해줄 다른 여자를 고용했던 게 그렇게 옛날 일이 아닌 거 알지?

이런 이야기를 늘어놓는 이유는 모성은 항상 유연한 것이었다고 말하고 싶어서야. 종이 다른 암컷들이 다른 암컷의 새끼들을 돌보는 경우도 많아. 예를 들어 돌고래들은 출산할 때 엄마 옆에 여러 대모들이 동행하고 처음 몇 년간 새끼 돌보는 걸 도와준대. 새들도 마찬가지야. 어떤 새들은 다른 종의 암컷이 이미 자기 알을 낳아놓은 낯선 둥지에 알을 낳아. 다른 새들이 자기 새끼를 키우도록 말이야. 가끔 아주 교활한 새들은 자기 새끼가 더 환대받도록 원래 있던 알을 밀어내기도 해. 그걸 탁란, 즉 부화기생이라고 불러.”

“그 새들은 알이 바뀐 걸 눈치 못 채는 거야?” 약간 충격을 받은 알리나가 물었다.

“글쎄, 모르겠어. 어쩌면 차라리 모르고 싶을지도. 다른 암컷의 새끼를 자기 새끼처럼 돌보는 건 확실해. 게다가 혈연관계는 아무것도 보장해주지 않아. 아버지, 할아버지, 삼촌이 애들을 때리고 강간하는 경우가 얼마나 많은지 생각해봐. 생물학적 가족은 강요되는 것일 뿐이라고 생각해. 이제 슬슬 그게 누리고 있는 신성한 지위를 뺏을 때가 왔다고 봐. 작동하지 않는데 굳이 따를 이유가 없지.”

“하지만 아이가 아버지나 어머니랑 같이 사는 것 말고 다른 무슨 방법이 있어?” 알리나가 물었다.

“다른 많은 방법이 있지. 만일 너랑 나랑, 아우렐리오랑, 우리 딸들이랑 친구들 두어 명까지 같이 같은 집에서 살면서 일상을 공유하면 우리 삶이 어떨지 상상해봐. 분명 훨씬 덜 피곤할 거야."

알리나는 덴마크에서는 집이 필요한 사람들에게 국가가 공동 거주지를 제공한다는 이야기를 들은 적이 있었다. 그 공동주택에는 비혼모, 한 번도 자식을 가진 적이 없는 고령자, 부모와 갈등이 있는 청소년, 고아들이 함께 거주한다. 모두가 자기만의 방을 가지고 공용공간도 있다. 결국 이 사람들은 원가족 못지않거나 더 끈끈하게 뭉친 집단을 형성하게 된다.

그날 오후, 이네스의 목욕이 끝나고 알리나는 우리 집에 전화를 걸어 모니카와 나눈 대화를 전했다. 그 새로운 관점과 제안이 무척 마음에 든 눈치였다.

"그건 그렇고," 통화가 끝나갈 무렵 그녀가 말했다. "너네 집 발코니에 살던 비둘기들 기억해? 새끼 새가 이상하다고 했잖아. 모니카랑 얘기해봐야 한다니까? 관련해서 아마 너한테 해줄 말이 있을 거야."

27

어느 새벽, 알리나는 날카로운 비명 소리를 들었다. 이네스가 어디 아프거나 불편할 때 자주 칭얼거리던 소리와는 전혀 다른, 목이 메인 듯한 소리가 이네스의 방 쪽에서 길게 이어지고 있었다. 알리나는 침대에서 일어나 딸의 요람으로 다가갔다. 이네스가 경련을 하고 있다는 것을 알아차리기까지 그리 오래 걸리지 않았다. 알리나는 십대 시절에 뇌전증 발작이 있었고 어떻게 된 연유인지 알지도 못한 채 대학교나 집 바닥에 누워 있었던 적이 꽤 많았다. 알리나는 휴대폰을 집어들고 영상을 찍기 시작했다. 두어 시간 후 신경과 전문의에게 영상을 보냈고 의사는 자신이 월수금마다 진료를 보는 종합병원에서 바로 그날 아침 예약을 잡아주었다.

알리나, 아우렐리오, 이네스 셋의 보험은 그곳에서 쓸모가 없었다. 건물에 출입하기 위해 의사가 직접 건물 입구까지 내려와 어수선하게 줄 서 있는 혼잡한 사람들 사이로 그들을 데리러 와야 했다. 일단 병원 안에 들어간 후로 그들은 의사의 안내에 따라 버스 터미널을 연상시킬 정도로 사람들이 바글바글한 복도와 대기실을 뚫고 지나갔다. 마침내 세 사람은 머리에 종양이 있는 아이들과 붕대를 감은 아이들, 뚜렷한 뇌성마비 증상이 보이는 아이들까지 모든 연령대의 아이들이 대기실을 채우고 있는 소아신경과 병동에 도착했다. 밝은 불빛의 헛간 비슷한 입원실도 통과해 지나갔다. 양쪽 벽을 따라 다닥다닥 줄지어 붙어 있는 협소하고 이례적으로 높은 침대에 입원한 환자들이 누워 있고, 침대 아래에서 엄마들은 페타테*와 매트 위에서 자고 있었다. 의사는 저 중에는 전문의에게 진찰받으려고 산간벽지에서 아이를 업고 찾아온 여성들도 있다고 설명했다.

"필요한 경우에 우리는 아이들을 마을로 돌려보냈다가 몇 달 후에 다시 오도록 하기보다는 진단하자마자 바로 수술하는 편을 택합니다. 그래서 여기가 이렇게 포화상태예요."

드디어 진료실에 도착했을 때, 신경과 전문의는 이네스를 침대에 눕혀 청진하고 반사 신경을 확인하며 부부에게 최근 상태에 대해 물어보며 점검했다.

"예상대로네요." 의사가 말했다. "치료가 이네스의 뇌를 자극했고, 참 좋은 일입니다만, 이네스와 같은 환자들의 경우 신경세포가 연결되며 발생하는 전기 활동이 경련을 야기하는 일

---

* 야자를 엮어 만든 돗자리 비슷한 깔개로, 멕시코에서 침대나 요처럼 사용한다.

이 잦습니다. 그래서 태어난 이후로 줄곧 레비티라세탐을 복용하도록 했고요. 경련을 예방하는 가장 좋은 방법이었고, 지금까지 몇 달간 잘 들어왔습니다. 하지만 이제는 복용량이 충분하지 않은 걸로 보입니다."

"심각한가요?" 아우렐리오가 물었다. "최악의 상황에는 어떻게 되는 거죠?"

"문제는 경련이 일어날 때마다 가위가 케이블 선들을 잘라버리듯 이미 형성된 신경 연결을 파괴한다는 것입니다. 그래서 가능한 한 예방하는 것이 중요하고요. 독감에 걸리지 않도록 조심해야 하고, 경찰차 불빛처럼 지나치게 강한 자극은 피하면서, 전반적으로 세심하게 주의를 기울이셔야 합니다. 이 약은 부작용이 심하기 때문에 지금 당장 복용량을 많이 늘리진 않을 거예요. 우선 경과를 지켜봅시다."

28

우리는 공원에서 돌아왔다. 니콜라스는 가방을 열었지만 숙제를 하지 않으려고 이리저리 돌아다니기만 했다. 책도 읽으려하지 않았다. 물 한 잔을 달라고 부탁하고는 곧 우유도 한 잔달라고 했다. 발코니를 기웃거리더니 비둘기들을 다시 쫓아버린 거냐고 물었다.

"아니." 내가 대답했다. "스스로 떠난 거야."

니콜라스는 양손으로 머리를 감싸고 안락의자 끝에 앉아서쪼그러진 얼굴로 바닥을 응시했다.

"괜찮아?" 거실 소파에 앉아 내가 물었다.

"내 머릿속에 있는 걸 못 참겠어요. 안에서 온종일 어떤 목소리가 말을 해요."

"목소리? 뭐라고 하는데?"

"나에 대해서 끔찍하게 말하거나 아니면 엄마에 대해서."

"그게 네 목소리야, 아님 다른 사람 목소리야?"

"가끔은 엄청 화가 난 내 목소리고, 가끔은 어떤 남자 목소리요. 그만 듣고 싶어서 거기에서 나오고 싶은데, 그건 불가능해요. 예전에는 머리를 박살내버리려고 했어요."

벽 너머로 자주 들리곤 했던 쿵쿵 찧는 소리가 생각났다.

"지금도 뭐가 들려?" 내가 물었다.

"네. 거의 항상 안쪽 깊이 있어요."

나는 그의 이마에 귀를 가까이 가져다 대고 눈을 감았다. 니콜라스의 부드러운 머리카락과 바닐라 샴푸의 변치 않는 향기를 느꼈다.

"난 아무것도 안 들려." 내가 말했다.

니콜라스가 씩 웃었다.

"당연하죠. 진짜 목소리가 아니고 내가 생각하는 것들이니까."

마음이 놓였다. 그걸 아는 것과 모르는 것에는 어마어마한 차이가 있었다.

"나도 비슷한 거 알아? 나도 내 생각들로 정신이 혼미할 때가 있어."

"그럼 어떻게 해요?"

"똑바로 앉아서 내 호흡에 집중해. 숨이 코로 들어오고 나가는 걸 관찰해. 목소리나 생각이 떠오르면 맞서 싸우려 들지 않고, 신경쓰지도 말고 그냥 거기에 있게 놔둬."

"그럼 사라져요?"

"응, 언젠가는 사라져. 하지만 제일 좋은 건 더는 마음이 쓰이지 않는 거야. 있잖아, 생각은 하늘에 떠다니는 구름 같은 거야. 네가 눈치채기도 전에 모양을 바꾸고, 있다가도 그냥 없어져."

"구름은 하늘에 몇 시간이고 그대로 있기도 한데." 니콜라스가 말했다.

"다행히 생각은 그렇지 않아. 그러려면 너무 신경을 쓰지 말고 내버려둘 필요가 있어. 말려들지도 말고 뿌리치지도 말고. 무슨 말인지 알겠어? 아무것도 아닌 것처럼 그냥 지나가게 두는 거지. 한번 해볼래?"

니콜라스는 고개를 끄덕였다. 유리문 옆에 꾀죄죄한 운동화를 나란히 벗어두고, 소파 옆에 등을 꼿꼿이 세우며 무릎 위에 손을 얹고 앉았다.

"시선은 바닥의 어느 한 점에 편안히 내려놓고 거기에 고정시켜. 그래, 그렇게 하면 완벽해. 이제 코로 들어오고 나가는 공기에 집중해봐. 통제하려고 하지 말고 그냥 관찰하는 거야. 만일 그 목소리가 말을 하면, 말을 하게 두되 받아주지 마. 너는 계속 네 호흡에만 집중하는 거야."

우리는 그렇게 거의 십 분가량을 침묵 속에 머물렀다. 그러다 니콜라스가 뒤척거리기 시작했다.

"못 하겠어요. 온몸이 간지러워."

"아주 잘하고 있어." 나는 진심을 담아 말했다. "조금만 더 그대로 있어봐. 마치 다른 사람의 것처럼 간지러움을 관찰해봐. 맞서 싸우지 말고."

니콜라스는 자세를 풀고 맹렬하게 팔을 긁어댔다.

"죄송해요."

"걱정 마." 내가 말했다. "다음에 또 해보자. 중요한 건 네 안에 숨을 공간이 있다는 걸 네가 아는 거야. 거북이들이 무서울 때 어떻게 하는지 아니?"

"등딱지 속으로 들어가요."

"그렇지! 머리랑 몸을 모으는 거야. 그 안에서는 무사하거든. 너도 똑같이 할 수 있어. 네 마음이 너를 괴롭힐 때마다 네 몸과 호흡에 집중하는 거야."

그날 밤 나는 만족스럽게 침대에 들었다. 니콜라스가 명상하는 법을 배우기에 너무 어린 것은 사실이지만, 어쩌면, 노력한다면 마음을 진정시킬 수 있을 테고 언젠가는 분노 발작의 빈도를 줄일 수도 있을 것이다. 수도원을 다니며 나이에 관계없이 행동거지가 완전히 바뀌는 사람들도 보았지만, 그런 평온함은 대개 즉각적으로 오지 않는다는 것도 알았다. 때때로 평온에 도달하기 위해서는 수행에 평생을 바칠 수도 있는 것이다.

29

하루는 도서관에서 일을 하다가 비둘기들과 그들의 불가사의한 새끼가 생각났다. 또한 알리나가 해준 말과 자신의 친구에게 전화해보라던 권유도 기억났다. 컴퓨터로 쓰고 있던 챕터를 마무리하고 인터넷에서 탁란에 대한 정보를 찾아보기 시작했다. 새끼 비둘기의 불길한 모습과 다른 알이 둥지에서 그렇게 의심스럽게 떨어진 이유에 대한 설명이 될까? 처음 찾은 것은 '자연과 생태' 잡지의 기사로 다음과 같은 내용이 실려 있었다. '뻐꾸기는 이미 적어도 하나 이상의 다른 알이 있는 둥지에 자신의 알을 낳고, 다른 종의 새에게 알을 품도록 만든다. 그렇게 하기 위해 뻐꾸기 암컷은 새매의 울음소리를 흉내내 장차 자기 새끼를 키워줄 양부모가 놀라 잠시 둥지를 떠나도록 유인한다. 들키지 않기 위해 암컷은 선택한 종의 알과 똑같은 알을 낳는 것과 같은 여러 술책을 개발해왔다.'

자료를 읽고 머리카락이 쭈뼛 섰다. 그때까지 뻐꾸기는 맹금류가 아니라 유럽의 숲에 거주하는 그저 심성이 고운 새라고 생각했었다. 그런데 멕시코에 뻐꾸기가 있었던가? 계속해서 검색을 해본 결과 나는 멕시코에도 뻐꾸기가 있다는 것을 확인했다. 학명은 타페라 나에비아*Tapera naevia*, 줄무늬 뻐꾸기라고도 알려져 있었다. 멕시코 뻐꾸기들의 번식 습관은 우리의 민속 전설에도 영향을 주곤 했다. 사진을 찾아보았지만 우리 집 비둘기 새끼하고는 전혀 닮은 점이 없었다. 멕시코 뻐꾸기는 흰색, 검은색이 섞였다기보다 회갈색에 가까웠고 머리 위엔 우쭐대는 것처럼 보이는 볏이 있었다. 그다음 평범한 뻐꾸기 혹은 유럽 뻐꾸기의 사진을 검색해보니 우리 집에서 태어난 새와 쏙 닮은 모습이었다.

'첫 번째 가을을 맞이하는 뻐꾸기들은 가지각색의 깃털을 드러낸다.' 다른 기사에 나온 말이다. '어떤 개체들은 윗부분이 거무스름한 밤색의 빽빽한 줄무늬인 반면, 어두운 회색 털만 있는 경우도 있다. 어린 뻐꾸기들을 식별하는 가장 명확한 특징은 목덜미에 모여 있는 하얀색 깃털이다. 뻐꾸기의 학명인 쿠쿨루스*Cuculus*는 의성어에서 유래한 라틴어이다. 뻐꾸기는 북유럽과 중동, 극동 지역까지 분포한다.' 기사에서는 아메리카 대륙의 어떤 나라도 언급하고 있지 않았다.

내 조사는 거기까지였다. 아무리 뒤져봐도 인터넷에서 내 의혹을 해소시켜줄 만한 정보는 찾지 못했다. 이 문제를 해결하지 않고 놔두면 밤새 잠을 못 이루리라는 것을 알았다. 나는 호기심과 두려움이 뒤섞인 채로 도서관을 빠져나와 모니카에게 전화를 걸었다. 다행히 그녀는 바로 전화를 받았다.

"우리 만난 적 없죠." 내가 말했다. "저는 알리나 친구 라우라라고 해요. 하나 여쭤보고 싶은 게 있어서요."

모니카는 살갑게 인사를 건네며 내가 질문할 때까지 대단한 인내심을 가지고 기다려주었다.

"그 새가 어떻게 생겼다고요?"

나는 새끼 비둘기가 인터넷에서 찾은 유럽 뻐꾸기와 닮았다고 설명했다.

"그건 좀 이상하네요." 그녀가 말했다. "그치만 완전히 불가능한 건 또 아니에요. 멕시코에서 조류학자들이 몇 안 되는 개체지만 발견한 적이 있어요. 기후 변화 때문에 이례적인 이주가 일어나기도 하고요. 다만 제 생각에 정말 기이한 것은 비둘기 둥지에 기생했다는 지점이에요. 비둘기들은 엄청나게 영악하거든요. 심지어 뻐꾸기보다 더요. 누구도 비둘기를 속여먹을 수 없어요. 그건 그렇고, 탁란 이야기 정말 굉장하지 않아요?"

그 말을 듣고 나는 그때까지 간신히 붙들고 있었던 자제심을 놓아버렸고, 탁란에 대해 속에 담아두고 있던 생각들을 거침없이 쏟아냈다. 나는 그녀에게 가장 어리둥절한 부분은 암컷 뻐꾸기들이 생물학적인 번식 충동을 느끼는 동시에 새끼 양육을 면하려는 강력한 욕구도 느낀다는 점이었다고 말했다.

"이 새들이 자기 자식들을 그리워할까요?" 내가 물었다. "적어도 새끼들이 태어나도록 놔둔 장소를 기억할까요? 부화하고 나면, 새끼들을 만나기 위해 근처를 맴돌고 그럴까요?"

"짐작도 못 하겠어요." 모니카가 말했다. "전문가한테 물어봐야겠죠. 저는 기생당하는 새들이 더 흥미로워요. 정말 아무것도 모른다는 걸 믿기 어렵거든요. 제가 보기엔 자기 새끼가 아닌 걸 알지만 그래도 돌보고 보살펴주는 것 같아요. 모든 엄마들은 이걸 깨닫는 순간이 있을 거예요. 우리가 상상하고 바랐던 대로가 아닌 자식들을 그냥, 갖게 된 것이고, 그 애들과 부대낄 운명이라는 걸요."

모니카가 말을 하는 동안 나는 그녀의 딸에 대해, 그리고 딸의 지적장애 진단에 대처한 모니카의 영웅적인 행동에 대해 생각하지 않을 수 없었다.

"……가끔 자식들은 우리의 계획과는 다르게 찾아오니까요." 모니카가 말을 이어갔다. "우리 둥지에 누군가 알을 두고 간 것처럼요."

30

그 무렵 우리 집에 알리나와 아우렐리오를 초대해 식사를 함께 했다. 레아와 레아 남편, 또 오랫동안 만나지 못한 공통의 친구들도 같이 불렀다. 고수 양념을 한 커다란 농어를 오븐에 굽고 마르가리타를 준비했다. 식사 시간 내내 즐거웠는데, 디저트를 내오기 전 아우렐리오가 심각한 표정으로 다가왔다. 내 방 침대에서 이네스 기저귀를 갈아주기 위해 먼저 일어났었는데 기저귀를 가는 도중 이네스가 몸을 떨기 시작했던 것이다.

"시간 쟀어?" 알리나가 자리에서 일어나며 물었다.

"이 분 넘었어."

알리나가 내 방으로 갔고 나도 손님들을 식탁에 두고 그녀 뒤를 따랐다.

내 침대에 누운 채 이네스는 미세하게 진동하고 있었다. 눈동자가 위로 올라가고 눈꺼풀 아래로 흰자가 조금 드러났다. 알리나는 이네스를 들어올려 품에 안았다. '그래, 울 애기', '괜찮을 거야'를 반복했다. 아무래도 다른 세계에 가 있는 듯한 자기 딸에게 하는 말이라기보다 스스로를 향한 말처럼 보였다. 만일 유아차에 있었거나 어른들에게서 멀리 떨어져 있었다면, 아무도 무슨 일이 있었는지 몰랐을 정도로, 그 순간 우리가 사랑하는 이네스의 뇌에서 일어나는 신경세포 학살은 너무도 은밀하고 조용했다. 경련은 육 분간 지속되었고 이제껏 겪었던 가장 긴 발작이었다. 마침내 발작이 끝났을 때 알리나와 아우렐리오는 기진맥진한 상태였다. 인사를 나눌 힘조차 남아 있지 않았다.

그날의 발작 이후, 이네스는 다시 머리를 가누지 못하게 되었다. 몸의 움직임도 이전보다 제어가 어려웠다. 꾸준히 치료를 지속하려는 마를레네의 노력에도 불구하고 고분고분 그녀의 요구를 따르는 것을 힘겨워했다. 운동 루틴과 운동을 끝까지 해낼 때마다 최고의 친구인 마를레네 얼굴에 떠오르던 승리의 표정이 분명 의식 어딘가에 기억되어 있었지만, 이네스는 그저 거기에 부응할 운동 능력이 없었다.

경련은 언제든 발생할 수 있었다. 모두가 깨어 있는 낮에는 경련을 알아차리는 것이 훨씬 쉬웠다. 하지만 경련은 밤에도 찾아왔다. 얕은 잠을 자는 알리나만이 아주 경미한 신호를 간신히 알아차리곤 했다. 움직임이 줄어들자 근육 긴장도는 빨리 획득했던 것만큼이나 빠른 속도로 사라져버렸다. 아무리 견고해

보이고 아름다운 모래성도 한순간에 바다가 휩쓸어가듯, 발작은 그 모든 것을 앗아갔다. 바다는 항상 모든 것을 무너뜨리는 것이 아니라서, 성벽의 흔적을 남기기도 한다. 때로는 모래성을 다시 쌓는 것이 가능할 때도 있다. 하지만 그토록 노력하고 인내한 덕에 얻은 결실이 경련 한 번에 사라질 수 있다면 과연 치료를 계속하는 게 무슨 의미가 있을까? 알리나와 아우렐리오는 망연자실했다. 이네스의 발전은 일 년이 넘는 시간 동안 차곡차곡 모아온 전리품이자 모든 노력에 대한 보상이었다. 그들은 그 모든 것을 또다시 잃을 위험에도 불구하고, 이네스의 치료를 지속하기로 결정했다.

네팔에서 수도원 뜰에 모여 색색의 돌가루로 만다라를 그리는 승려들을 본 적이 있다. 그녀들은 수일에 걸쳐 우리 의식 속에 있는 부처와 보살의 거처를 나타내는 아름다우면서도 복잡하기 그지없는 디자인의 만다라를 바닥에 그려냈다. 일단 완성된 만다라는 뜰 전체를 채울 정도로 거대한 크기였는데, 사람들이 볼 수 있도록 이틀 정도 두었다가 빗자루로 쓸어버리곤 했다. 아마 애착을 내려놓는 것에 대한 집단적 연습의 일환인 듯했다. 동시에 우리가 만드는 것 중 영원히 지속되는 것은 아무것도 없음을 상기시키기 위함이기도 했다.

마를레네는 열정을 잃지 않았다. 이네스가 침대에 무기력하게 늘어져 있어도 상관하지 않고, 어쩌면 바로 그렇기 때문에 더, 하던 일을 계속했다. "이네스는 우리가 행복하길 원해요."

마를레네는 알리나 부부의 기운을 북돋아주기 위해 확신에 찬 말투로 말했다. "그게 우리가 이네스를 위해 할 수 있는 최소한의 일이에요."

"마를레네한테는 분명 더 쉽겠지." 알리나는 남편에게 속삭였고 틀린 말은 아니었다. 마를레네는 두 사람이 겪은 모든 고통을, 임신 기간에도, 병원에서도, 최근의 일조차, 전혀 경험하지 않았기 때문이다. 그 여자가 절망에 대해 뭘 알겠는가? 알리나는 마를레네가 버틸지 결국 떠나게 될지 자주 궁금해했다. 태어난 지 몇 달 안 된 아기와 자기 삶의 고삐를 다시 잡기 위해 필사적인 엄마가 있는 가정에서 새로운 일을 찾게 될지 말이다. 아우렐리오는 늘 그렇듯, 알리나와 생각이 달랐다. 그는 조금이라도 덜 소진된 사람에게 의지할 수 있는 것은 행운이라 생각했다.

31

어느 금요일 밤 열 시 반쯤 전화가 울렸다. 화면을 보니 엄마였다. 전화를 받으며 무슨 위급한 상황이라도 생긴 것은 아닌지 겁이 났지만 엄마 목소리를 들으니 안심이 됐다.

"실력 있는 회계사가 필요해. 추천해줄 사람 있니?"

가정주부, 우리 엄마와 같은 연금 수급자, 나 같은 장학생을 포함한 프리랜서들이 세금 신고를 하는 달이었다. 해마다, 심지어 유럽에 살 때에도 나는 엄마를 미치게 하는 세금 신고 처리를 도와왔었는데, 그날은 소원해진 관계 때문인지 엄마는 내게 직접 도와달라고 선뜻 부탁하지 못했다. 아는 사람 없다고, 다른 필요한 일 있으면 말하라고 대답할까 하는 생각이 머리에 스치지 않았다면 거짓말이겠지만, 참았다.

"걱정 마, 엄마. 내가 도와줄게."

그렇게 다시 엄마 집에서 엄마가 준비해주는 푸짐한 아침을 먹게 되었다.

엄마 집에 발을 들여놓자마자 혹시 같이 사는 사람이 있는지 확인하기 위해 최대한 티 나지 않게 엄마 방과 손님방을 슬쩍 시찰했다. 침대 옆 협탁 위에 놓인 처음 보는 책 두 권 빼고는 마치 시간이 멈춘 것처럼 모든 것이 지난번에 왔을 때 그대로였다. 실비아 페데리치의 『칼리반과 마녀』, 버지니아 울프의 『자기만의 방』이었다. 나는 감격스러웠다.

우리는 식탁에 앉았다. 갓 오븐에서 꺼낸 빵께*가 작은 바구니 속에서 모락모락 연기를 내고 있었다. 나는 오렌지주스를 한 모금 마셨다.

"라 콜메나에서는 좀 어때?" 아무렇지 않게 당연한 것을 물어보듯 내가 말했다.

"좋아. 요즘 거의 매일 나가고 있어. 정말이지, 너무나 즐거워. 게다가 얼마나 많이 배우는지! 요즘 내가 네 생각을 얼마나 많이 했는지 모를 거다."

"오, 정말? 정확히 무슨 생각을 했는데?" 나는 우리가 또 위험 구역에 접근하고 있다는 생각에 약간은 까칠하게 되물었다.

"뭐, 결국 자식을 갖지 않겠다는 네가 옳다는 거지."

엄마의 대답을 들으니 혼란스러웠다. 전혀 예상하지 못한 대답이었다. 그럼 이제 자식을 낳은 걸 후회한다는 뜻일까?

"모성은 사회적 명령이야." 엄마가 계속 말을 이어갔다. "그

---

* 머핀이나 파운드 케이크와 비슷한 멕시코 빵

리고 거의 모든 경우 여성들이 무언가를 성취하는 걸 방해하고. 그런 모험에 뛰어들기 전에 엄마가 되고 싶은가에 대해 깊은 확신이 있어야 해. 나는 너희들을 낳고 대학을 그만뒀잖니. 당연히 모임이나 집회도 더는 나가지 못했고. 나는 지금 그때 잃었던 나의 일부를 되찾고 있는 중이야."

나는 과거를 다시 방문하고 있는 것이 내가 아니라 엄마라는 사실을 깨달았다.

"제대로 찾은 것 같네."

커피를 한 모금 마셨다. 너무 진하지도 연하지도 않은, 딱 내 취향의 커피였다.

"아 참, 그날 너랑 같이 온 그 꼬마는 누구야?" 엄마가 물었다.

"말했잖아. 이웃집 여자 아들이라고."

"그 애가 너를 좋아하는 것 같더라. 둘이 사이도 좋아 보이고. 그래도 솔직히 놀라긴 했어. 이제 아이들을 좋아하는 거야?"

아침 식사 후 나는 설거지를 하고 부엌 전체를 정리했다. 청소를 마치고 식탁에 앉아 엄마의 서류를 살펴봤다. 토요일은 하루 종일 엄마 집에서 내 방식대로 엄마와 함께 있는 시간을 즐겼다. 밤에는 집으로 돌아와 내 인생에서 중요한 부분을 회복했다고 느꼈다.

32

"엄마 미워! 엄마는 나쁜 년이야!" 니콜라스의 목소리가 온 건물에 울려퍼졌다. "나를 돌봐주지도 않고 집에서 아무것도 안 하지! 엄마는 아픈 게 아니라 죽은 거야!" 이 모든 말을 하는 동안 이런저런 물건들이 옆집 바닥과 벽에 부딪치는 굉음이 들렸다. "그 지긋지긋한 침대에서 당장 나와서 요리해! 그딴 거라도 해야 엄마 아니야?" 나는 얼른 협탁에서 도리스가 줬던 열쇠를 찾아 니콜라스를 말리러 나섰다. 집 안에 들어가서 무릎을 가슴까지 끌어당겨 감싸안은 채 공포에 질려 아들을 바라보고 있는 도리스와 엄마의 머리 바로 몇 센티미터 옆 벽을 야구방망이로 내리치고 있는 니콜라스를 발견했다.

"이게 대체 무슨 짓이야?" 내가 거기 있다는 걸 니콜라스가 알 수 있도록 소리를 질렀다. 니콜라스는 당황한 듯 나를 쳐다보았고 그의 얼굴에 서린 분노는 곧장 공포로 바뀌었다. 내 질문에 대답하지 않고 뛰쳐나가 자기 방에 틀어박혔다.

나는 도리스에게 다가갔다. 그녀의 온몸이 흔들리고 이까지 덜덜 떨리고 있었다.

"괜찮아요?" 내가 물었지만 그녀는 대답하지 못했다. 얼굴을 가리고는 경련하듯 울기 시작했다. 손톱에는 매니큐어의 흔적조차 없었고 가장자리는 마치 흰개미들이 물어뜯기라도 한 것 같았다.

나는 침대 위의 도리스 곁에 다가가 앉아 그녀의 헝클어진 머리를 쓰다듬으며 이런 일이 영원히 지속되지는 않을 거라고 위로했다.

도리스가 울음을 그치자 나는 부엌으로 가 틸라 차를 진하게 두 잔 준비했다. 찻잔에 물을 부으며 그제야 나도 떨고 있다는 것을 깨달았다.

도리스는 아직 너무 뜨거운데도 상관없다는 듯 홀짝홀짝 차를 마셨다. 차를 다 마시고 다 쓴 휴지로 뒤덮인 협탁에 찻잔을 내려놓고는 내 눈을 바라봤다.

"토요일에 모렐리아로 가게 될 거라고 말했더니 저렇게 돌변했어요. 친구들과 작별인사할 시간을 주고 싶었던 건데, 아무래도 내일 당장 당신이 터미널에 데려다주는 게 나을 것 같아요. 제 여동생이 기다리고 있을 거예요."

그녀는 서랍장에서 지폐가 가득 든 봉투를 하나 꺼냈다.

"이걸로 버스표를 사면 돼요."

그날 밤 니콜라스는 우리 집에서 잤다. 저녁으로 하몽과 치즈를 넣은 샌드위치와 초콜릿우유를 줬다. 니콜라스는 '인사이드 아웃'을 보기 위해 내 컴퓨터 앞에 자리잡고 앉아 있었다. 나는 니콜라스와 거실 소파에 나란히 앉았고 크레디트가 올라갈 때까지 우리는 그렇게 있었다.

"이제 자러 갈 시간이야." 내가 말했다.

내가 불시에 그의 아파트에 들어간 이후로 나의 작은 이웃 니콜라스는 온순한 양처럼 굴었다. 방문을 두드리고 난장판으로 만들어놓은 집을 치우는 걸 도와달라고 했을 때 끽소리도 내지 않았다. 그날 밤은 나랑 자야 한다고 설명했을 때도 아무 말 하지 않았다. 저녁을 먹고 내 말이 떨어지자마자 양치질을 했고 잠옷을 갈아입었다. 니콜라스는 잠자리에 들어 목까지 이불을 끌어올리고 베개에 머리를 파묻은 후에야 내게 말했다.

"엄마한테 엄청 사랑한다고 말해줘요."

나는 그 아이를 끌어안을 수밖에 없었다.

내 품에 안겨 니콜라스는 울음을 터뜨렸고 이미 한 번 그랬던 것처럼 내 티셔츠를 콧물 범벅으로 만들었다. 우리는 그렇게 가까이 딱 붙어 잠이 들었다. 아이와 함께 잠들 날이 올 거라고는 한 번도 상상해보지 않았던 나의 침대에서.

33

발작으로 상실된 이네스의 반사운동 기능에는 삼킴 반사도 있었다. 액체가 기관지로 넘어가는 상황이 너무 잦았다. 3주 만에 2킬로그램이 빠졌다. 알리나와 아우렐리오, 마를레네까지 눈에 띄게 핼쑥해졌다. 두어 달이 지나자 이네스의 감각은 완전히 꺼져버린 것처럼 보였다. 알리나는 직장에 상황을 이야기하고 딸을 돌보기 위해 며칠만 휴가를 달라고 양해를 구했다. 이네스를 직접 먹이고 기저귀를 갈아주고 싶었다. 가끔은 몇 시간 동안 마를레네가 곁에 얼씬도 하지 못하게 했다. 교대 시간을 기다리고 있는 마를레네에게 거리를 두고 거실 소파에 있으라 했다. 그래도 마를레네는 근무 시간을 조정하지 않았다. 입도 뻥긋하지 않고 잠시라도 이네스와 시간을 보낼 기회를 기다렸고 이네스의 부모가 피로에 기진맥진한 상태가 되어 자고 가도 괜찮다고 하면 그렇게 했다. 영양 섭취가 어려워지면서 이네스의 면역 기능이 약해져 세균이 손쉽게 침입할 수 있는 상태가 되었다. 어느 새벽 이네스가 40도 고열로 잠에서 깨어났다. 편도가 빨갛게 붓고 코가 막혀 있었다. 아홉 시경 경련이 시작되었고 삼십 분 이상 발작이 지속되었다. 마침내 발작이 멈추었을 때 이네스는 극도로 지쳐 있었다. 얼마 후 알리나는 딸의 방에서 울고 있는 마를레네를 발견했다. 그녀는 아기 침대 옆에 무릎을 꿇고 앉아 거의 알아듣기 어려운 문장들을 이네스의 귀에 대고 읊조리고 있었다. 갑자기 방문이 열리자 깜짝 놀란 마를레네는 눈물 범벅이 된 얼굴로 일어나 소파에 앉아 평정을 되찾으려 했다.

"이리 와요." 알리나가 평소와 다르게 부드러운 목소리로 말했다. "우리 차 한잔 해요."

둘은 부엌으로 향했고 앉아서 물이 끓기를 기다렸다.

"미안해요, 마를레네. 마를레네에게도 정말 힘든 일이라는 걸 몰랐어요."

찻주전자가 물 끓는 소리를 냈고 알리나는 찻잔 두 개를 꺼내 위로가 필요할 때를 위해 아껴둔 가장 좋아하는 티백 두 개를 담갔다.

"이네스가 저렇게 꺼진 상태로, 거의 죽은 것처럼 있는 모습을 못 보겠어요. 이네스의 엄마, 아빠는 두 분이고 이네스와 함께 있을 자리를 제가 내드려야 한다고 마음을 다잡지만, 저는 이네스가 필요해요. 이네스는 제 인생이 되었어요. 이네스 없는 세상은 상상할 수가 없어요."

"처음 우리 집에 왔을 때 제가 이런 일이 일어날 수 있다고 설명했었죠. 기억나요?"

"아주 잘 기억해요. 다만 그런 일이 생기지 않도록 뭐든 하겠다고 스스로 다짐했었어요."

알리나는 식탁에서 일어나 마를레네를 뒤에서 안았다.

"정말 고마워요." 알리나가 말했다. "이제껏 이네스를 자기 딸보다 더 잘 돌봐줬어요."

마를레네의 눈시울이 붉어졌다.

"뭐 하나 여쭤봐도 돼요?"

알리나가 말없이 고개를 끄덕였다.

"이네스가 계속 살아 있기를 바라세요, 아니면 저렇게 많이 아프니까 이제 그만 보내주고 그만 돌보기를 원하세요?

알리나는 선뜻 대답하지 못했다. 딸에게 있었던 곳으로 떠나라고 간청했던 병원에서의 처음 며칠을 기억했다. 내내 옷장에 간직해온, 미렐레스 박사의 약병도 기억했다. 이네스와 함께 보내는 하루하루, 아이의 냄새, 따뜻하고 부드러운 존재감, 진전을 보이던 치료 모두가 그 약을 사용하지 않게끔 만드는 이유가 되었다. 그 모든 특성과 조건을 받아들이고 이네스의 엄마 되기를 선택했다. 그 선택이 알리나에게 힘을 주었다. 그러나 점점 더 상황이 나빠지기만 하는 지금, 작은 흰색 상자는 그녀에게 다시 하나의 가능성이 되어 돌아왔다.

"이네스가 살기를 원해요, 마를레네." 마침내 알리나가 대답
했다. "하지만 이렇게는 아니에요."

34

알람이 울리기도 전 나는 매우 일찍 잠에서 깼다. 니콜라스는 곤히 잠들어 있었다. 입가에 걸린 미소를 보니 뭔가 좋은 꿈을 꾸고 있는 게 분명했다. 불안이 뱀처럼 가슴을 타고 내려오는 기미가 느껴졌다. 불안에 사로잡히기 전에 나는 침대에서 빠져나와 부엌에서 물을 끓였다. 양손에 물컵과 담배 한 개비씩을 들고 발코니로 나갔다.

정말 니코를 보내도록 놔둬야 할까? 어쩌면 밤사이 도리스가 마음을 돌이켰거나 내가 충분히 노력하면 비상 계획을 받아들일 수도 있지 않을까 생각했다. 이를테면 니콜라스가 한두 달 우리 집에 머물면서 자기 집엔 화장실에 갈 때조차 절대로 발도 들이지 않는다든가 하는. 휴대폰을 확인해봤지만 문자 한 통 와 있지 않았다. 바로 그때 난간 위에 앉아 있는 새를 보았다. 부쩍 자란 몸집에 짙은 색 깃털이 진하고 빽빽한 줄무늬를 띠었다. 새는 느리고 리드미컬한 박자에 맞춰, 마치 공부한 내용을 암기하는 어린이나 날마다 기도문을 반복하는 승려처럼 머리를 앞뒤로 움직이고 있었다. 하얀색 깃털이 모인 목덜미 부분이 부정할 수 없이 도드라져 보였다. 저기서 뭘 하고 있는 거지? 부모를 찾아 돌아온 것인지, 빼앗은 둥지를 찾아 돌아온 것인지 궁금했다. 이제는 아무런 자취도 없는, 잔가지 하나도 바닥의 흔적도 남지 않은 상태였다. 이번에는 그 작은 새에게 두려움이나 불길함 대신 연민을 느꼈다. 하지만 그날 아침에는 나 자신을 포함해 세상 그 무엇을 보더라도 연민을 느꼈을 것이다. 나는 담배를 끄고 안락의자에서 겨우 일어나 집으로 들어갔다.

잠시 거실을 서성이다가 나는 다시 니콜라스가 자고 있는 침대로 돌아갔다. 잠들기 위해 최선을 다했지만 니콜라스와 나의 관계를 탁란에 빗대어 생각하는 것을 멈출 수가 없었다. '솔직해져봐, 라우라.' 나는 스스로에게 말했다. '엄마 역할을 대신할 준비가 정말로 되어 있는 거야?' 그리고 니콜라스에게도 환경이 바뀌어 더 평온한 도시에서 학교를 다니는 것이 좋을 수 있겠다는 생각이 들었다. 일요일마다 광장을 산책하고, 거리엔 손풍금 연주자들이 있고, 간식으로 거품 가득한 초콜릿 음료를 마시는 오랜 풍습을 간직하려 애쓰는 그런 도시 말이다. 전통적인 가정에서 사촌들과 함께 살다 보면 태도를 바꾸는 데 도움이 될지도 모른다. 특히 도리스가 아들에게 옳고 그름을 분명히 알려줄 정도로 충분한 힘을 기르지 못하는 한, 니코는 절대로 좋아질 수 없다고 나는 스스로에게 말했다. 도리스 입장에서도 계속해서 그런 공격에 노출된다면 남편이 그녀의 기억과 몸에 남겨둔 스트레스로부터 절대로 회복할 수 없을 것이었다. 니콜라스 역시 아버지의 유령으로부터 벗어나야 했고 그러려면 엄마로부터 떨어져 있어야만 가능했다. 내 마음이 아무리 아프더라도 니콜라스는 모렐리아로 가서 이번 학년을 마쳐야 했다. 도리스의 상태가 좋아지면 내가 직접 모렐리아에 가서 니콜라스를 데려올 수도 있다. 아니면 도리스가 데리러 갈 수 있게 되어서 내가 따라가는 입장이 된다면야 더 좋을 것이다.

그날 아침 나는 니콜라스에게 우리 엄마가 기분이 좋을 때 차려주곤 하는 일요일 아침 식사와 비슷하게, 오렌지주스, 계란 요리, 으깬 콩 요리, 구운 빵과 버터가 있는 만찬을 차려주었다. 커피는 따뜻한 초콜릿 음료로 대체했다. 가는 길에 먹을 도시락으로는 니콜라스 취향에 맞춰 야채 없이 버터와 하몽만 넣은 샌드위치를 따로 준비했다. 열 시쯤 도리스에게서 배낭이 준비되었다는 문자를 받았다. 우리는 함께 옆집 초인종을 눌렀고, 도리스가 항상 입는 낡은 스웨터 차림에 더 퉁퉁 붓고 빨개진 눈을 하고 문간으로 나왔다. 배낭은 캠핑을 가거나 작은 이사를 하는 수준으로 거대했다. 그 옆에는 책가방이 놓여 있었다.

"블랙팬서랑 스파이더맨, 포켓몬 카드 가져가."

둘은 문간에 서서 서로를 껴안았고, 나는 과연 둘이 떨어질 수 있을까 자문했다.

택시는 북부 버스 터미널까지 우리를 신속하게 데려다줬다. 라디오에선 음울한 크로이처 소나타가 흘러나왔다. 니콜라스는 88.1 FM을 틀어달라 부탁했다.

"저 방송국 좋아해?" 나는 니콜라스가 라디오 방송을 알고 있다는 사실에 놀라서 물었다.

"네. 아줌마가 듣는 옛날 노래를 틀어주는 곳이에요."

마지막으로 버스 터미널에 간 게 언제인지 까마득했다. 터미널은 혼란스럽고 어지럽게 느껴졌다. 사람이 너무 많아서 잃어버리면 서로 찾을 길이 없어 보였다.

"일 초도 나한테서 떨어지면 안 돼." 매표소를 찾으러 두리번거리며 니콜라스에게 말했다. 마침내 매표소를 찾아서 도리스가 내게 준 돈의 거의 두 배가 넘는 돈을 내고 모렐리아행 버스 우등좌석표를 구매했다.

"얼마나 걸리나요?"

"네 시간 십오 분이요. 세 시에 도착합니다."

"다른 마을에서 정차하나요?"

"아뇨, 직행입니다."

"여덟 살 된 아이 혼자 보내도 안전할까요?"

"보통 그렇긴 합니다만, 요즘 돌아가는 상황을 보면 장담할 수는 없지요."

나도 표를 한 장 사서 모렐리아까지 동행해 이모가 니콜라스를 데려가는 것까지 확인해야 하는 건 아닐까 하는 생각이 들었다. 그러나 결국은 도리스와 약속한 대로 했다. 승강장까지 함께 걸어가서 니콜라스의 배낭 두 개를 단단히 붙잡아 매고 하나의 수하물로 등록했다. 니콜라스를 좌석에 앉히고 대체 어떤 영화가 나오는지도 알 수 없는 텔레비전을 바라보고 있는 아이를 두고 내려오는데 나 자신이 벌레처럼 느껴졌다. 이제 니콜라스의 배낭을 메고 있지 않았는데도 죄책감이 그보다 무겁게 짓눌렀다.

터미널을 빠져나오자마자 나는 도리스에게 문자를 보내 니콜라스의 도착 예정 시간을 알렸다. 도리스와 이야기할 기분은 아니었다. 그다음 알리나에게 전화를 걸었지만 여전히 응답이 없었다. 집에 도착할 즈음 다시 한번, 그리고 밤에도 또 한번 전화를 걸었다. 불안감이 이제 목구멍까지 밀려왔지만 알리나의 휴대전화는 자꾸 사서함으로만 연결되었다. 그녀가 내 메시지를 받지 못했을 거란 생각이 들었다. 나는 니콜라스에 대해 생각하고 그 아이를 따라가지 않은 나의 멍청함을 후회하느라 밤새 잠들지 못했다.

35

　이네스의 기도 감염은 곧 폐렴으로 이어졌고 미렐레스 박사는 입원을 강력하게 권유했다. 이네스는 태어난 병원에 입원하게 되었다. 병원에 도착하자마자 이네스는 한 병실에 일곱 명의 의료진이 배치되어 있는 집중치료 병동으로 옮겨졌다. 늦은 시간이라 평소와는 달리 소아과 레지던트들만 병동을 지키고 있었다. 다행히 미렐레스 박사가 그들에게 어떤 조치를 취해야 할지를 미리 알려주었다. 이네스는 체온이 높아지는 대신 30도까지 떨어졌는데, 의사들 말로는 열보다 더 위험한 상태라고 했다. 의사들은 이네스의 활력 징후를 지속적으로 확인했고 근심 어린 표정으로 눈빛을 교환했다. 알리나와 아우렐리오도 눈길을 주고받았지만 자신들이 할 수 있는 일이 없다는 것을 잘 알았다. 아주 오래전 두 사람은 이네스가 혼수상태에 빠지는 경우가 생기면 인위적으로 살려두지 말자고 합의했었다. 그것이 그들의 모든 노력에도 불구하고 넘을 수 없는 한계였다.

의사들은 세 시간 이상 씨름했지만 소용없었다. 사태의 심각성 때문에 미렐레스 박사는 입원 환자만을 대상으로 내성이 매우 강한 병원균을 퇴치할 때 사용하는 최신 세대 항생제를 처방했다. "지금 제가 하고 있는 처치는 굉장히 위험합니다." 박사가 경고했다. "우리는 모든 걸 걸고 있는 거예요." 항생제를 투여한 후 이네스에게서는 끔찍한 신체 반응이 나타났다. 몸이 뒤틀리고 눈동자가 위로 올라갔으며 입에 거품을 물었다. 한 레지던트가 말했다. "우리 곁에 남기 위해 사투를 벌이고 있네요."

병실에는 소파 하나가 전부였고 알리나와 아우렐리오 중 누구도 자리를 비우고 싶어 하지 않았기 때문에 두 사람은 교대로 눈을 붙였다. 마를레네는 병실 밖 대기실에서 소식을 기다리고 있었다. 어느 순간 아우렐리오는 이네스의 일 미터 반 크기의 작은 침대에 몸을 구겨넣었다. 딸을 안을 수 있는 마지막 순간이라는 생각이 들었기 때문이다. 항생제와 싸우는 이네스를 바라보며 알리나는 자기 딸이 언제나 강인함을 보여줬다는 것을 깨달았다. 모든 의사들의 예측을 뒤집고, 태어난 지 며칠 되지 않았을 때 소아과 의사가 망설임 없이 '이 아이는 살려는 의지가 충만합니다'라고 단언하게 만들었던 그 힘, 생에 대한 충동은 어디에서 온 것일까? 알리나는 답을 얻지 못한 채 경외심을 안고 자문했다. 분명한 것은 또다시, 저 생명력이 마음껏 발현되고 있다는 것이다. 세상 그 누구도, 체온을 재기 위해 잠시

들르는 간호사들조차 그 생명력을 알아차리지 않을 수는 없었다. 두려움과 피로를 넘어서, 알리나는 긍지를 느꼈다.

새벽이 되자 이네스의 활력 징후와 호흡은 다시 안정을 되찾았다. 의사들이 병실에서 나갔다. 위기는 지나갔다. 아우렐리오가 딸의 이마에 입을 맞추는 동안 알리나와 마를레네는 서로를 부둥켜안았다.

이네스는 병원에 한 주 더 있었다. 위험한 시기는 지났지만 영양부족 문제를 해결해야 했다. 입원 기간 동안 마를레네의 존재감이 빛을 발했다. 그녀의 낙관주의 때문만이 아니라, 덕분에 알리나와 아우렐리오가 교대로 잠을 잘 수 있었기 때문이다. 가끔 아우렐리오가 병실을 지키는 동안 알리나와 마를레네는 카페테리아에 내려가 같이 잡지를 읽거나 쓸데없는 이야기를 나누며 머리를 비우곤 했다.

36

니콜라스가 떠난 이후로 나는 도리스를 돌보는 데 모든 힘을 쏟았다. 니콜라스가 남기고 간 공허함을 채우고 그 애가 돌아올 수 있도록 하려는 내 나름의 방식이었다. 불쌍한 도리스는 너무 상태가 나빠서 혼자 두는 것이 무서울 정도였지만 그렇다고 내가 할 수 있는 일이 많지도 않았다.

도리스의 동생은 자주 전화로 니코의 소식을 알렸다. "가끔은 언니가 말한 것처럼 밥을 안 먹고 싶어 해. 그래도 아직까지 성질을 부린 적은 없어." 도리스가 보여준 휴대폰 문자에 그렇게 적혀 있었다. 도리스에게 니코가 자기를 제외한 모든 사람들에게 얌전히 군다는 사실이 기분 좋은 일은 아니었다. 아들이 자기를 싫어하고 자기는 아들에게 나쁜 영향을 줄 뿐이라는 가설을 확인시켰기 때문이다.

일주일 전 나는 햇빛을 쬘 수 있도록 도리스를 억지로 밖에 데리고 나갔다. 그녀를 집에서 나오게 하는 것은 대단히 힘든 일이었다. 집은 마치 세상으로부터 그녀를 보호하는 딱딱한 껍데기 같은 것이었다. 그래도 결국 설득에 성공했고 그녀가 조금씩 함께하는 매일매일의 산책에 익숙해져 간다는 느낌이 들었다. 그녀는 운동복을 입고 어깨에 가방을 걸치고 내가 집에 찾아가길 기다렸다. 바로 이런 그녀의 몸짓들이 내게는 무한한 다정함을 불러일으켰다. 우리는 매일 오전 아이들이 학교에 가고 오직 노인과 실업자들만이 풀숲 사이를 배회하는 시간대에 공원을 산책했다.

어느 날, 우리는 종일 도리스의 집을 쓸고 닦았다. 커튼까지 떼어서 빨았다. 잠시 시장에 들러 정화 의식에 쓸 허브를 한 아름 샀고, 가게 주인이 악령을 쫓는다며 추천한 일곱 가지 꽃 추출액도 구입했다. 우리는 도리스의 집에서 코팔 인센스를 태우고, 남편의 유령이 아무 볼일이 없는 그 집에서 떠나도록 둘이 아는 모든 종류의 주문을 외웠다. 의식이 끝나고 진토닉을 몇 잔 나눠 마신 후 나는 샐러드와 맛있는 파스타 한 그릇을 준비했다.

오후에는 같이 이사벨 코이셋 영화가 상영 중인 시네테카에 갔다.

"한심하지 않아요?" 도리스가 지적했다. "오늘 이란 영화, 필름 느와르, 여성 감독 특별 주간이라잖아요. 여성성이 무슨 나라나 정신 상태라도 되는 것처럼 말이에요. 여자들은 필름 느와르 안 찍나?"

도리스의 말을 들으니 웃음이 비져나왔다.

"안 찍죠." 내가 대답했다. "우리 여자들은 항상 인생을 장밋빛으로만 보잖아요."

37

병원에서 돌아온 이네스는 완전히 달라졌다. 퇴원 전, 이네스는 위장용 튜브를 삽관했고 그 후 체중과 몸집이 크게 늘었다. 움직임도 많은 부분 회복했다. 다시 만나게 되었을 때 거의 알아보기 힘들 정도였으니까. 더 크고 씩씩해 보였을 뿐 아니라 주의력도 좋아진 것처럼 보였다. 목욕을 마치고 마를레네가 이네스에게 손을 달라고 하면서 장난을 치는 중이었다. 이네스는 싫다는 듯 보이는 말을 웅얼거리며 마를레네의 손을 밀어내고 와하하 웃음을 터뜨렸다. 알리나는 이네스의 티셔츠를 들어올려 내게 튜브를 보여주었다. 옷을 다 갈아입힌 다음 마를레네는 알리나에게 이네스를 건네주고는 입을 맞추고 잘 자라는 인사를 했다. 나는 방 귀퉁이에 앉아 그 장면을 바라보았다. 나는 명랑하게 손을 흔들며 마를레네에게 아디오스, 하고 인사했다.

알리나는 방의 불을 껐다. 동화 그림이 그려진 휴대 전등의 호박색 불빛만이 방을 은은하게 비추었다. 떠들썩한 분위기는 잔잔하게 가라앉았다. 이네스를 품에 안고 흔들의자에 앉은 알리나는 딸의 등을 톡톡 두드려주었다. 그 광경을 보니 마음이 뭉클했다. 자기 딸을 만나러 갔던 18개월 전 그날 아침과는 얼마나 달라졌는지. 방 안 풍경도 딴판이었다. 아기자기하게 꾸며놓은 방과 가구들 모두가 저 작은 생명체를 둘러싼 사랑의 증거였다. 비로소 이네스가 잠들었을 때, 알리나는 딸을 침대에 눕히고 안전바 오른쪽 위에 걸쳐둔 플라스틱 호스를 잡고 딸이 잠에서 깨지 않도록 조심하면서 튜브에 연결했다. 영양공급 기계가 돌아가기 시작했다. 알리나는 내게 일어나라고 눈짓했다.

"이리 와봐." 알리나가 말했다. "할 말이 있어."

부엌에선 아우렐리오와 마를레네가 저녁을 준비하고 있었지만 우리는 그냥 지나쳐 발코니 쪽으로 향했다. 발코니에 도착하자 알리나는 담뱃불을 붙이고 느닷없이 소식을 전했다.

"마를레네, 우리랑 같이 살고 있어."

"아니, 그게 무슨 말이야?" 화들짝 놀라서 내가 물었다. "그럼 다 같이 한 침대에서 자는 거야?"

"아니. 우리가 더 큰 집으로 이사 갈 때까지 마를레네는 서재를 쓰고 있어. 우리가 지금 공유하는 건 우리 딸뿐이지."

나는 아우렐리오와 마를레네가 다정하게 대화하고 있는 부엌 쪽을 쳐다봤다.

"그게 다가 아니야." 알리나가 말했다. "나 카드 점 보러 갔었어."

두 가지 소식 중 뭐가 더 당황스러웠는지 모르겠다. 내 친구들 중 가장 현실적인 성격의 알리나가 타로의 도움을 구하다니. 알리나가 카드를 읽는 생각을 하니 배 속의 응어리가 느껴졌다. 두려움이었다.

"하지만 너는 한 번도 운명을 믿은 적 없잖아." 그녀가 들은 이야기가 무엇이든 그게 별로 중요하지 않다는 의미로 내가 항변했다.

알리나는 내 얼굴에 담배 연기를 뿜었다.

"몇 년 전 마라이스 너네 집에서랑 똑같은 카드를 뽑았어."

"매달린 사람."

"응, 그거. 단지 이번에는 다른 카드들이랑 같이 나왔는데, 점술가가 행복을 의미한대."

배 속의 응어리가 스르르 풀리기 시작했다.

"어떤 카드였는지 기억나?"

"별, 운명의 수레바퀴, 에이스 컵."

"나쁘지 않네!" 내가 외쳤다. "되게 긍정적인 카드들이야. 다른 말은 없었어?"

"응, 이네스가 중요한 걸 가르쳐주려고 이 세상에 왔대."

"그 말이 맞는 것 같아?"

"뭐, 벌써 나한테는 많은 걸 가르쳐줬지. 그중 하나는 사랑은 가장 예상치 못한 방식으로 찾아온다는 거랑, 또 모든 일은 언제라도 변할 수 있다는 거. 좋게든 나쁘게든. 이네스가 살게 될 거라고 했을 때 내가 어떤 상태였는지 기억나? 지금 나는 이네스를 가진 것도, 지금 우리가 만든 이 가족에도 감사해."

정말이지 알리나는 행복해 보였다. 아우렐리오와 마를레네도 그랬다. 그들을 보면서 나는 만일 운명이 존재한다면 자유의지도 존재하며, 행복은 우리에게 주어진 삶을 우리가 어떻게 받아들이는지에 달려 있다고 생각했다. 저녁 식사는 즐거우면서도 편안했다. 우리는 메스칼을 마시고 와인으로 옮겨갔다. 마를레네가 요리한 몰레는 끝내줬다. 이네스는 깨지 않고 푹 잤고 아우렐리오는 정치인들에 대한 농담으로 우리를 웃겨주었다. "우리 대통령은 어찌나, 정말 어찌나 천천히 말하는지 수어로 통역하면 통역사가 태극권을 하는 것 같다니까."

38

나는 도리스에게 거리로 나가는 것이, 도시 이곳저곳을 함께 걸어다니는 것이, 그녀가 상상하는 것처럼 그렇게 위험하지 않다는 것을 보여주는 것이 좋다. 당연히 경계해야 하고 모르는 동네에는 가지 않는 것이 좋고 특히 밤이면 더 그렇지만, 조금만 주의를 기울이면 여전히 도시를 즐길 수 있다. 그녀와 외출할 때마다 그녀가 길을 익히고 나중에 혼자서도 돌아다닐 수 있도록 항상 같은 길을 가도록 애쓴다. 금요일 점심엔 콜로니아 로마에서 열리는 유기농 시장에 가자고 제안했다. 우리는 과일과 호밀빵, 내가 함께 수다 떨기를 즐기는 영국 히피가 판매하는 수제 잼 한 통을 샀다. 나는 우울증인 상태에서조차 도리스가 사람들에게 강한 인상을 남긴다는 사실을 알게 되었다. 그녀의 즉흥적인 성격이나 크고 표현력이 풍부한 눈 때문일지도 모르지만, 분명한 것은 그녀가 가진 무언가가 모두를 자석처럼 끌어당긴다는 사실이다. 돌아오는 길에 나는 택시를 타자고 말했지만 택시가 한 대도 지나가지 않았다.

"이게 다 그 시위 때문이라고요." 정장에 넥타이를 차려입은 남자가 짜증난 얼굴로 말했다. "또 페미니스트들이 소란을 피우는 거지. 지금 걔네 때문에 로터리에 차가 한 대도 못 지나가요. 라콘데사까지 걸어서 지나가는 게 나을 겁니다."

인수르헨테 대로에 도착하자 시위대와 마주쳤다. 현수막과 확성기를 든 여자들이 끝도 없이 쏟아져나와 길을 점령하고 있었다. 교복을 입은 학생들, 어머니들, 회사원들, 손녀 손을 잡고 나온 노년의 여성들까지 가지각색의 여자들이 다 있었다. 어떤 여자들은 녹색 스카프로 얼굴을 가리고 있었고 또 다른 여자들은 전통 스카프인 팔리카테스를 두르고 있거나 사파티스타*처럼 스키마스크를 쓰고 있었다. 그녀들이 들고 있는 피켓에는 '여성 살해를 멈춰라, 한 여자도 더는 잃을 수 없다, NO는 NO다, 내 몸은 나의 것' 같은 문장이 쓰여 있었다. 마이크를 들고 TV 카메라를 대동한 리포터들도 보였다. 라 콜메나에서 그리고 있던 현수막이 보였고 나는 거기에 엄마가 있을지 궁금해졌다. 몇몇 여자들은 에어로졸 스프레이 페인트로 '구역질, 지긋지긋, 더 이상 폭력은 그만, 살인자들, 이제 멈춰' 같은 말들을 경찰서 창문과 문에 쓰기 위해 다가갔고, 다른 여자들은 '중절

---

* 1994년 멕시코 치아파스에서 사파티스타 민족해방군(EZLN)이라는 무장봉기 세력이 시작한 운동으로. 토지 개혁을 중심으로 원주민 공동체의 권리와 자치를 선언하며 반신자유주의 투쟁의 국제적 상징이 되었다.

하라, 중절하라, 가부장제를 중절하라'를 분노와 흥분이 뒤섞인 목소리로 외쳤다. 또 북을 치기도 했고 지나가는 사람들이 시위에 합류하도록 귀에 착착 붙는 구호를 반복해서 외치기도 했다. "선생님, 선생님, 고개 돌리지 마세요, 사람들 코앞에서 여자들을 죽이고 있어요." 우리 옆에 음료수를 파는 가판대가 있었다. 지나가는 여자들을 바라보며 앞치마를 두른 뚱뚱한 여성이 승리의 브이자를 그렸다. 우리는 군중에 최면이 걸린 것처럼 거기 그대로 서 있었다. 시위대가 멀어지고 나서야 우리는 다시 동네로 발걸음을 돌렸다.

39

지난 목요일 나는 알리나에게 전화해 그녀가 상담하는 정신분석가의 번호를 알려달라 부탁했다.

"그 이웃집 여자 때문이지?" 이미 내가 대략 사정을 설명한 터라 그런지 알리나는 이유를 짐작하고 있었다. "꼭 가보라고 해. 로사가 잘 도와줄 거야."

도리스는 처음에 거리 산책을 거부했던 것처럼, 상담을 하지 않으려 했지만 결국 전화를 걸어 일요일로 약속을 잡았다. 나는 그녀를 데려다주고 길모퉁이에 있는 카페에 앉아, 건물 입구에서 눈을 떼지 않고 바라보며 기다렸다. 혹시라도 그녀가 후회하고 뛰쳐나오지는 않는지 확인하기 위해서였다. 도리스는 항우울제 처방전과 함께 한 시간 후쯤 나타났다.

"술은 이제 금지래요." 울적한 목소리로 말했다. "내일부터 시작이에요. 오늘 오후에는 같이 당신 집에서 헨드릭스를 끝장

내고요."

집으로 돌아오는 길에 지하철을 타고 시우다델라까지 함께 가달라고 그녀에게 부탁했다. 도서관에 책을 몇 권 주문해놨는데 논문을 다시 시작하려면 필요했기 때문이다. 마침 폐관까지 한 시간 정도 여유가 있어서 내게는 정말 아름답게 느껴지는 그곳의 열람실과 정원들을 안내해주겠다고 제안했다. 하지만 도리스는 내키지 않아 했다.

"그냥 돌아가면 좋겠어요." 도리스가 말했다. "뭐 좀 마셔야겠어요."

"차라리 오늘 밤에 어디 바라도 같이 갈래요?" 내가 물었다. 그녀의 눈빛이 몇 초간 잠시 반짝 커졌다.

"엄청 돈 많이 들 텐데요."

"돈 걱정은 하지 마요. 내가 살게요."

오후에 도리스가 외출 준비를 하는 동안 나는 그녀의 아파트에서 시간을 보냈다. 도리스가 침대에 들어가지 않는지 지켜보기도 했다. 도리스는 진토닉 첫 잔을 마시고 자기 방 옷장을 싹 뒤집어엎고는 예전에 밴드에서 노래할 때 입던 옷을 넣어둔 여행가방 두 개를 꺼냈다. 그녀는 온갖 종류의 청바지에 짧은 치마, 중절모와 스팽글이 달린 민소매 티셔츠를 입어보더니, 결국 가슴골이 깊이 파이긴 했어도 어찌 보면 수수하기까지 한 검은색 드레스와 망사스타킹을 선택했다. 아주 가볍게 연극적인, 일종의 섹시하지만 단정한 뱀파이어 같았달까. 그리고 립스틱, 담배, 긴 베이클라이트 담배 홀더를 넣은 은빛 손가방을 준비했다. 나를 위해서는 몸에 딱 붙는 청바지와 실크 셔츠, 앞코가 뾰족한 하이힐을 손수 골라주었다.

지난 2년간 이 동네의 젠트리피케이션이 얼마나 심해졌는지 믿을 수가 없을 정도다. 내가 처음 이 동네에 왔을 때만 해도 거리엔 오래된 상점들과 저렴한 전통 식당들로 발 디딜 틈이 없었는데, 이제는 거의 찾아보기 힘들 정도였다. 밤 시간에는 나도 도리스도 외출한 적이 없는 것도 사실이지만, 아무리 그래도 놀라울 정도의 변화였다. 길모퉁이마다 바가 하나씩 있었다. 결국 어디에 들어갈지를 정한 것은 나였다. 바우하우스 스타일의 가구가 갖춰진 약간 어두침침한 공간이었는데, 칵테일이 기가 막히게 맛있었다. 가볍고 건강한 음식이 있는 후아레스 지역색이 분명한 장소였다. 우리는 토스트를 곁들인 세비체와 드라이 마티니로 그날 밤을 개시했다. 술집에 들어가자마자 도리스는 돌변했다. 그녀는 몸짓만으로 모든 손님들을 홀렸고 바텐더와 친구가 되어 결국 바텐더는 우리에게 마티니 한 잔씩을 선사했다. 그녀의 기질이 야행성이 아닐까 추측한 적이 있는데 이번 일로 그녀가 수년간 술집의 진정한 지배자, 술집 귀신이었다는 것이 확실해졌다. 여러 술집을 전전한 후 그녀는 자신의 검은색 담뱃대를 뽐낼 장소로 한 술집의 테라스 테이블을 선택했다.

"세상에나, 당신 모습을 좀 봐요!" 내가 다정하게 놀렸다. "당신이 슬리퍼 아래 맹수의 발톱을 숨기고 있는 줄 누가 알았겠어요?"

새벽 세 시경에 술집이 문을 닫자 우리는 택시를 타고 집에 왔다.

"내 노래 듣기 전에는 자러 가면 안 돼요." 헤어지려는 찰나 도리스가 말했다. "금방 올 테니까 진토닉 한 잔 부탁해요."

도리스는 자기 집에서 기타를 챙겨서 우리 집으로 돌아왔다. 하이힐 대신 카우보이 부츠를 신고 검은색 중절모를 쓰고 있었다. 나는 아무 준비도 안 되어 있었고 졸려서 죽을 것 같았지만 부엌으로 가서 얼음과 토닉워터를 넣어 진토닉 두 잔을 독하게 타서 내왔다. 도리스는 진짜 헨드릭스 한 병을 끝장낼 작정이었다. 우리 집 거실에서, 도리스는 자기 아들이 몇 주 전 앉아서 애니메이션을 보던 스툴에 자리잡았다. 그녀는 허벅지 위에 기타를 올려놓고 이제껏 한 번도 드러내지 않았던 목소리로 노래를 시작했다. 나는 그녀의 음색이 자아내는 경이뿐 아니라, 그녀의 쇄골, 그렇게 말랐는데도 여전히 넉넉한 그녀의 가슴에 감탄하며 홀린 듯 빠져들었다. 나는 그녀의 뒤로 가서 폐가 있을 법한 곳에 귀를 대고 기대보았다. 내 머리 전체가 진동하기 시작했다. 나는 그녀의 뒷목에 입술을 가져가 살냄새를 더 가까이 들이마시려 더듬었다. 정확히 언제 그녀에게 키스하기 시작했는지는 모르겠지만 어느 순간엔가 그녀가 노래를 멈추고 나를 카페트 쪽으로 끌어당겼다가 그다음엔 방으로 향했던 기억이 난다. 완전히 술에 취하지 않은 유일한 부분이었던 게 분명한 나의 일부는 여전히 그녀를 돌보고 최대한 즐겁게 해주기를 원했다. 바로 그 일부가 처음에는 다정하게, 그리고 곧 맹렬하게 그녀의 성기에 달려들었다. 도리스는 노래할 때 들려주었던 바로 그 목소리로 소리를 질렀고, 함께 오르가즘에 이르는데 나에게 다른 자극은 필요하지 않았다.

아침이 밝아왔고 두통 때문에 눈을 뜰 수가 없었지만 도리스가 꽤나 한참 동안 나를 빤히 바라보고 있었다는 것을 느낄 수 있었다. 나는 겨우 몸을 일으키고 물병을 집어들었다.

"무슨 일이에요?" 나를 뚫어지게 바라보고 있는 도리스에게 물었다.

"할 말이 있어요."

빛 때문에 눈이 아파서 나는 다시 눈을 감았다.

"이야기해요." 내가 말했다. "듣고 있으니까."

"당신을 정말 아껴요, 라우라. 하지만 다시 이런 일이 일어날 것 같지는 않아요. 난 레즈비언이 아니에요. 당신이 알아야 할 것 같아서요."

나는 무거운 머리를 베개에 내려놓았다.

"나도 아니에요." 내가 대답했다.

그녀는 다시 공격을 개시하기 전에 몇 분간 말이 없었다.

"우리 둘 다 아니라면, 어젯밤 일어난 일은 뭐라고 불러야 할까요?"

"모르겠어요. 이름이 없을 수도 있고요."

그녀는 침대에 다시 누워 긴 한숨을 내쉬었다. 그날 아침 거리에서는 아무 소리도 들려오지 않았다. 자전거 타는 사람도, 시위대도, 축구 경기도 없었다. 블라인드가 내려져 어두운 방 안에서 오직 우리가 숨 쉬는 소리만 들렸다. 그러다 갑자기, 유리문을 반쯤 열어둔 발코니에서 귀환을 알리는 비둘기들의 구구 소리가 똑똑히 들렸다.

40

금요일 아침 알리나는 나를 보러 우리 집에 들렀다. 알리나는 혼자 왔고 쾌활하고 씩씩해 보였다. 아우렐리오가 오후 여섯 시까지 이네스를 보기로 해서 우리는 즐겁게 보낼 시간이 차고 넘쳤다. 우리는 발코니에서 화이트 와인을 마시며 최근 근황을 나누었다.

요즘 이네스가 어떤지, 물리치료 덕분에 얼마나 전례 없는 진전을 보이고 있는지에 대해 이야기를 나눴다. 알리나는 보라색 안경을 쓴 이네스가 위를 쳐다보면서 앉아 있는 영상을 보여줬다.

"안경을 써?"

"안경을 얼마나 좋아하는지 말도 못 해! 모든 걸 신기하게 보고 가끔은 자기가 발견한 걸 보고 혼자 웃는다니까."

알리나는 자기 딸이 안경을 장착하고 세계를 시찰하는 방식을 흉내내며 천장 쪽으로 고개를 돌리다가 대들보에 눈길이 닿았다.

"또 비둘기가 있네?"

"그때 그 비둘기들인 것 같아. 내가 알아차렸을 땐 이미 새로운 둥지를 차렸더라고."

알리나는 자리에서 일어나 둥지를 살펴봤다.

"이웃집 여자는 좀 어때?" 그녀가 물었다. "로사에게 상담하러 갔어?"

"응. 일주일에 한 번 상담하러 가기로 했대. 설트랄린이 잘 드는지 지켜봐야지. 술 못 마시는 것 때문에 답답해하더라고."

"그 애는?"

"잘 지내. 새로운 생활에 되게 잘 적응하고 있는 것 같아. 얼마 전엔 스카이프로 통화했어. 머리를 짧게 잘랐더라고. 더워서라는데, 내가 보기엔 자기 사촌들이랑 닮고 싶은 것 같아. 솔직히 말하면 그 애가 엄청 보고 싶어."

"네가 생각해봤는지 모르겠는데," 알리나가 말했다. 목소리와 어조로 보아 무례한 질문을 할 것이 분명했다. "네가 얼마나 성질이 까다로운지를 생각하면, 다시 사랑에 빠질 수 있을 것 같아?"

"우리가 알게 되었을 때부터 나는 줄곧 괴팍했다고. 그렇다고 내가 여러 번 사랑에 빠지는 걸 막진 못했지."

"그럼 가능성을 버리지 않는 거네?" 이전의 수많은 경우에도 그랬던 것처럼, 알리나는 새로운 나를 발견해냈다.

나는 어깨를 으쓱했다.

열한 시쯤 도리스가 도착했다. 니콜라스가 하던 것처럼 초인종을 눌렀다. 알리나와 나는 미리 정해놓지도 않았는데 도리스에게 문을 열어주기 전에 연대의 마음으로 우리의 술잔을 개수대로 가져가 남은 술을 비웠다. 우리는 공모의 눈짓을 나눴다.

"불안해하지 마." 알리나가 말했다. "일어나야 할 일은 일어날 거야. 그걸 피할 수 있는 사람은 없어."

옮긴이의 말

    1648년 혹은 1651년, 스페인 식민지였던 아메리카 대륙의 '누에바 에스파냐'에서 한 여자아이가 태어난다. 아홉 살의 나이에 남자 옷을 입고 대학에서 공부하고 싶다고 엄마를 조르던 그 아이는 자기만의 공간에서 읽고 쓰기 위해 수녀의 길을 택하고, 명성 덕분에 궁에 입성하여 통치 권력의 후원을 받고 부왕비와 매우 친밀한 관계를 맺으며 당대 최고의 지식인이자 작가가 된다. 그녀를 부르는 이름의 목록은 길다. 천재, 멕시코의 열 번째 뮤즈, 아메리카의 피닉스(맙소사), 괴물 혹은 프릭, 어쩌면 레즈비언, 아메리카 최초의 페미니스트. 그리고 스스로의 표현에 따르면 '세상에서 가장 비천한 여자'. 소르 후아나 이네스 데 라 크루스Sor Juana Inés de la Cruz.

    이네스. 알리나가 딸에게 붙여주기 위해 품어온 이름이며 라우라가 듣자마자 찬성한 바로 "그 페미니스트 시인"의 이름이다. 이네스의 이름을 음미하며, 멕시코 같은 나라에서 살면서